金田一探案集 ⑥

恶魔吹着笛子来

〔日〕横沟正史 著　史诗 译

南海出版公司

新经典文化股份有限公司
www.readinglife.com
出　品

目录

第一章　恶魔吹着笛子来

在我开始下笔写这个可怕的故事时，我不禁受到些许良心的谴责。

说实话，我并不想写这个故事，不愿将这起可怕的案件诉诸笔端并公之于世。这起案件太凄惨了，每个细节都充满了诅咒与憎恨，读者不会感到丝毫明快。

这个故事将会怎样结尾，身为作者的我目前也无法预知。在合上书的那一刻，各位读者胸中恐怕都会堆满污浊与黑暗，以及难以消散的悲惨感受。推理与犯罪的故事一向很难让人心情愉快，这是理所当然的，但这起案件会让人极度不愉快。在这一点上，金田一耕助似乎与我看法相同。在向我提供案件的材料时，他一度十分犹豫。

老实说，我应该在几年前就动笔写这起案件，而不是将它放在近两年陆续写成的金田一耕助冒险故事之后。从年代上看，这起案件发生在“黑猫酒馆事件”与“夜行”之间。金田一耕助将这起案件一直隐藏至今，恐怕正是因为它会给读者带来太多不快。整起案件都被无边无际的黑暗笼罩，当中的人际关系令人憎恶，怨恨之深骇人听闻。

但是经过出版社的再三催促，我终于下定决心，在征得金田一耕助同意的情况下，将案件的全貌呈现给诸位。尽管我不愿写，但既然选择诉诸笔端，我还是在写作过程中倾尽了全力。这一点是毫无疑问的。

我的书桌上杂乱地堆放着金田一耕助提供的各种资料，其中最吸引我的是一张照片和一张唱片。

照片的大小和明信片差不多，是一位中年绅士的半身像。拍照时，这位绅士虚岁四十二岁（事先声明，下文中提及年龄时，全部是指虚岁。因为在案件发生时，使用周岁的制度尚未建立），也就是所谓男人的厄运年。不知是由于这种观念，还是由于接下来要叙述的可怕案件令我产生了联想，这个男人脸上布满难以驱散的阴云。

男人肤色略黑，额头宽阔，头发漂亮地从左侧分开，高鼻梁，吊眉，目光深沉，让人感觉他性格内向，感情深藏不露。他的嘴很小，嘴唇很薄，但并不给人残忍刻薄的印象，反而显得像女人一样柔弱。但从他的宽下巴可以看出，他那女人般的柔弱深处隐藏着坚定的意志，不知何时就会爆发。

男人穿着过时的西服，但领带的线条能让人隐约感觉到他的艺术气质。

如果概括这张照片给人的整体印象，可以说男人应该出身于显赫的贵族之家，是个正直的好人。但正是他在那起可怕的案件中扮演了最重要的角色。他叫椿英辅，曾经是子爵。在拍下这张照片的半年后，他就失踪了。

另一个吸引我的东西，即那张唱片，是G唱片公司在二战后发行的十英寸唱片，内容是长笛独奏。唱片名为《恶魔吹着笛子来》，作曲者与演奏者都是椿英辅，是在他失踪前一个月才录制好的。

在动笔写这个故事前，这张唱片我不知听了多少次。每次听，我都会因其中阴森的气氛而战栗。这不仅是由于接下来将要讲述的可怕故事给我带来的影响，更是因为那旋律本身就很异样。音阶走调，曲调狂乱，这使得本就充满诅咒与憎恨的旋律更添一份癫狂与恐怖。

我在音乐方面完全是门外汉，但还是下意识觉得这首曲子很像多普勒的长笛独奏曲《匈牙利田园幻想曲》。但多普勒的曲子拥有阳光的一面，而这首曲子从头到尾都充满冷酷与悲情。尤其是渐强部分疯狂的旋律，宛如在黑暗的夜空中随处飘荡的怨灵发出的诅咒般的号叫，让我这个音痴也不寒而栗。

《恶魔吹着笛子来》这个题目应该是从木下杢太郎的名诗《玻璃批发商》中的“盲人吹着笛子来”一句转化而来。但这首曲子的感情与诗作完全不同。正如曲名所示，这首曲子是恶魔之笛的宣泄，是一段渗透着污浊黑血、充满诅咒与憎恨的旋律。

连我这样的门外汉听了这首曲子都会感到如此强烈的阴森之气，何况那些与案件有关的人。在椿英辅失踪后，突然间听到这首曲子，他们震惊的程度肯定非同一般。

现在看来，解开那起可怕案件之谜的钥匙就藏在这首音调如此狂乱的曲子中。

案件发生在昭和[1]二十二年。这一年，社会事件频发。诸位应该至少记得其中三件轰动天下的大事。其中的两件事相互关联，这一点在当时就已被世人察觉。但不可思议的是，另一件事虽被认为与这两件事无关，实际上却有着微妙的联系。

这件事正是轰动一时的天银堂案件。

天银堂案件，仅仅看到这几个字，很多人都会心中一紧。这件事至今令人记忆犹新。

这起前所未有的大案甚至在海外引起了轰动。事到如今，我本不准备详述，但是为了周全起见，还是先简单地介绍一二。

昭和二十二年一月十五日，上午十点，一个男人走进位于银座的著名珠宝店天银堂。

男人大约四十岁，肤色略黑，颇具贵族气质，看起来是个绅士。他戴着东京卫生管理员的袖标，单手夹着医务包。

在珠宝店最靠里的店长室，男人与店长进行了面谈。男人递上名片，上面印有东京都卫生局的字样和井口一郎这个名字。据男人说，附近爆发了传染病，所有店员都必须服用预防药物。

案发后，一部分人批评说，当时无论店长还是店员都盲目信从名片上官员的名号，完全没有自我意识。但实际上，这个自称井口一郎的人看起来十分正直，态度平静，自信满满，很难让人对他起疑。

听过男人的说明，店长立刻让全体店员到店长室集合。当时时

---

①日本裕仁天皇在位期间使用的年号，时间为 1926 年到 1989 年。

间尚早，客人不多，店员们刚刚布置完陈列柜，还没有开始工作，听到店长召集后一个不落地来到店长室，就连清洁工也赶到了。包括店长在内，一共有十三人。

看到店内全体人员都已到齐，这个自称井口一郎的人慢慢从包中拿出两个瓶子，将瓶中的药分别倒入十三个茶杯中。随后，他亲自教给店员们服用方法。

善良的人们在指导下喝下两种药。他们做梦也没想到，悲惨的命运将在数秒后降临。可怕的地狱绘卷正缓缓展开。

店员们喝下的是氰化钾。他们像多米诺骨牌一样倒下，有人当场停止呼吸，也有人一边痛苦地呻吟一边打滚。

井口一郎见状，将刚刚拿出的所有东西塞进包中，飞奔出店长室，带上店内的宝石类饰物逃离银座。根据后来的严密调查，井口一郎意外地只掠走了少量宝石，当时约价值三十万。

在井口一郎逃跑十分钟后，有人发现了这起惨案。一个偶然进店的客人听到店长室内发出异样的呻吟声和求救声，吓了一跳，连忙向室内看去。这场前所未有的大骚动就此公之于众。

在十三个受害人当中，只有三人保住了性命，其余十人在医生和警察赶来前就已死亡。这就是天银堂案件。

这起案件的手法非常简单，很难把它划为智能犯罪。但凶手的残忍、冷血与毫无人性让人无法直视。就算战后的社会那么混乱，也没有任何事能像此案一样给世人以如此巨大的冲击。

从案件的性质来看，凶手应该很容易抓到。但事实并非如此。凶手迟迟没有落网，这让案件的社会影响一再扩大。

当然，警视厅并没有偷懒。从凶手的脚印到宝石的去向，再到井口一郎这张名片的出处，警方循全部线索一一彻查，追踪凶手。同时，警方根据三个幸存者以及目击凶手逃出珠宝店的人的证词，绘制出凶手的肖像，寻求公众帮助。在缉拿凶手的过程中使用肖像，恐怕就是从这一案件开始的。

这幅肖像经过五次修改，每次修改后都刊登在全国各地的报纸上，因此引发的各种悲喜剧至今留存在人们的记忆中。

肖像引来的投诉和密告源源不断地寄到警视厅。有的报告某地的某人和凶手很像，有的说某街区的某人和肖像一模一样，这让警视厅一片混乱。尽管明知有些密告是骗人的，警察们还是分头到各地调查，讯问那些与肖像相似的人。

有时，街头的巡警也会将与肖像相似的路人抓来调查。这样的骚动不只发生在东京，甚至蔓延到全日本。

而这样的骚动与我接下来要讲述的故事有着奇妙的联系。

天银堂案件发生在一月十五日。大约五十天后的三月五日，早报报道了一起耸人听闻的案件。这起案件才是我接下来要讲述的三重杀人案的前奏。

当时，太宰治的《斜阳》还没有完成，因此这一案件中并未使用“斜阳族”“斜阳阶级”之类的词。[①]否则这恐怕会成为第一个使用“斜阳阶级”一词的案件。

三月五日的早报大篇幅报道了椿子爵的失踪。这一事件正是贵族阶级崩溃的悲剧前兆，因此颇受世人关注。

---

①《斜阳》为日本作家太宰治（1909－1948）的代表作，描写了二战后没落贵族的生活。之后“斜阳族”“斜阳阶级”迅速流传，用以指代日趋没落的旧贵族、旧地主、旧资本家。

椿子爵实际失踪时间是见报四天前的三月一日。那天上午十点左右，椿子爵没跟任何人打招呼，摇摇晃晃地走出家门，从此再也没回来。

离开家时，椿子爵穿着过时的灰色西服和灰色外套，戴着略旧的斯泰森毡帽。

家人并不认为椿子爵已经失踪，而且也不愿那么想。他们等到第二天，又等到第三天。在此期间，他们询问了所有亲戚朋友，但没有任何收获。到了第四天午后，他们终于向警视厅提出调查申请，悲剧由此开场。

椿子爵没有留下遗书。

从椿子爵当时的情形判断，自杀的可能性很大，因此警视厅除了向附近各地分配调查任务外，还在第二天的早报上刊登了椿子爵的照片，即我手上那张明信片大小的照片。

由于没有遗书，就算把椿子爵的失踪当成自杀，也无法判断其动机。但众人大致能推测出他自杀的原因。

在动荡的社会环境中，椿子爵属于那种缺乏生活能力的人。他很善良，甚至有些像女人，是一个温和敦厚的绅士，但在生活上十分无能。在二战结束前，他一直在宫内省[①]工作。但战争结束后，宫内省被废止，相关机构陆续缩编，他也随之失去了工作。实际上在宫内省工作期间，他的职位也并不理想。

同时，家庭环境很可能也是椿子爵自杀的动机之一。

椿子爵的宅邸位于麻布六本木，并未毁于战火，但正因如此，

①日本掌管皇室事务的机构，1869 年设立，1947 年废止。

他不得不背负许多不幸。二战结束后，椿子爵夫人的哥哥新宫子爵一家以及舅舅玉虫伯爵一家都因宅邸被烧而无家可归。三家人便一同挤在椿子爵的宅邸中。这一情况严重刺激了他本就敏感的神经。

椿子爵虽居住于麻布六本木的宅邸内，但实际上宅邸在夫人秌子的名下。

椿家是堂上华族，在各路公卿中地位很高，但在明治维新[①]后没出什么人才。尽管获得了爵位，俸禄却逐年减少。椿英辅年轻时曾一度陷入贫困底层，甚至连子爵的脸面都很难保住。和秌子的婚姻挽救了椿英辅的生活。

秌子的娘家新宫家是大名华族，世代擅长理财，在华族间名声显赫。玉虫伯爵是新宫家的巨大后盾。他是秌子母亲的哥哥，二战前担任研究会的领袖，是贵族院的掌门人。虽没当过大臣，但他在政界的势力不可小觑。

椿英辅经常感慨，为什么玉虫伯爵将如此疼爱的外甥女嫁给自己这样的人。但伯爵也许已经后悔了，听说他曾经骂椿英辅是个只会吹笛子的废物。

对于伯爵这样的老顽固来说，像椿英辅这样在社会交往中既幼稚又优柔的人都很无能。相比之下，伯爵的外甥新宫利彦虽然一味沉迷于酒色与高尔夫，却能得到伯爵的褒扬，被称赞很有派头。由此可见玉虫伯爵这个人是多么顽固。

如此放肆的伯爵与只懂吃喝玩乐的哥哥来到家中，把一切都当成自己的东西，口头禅就是骂椿子爵无能。消息灵通的人纷纷议论，

---

①明治是日本睦仁天皇在位期间使用的年号，时间为 1868 年到 1912 年。明治维新即睦仁天皇即位后所推行的改革运动。

认为在这样的环境中，就算椿英辅再温厚老实，也会有无法忍受的一天。

这姑且不谈。就在椿子爵失踪生死不明的消息见报后引起骚动时，敏感的唱片公司看准机会，推出了《恶魔吹着笛子来》的唱片。如前所述，这张唱片隐藏了诸多线索，但当时谁都没有在意。而且这张唱片既不是歌谣，又选择了西方乐器中比较阴郁的长笛，因此没有得到热捧。

在之后的两个月中，没有任何关于椿英辅行踪的消息。但大多数人都认定他已自杀。二战结束后，他总将死挂在嘴边，还说如果要死，就要在谁都无法找到的地方静静死去。因此人们都说，他大概是死在了深山老林里。这种猜测很快被证实。

四月十四日，即椿英辅离开家后的第四十五天，有人在信州雾峰的山林里发现一具男尸。根据着装和随身物品，当地警方判定是搜索中的椿英辅，随即通告他在六本木的家人。

在六本木的宅邸中，人们为由谁去领回遗体而争执不休。夫人烁子因丈夫失踪受到惊吓，身体不适，而且她本来就不适合做这种事，因此决定由女儿美祢子代为前往。决定一出，美祢子的表哥一彦随即提出和美祢子同去。一彦是烁子的外甥，跟随椿英辅学习长笛。

但只有这两人去，令人很不放心。一彦二十一岁，美祢子十九岁，都太年轻，需要有个社会经验丰富的人陪同前往。人们都认为一彦的父亲新宫利彦最合适，但新宫利彦始终不答应。比起领回妹夫的遗体，他更想敲诈妹妹，用得来的钱到街头找妓女，或者强迫别人请他打高尔夫。

但在妹妹的眼泪和回来后可以得到大笔游乐资金的约定下，新宫利彦还是带着一彦和美祢子出发了。随从是一个叫三岛东太郎的年轻人。三岛东太郎的父亲是椿英辅的朋友，死于战争。二战结束后，椿英辅一直帮朋友照顾儿子。到了信州，三岛东太郎承担了办理手续和收拾东西的全部工作。

遗体在上诹访进行解剖后火化。现场状况及尸检结果显示，三月一日离开家后，椿英辅立刻来到了雾峰，服下氰化钾后身亡。但令人惊讶的是，尸体被发现时几乎没有腐烂。当然，与生前相比，椿英辅的样子还是有变化的，但女儿、妻子的哥哥和外甥三人都一眼就认了出来。这或许是当地气候寒冷的缘故。

就这样，椿英辅将自己从世上抹掉了。如果他是三月一日离世的，那么在离世时，他还有子爵身份。也许他是想在自己还是贵族时，以贵族的身份离开这个世界。

人们都认为，椿子爵失踪一案将就此画上句号，但实际并非如此。

半年后，恶魔高声吹响诅咒的笛音，人们开始从全新的角度看待椿英辅的失踪。

第二章　椿子爵的遗言

读过《黑猫酒馆事件》的读者应该知道，昭和二十二年前后，金田一耕助的生活经历非常奇特。

昭和二十一年秋天，刚刚复员的金田一耕助无家可归，寄居在位于大森山边的松月旅馆院内的一栋小屋里。金田一耕助的旧友风间俊六战后在横滨从事建筑业，颇有势力，松月旅馆是他交给小妾经营的产业。金田一耕助径直投奔那里，就像生根发芽般再没离开。

幸运的是，这个小妾是个好女人，就像照顾亲弟弟一样照顾他（女人实际比他小）。金田一耕助这个人一旦开始办案，立刻变得英姿飒爽，但平时却像猫一样懒洋洋的。就算在别人家吃闲饭，也总给人添麻烦。但那女人从未表现出任何不满，还常给他零花钱。

受到如此好的待遇，金田一耕助本应彻底安下心来，但麻烦总是时不时找上门。

随着他的名字广为人知，委托他调查案件的客人渐渐增多。客人中有男有女。对男人来说，出入这种场所都要犹豫再三，更何况是妙龄女子，仅仅走进单身旅馆的大门，就需要莫大的勇气。就算好不容易鼓起勇气进门，和金田一耕助在四叠[1]半的小屋里会面时，仍会尴尬万分。

那是昭和二十二年九月二十八日。

金田一耕助正和一位面露尴尬的女客在四叠半的小屋中对坐。女人二十岁左右，很年轻，短发，丝质衬衫外罩着粉色开衫，搭配一条黑裙子，在当时的同龄人中显得很土气。

女人实在称不上美女。她额头很宽，眼睛很大，脸颊和下巴却又太窄，看起来不成比例。这让她显得有些滑稽，却也因此很有派头。来这里的客人通常会焦躁不安，但这个女人身上笼罩的阴影让人捉摸不透。

金田一耕助暗自观察女人。但在别人看来，他只是在悠然地抽烟。女人有些无所适从，心情烦躁，不停扭动膝盖。打过招呼后，两人一直默不作声，金田一耕助在等待女人开口，对方也在等待他先说话。金田一耕助很不擅长应对这种局面。

忽然，烟灰从金田一耕助指尖落下。女人睁大眼睛，看着落在桌上的烟灰说："那个……"她正想继续说什么，金田一耕助忽然冲烟灰吹了口气。"啊！"她慌忙用手绢擦了擦眼睛。

"啊！这、这……真抱歉。烟灰进眼睛了吗？"金田一耕助急忙探过身子。

"没有……"女人揉了两三下眼睛，拿开手绢，用责备的目光看着金田一耕助，嘴角却露出笑容。发黑的牙齿若隐若现，显得很可

---

①日本计量房屋面积的单位，1 叠约为 1.62 平方米。

爱。一瞬间，她身上笼罩的阴影烟消云散。

金田一耕助挠着头说道："真、真不好意思。我不太懂礼节。眼睛没关系吗？"

"嗯，没关系。"女人恢复了高高在上的表情，再次装模作样起来，但嘴角已经放松。

"你去找过警视厅的等等力警部吧？"

"嗯。"

"然后等等力警部让你来找我？"

"是的。"

"那你有什么事？"

"嗯……这个……"女人略一犹豫，说道，"我叫椿美祢子。"

"这你刚才已经说了……"

"不，这么说您可能不会注意，我是今年春天失踪的椿英辅的女儿。"

"今年春天失踪的……"金田一耕助喃喃自语，忽然睁大了眼睛，"你是椿子爵的……"

"是的，虽然爵位已经没有了……"美祢子自嘲般冷冷地说道，一双大眼睛直视着他。

金田一耕助依然挠着头。"这可真是……还请节哀顺变……"他再次看向对方，"那你来找我是因为……"

"啊，那个……"包裹美祢子的阴影不断扩大。她愈加焦躁，不安地用指尖将手绢揉成一团。"我的话可能没什么条理。这对我们来说是个很严重的问题……"美祢子的大眼睛像是要将金田一耕助吸走一样，"我父亲真的死了吗？"

金田一耕助吓了一跳，看向对方。猛烈的惊吓让他差点儿一跃而起。他双手扶住桌沿，好不容易控制住情绪。“怎、怎、怎么回事？”

美祢子的双手平放在膝盖上，默默地盯着金田一耕助。包裹她的阴影像暑天摇晃的热气一样越升越高。金田一耕助喝干茶杯里剩下的冷茶，终于镇定下来。

“我在报纸上看过那起案子的报道，虽然不了解详情，但信州某处的山中确实发现了你父亲的遗骸。”

“嗯，是在雾峰。”

“是在离家出走后第几天发现的？”

“第四十五天。”

“哦，因此你父亲的遗体应当早已腐烂，无法辨认。但报道却说，一看就知道是你父亲……”

“不，父亲的遗体几乎没有腐烂。这让人有点儿毛骨悚然。”

“你亲眼看过吧？”

“负责领回遗体的就是我，因为母亲不愿意去……”

美祢子说出“母亲”一词时声音有些异样，金田一耕助不禁再次看向她。她或许也注意到了这点，耳垂发红，微微低下头，但立刻又抬起。耳垂上的火焰已经消失，阴影依然包围着她。

“你确认那死者是你父亲？”

“是的。”美祢子喃喃道，“到现在我也还确信。”

金田一耕助一脸不可思议地看着美祢子，立刻想到了该如何应对。“你一个人吗？没有人和你一起去？”

“舅舅及表哥和我一起去的。还有一个姓三岛的人也……”

“他们都很熟悉你父亲吗？”

“是的。”

“他们也认定死者是你父亲？”

“嗯。”

金田一耕助终于皱起眉头。“但事到如今，你们又怀疑你父亲没死。”

“先生，”美祢子的语气忽然激烈起来，“我相信那就是父亲，到现在也相信。但遗体虽然没腐烂，容貌还是和生前不一样。我觉得那是父亲自杀前的苦闷心情与服药后的痛苦造成的，但看到遗体时，我记得确实有人嘟囔说，也许是认错人了。后来，每当有人固执地认为那具遗体不是父亲时，我也不禁动摇起来。连我这个女儿、这个看遗体看得最清楚的人都如此，其他人自然会感到不安。而且舅舅觉得遗体很可怕，连看都没看……”说到舅舅，美祢子的声音再次透出阴郁。

“舅舅是指……”

“是我母亲的哥哥新宫利彦，以前是子爵。”

“那表哥就是你舅舅的……”

“是舅舅的独生子。”

“你父亲的身体没有什么特征吗？”

“如果有，我想就不会产生这么大的问题了。”

金田一耕助点点头。“但到底是谁说那具遗体不是你父亲的……”

“是母亲说的。”美祢子立刻冷冷地说道。那声音尖锐而冷酷，金田一耕助不禁望向她。

“你母亲为什么……”

“母亲一直不相信父亲自杀。在父亲生死未明时，母亲就这么想。她认为父亲只是藏到了某个地方。父亲的遗体刚被发现时，母亲也曾一度相信父亲已死，但不久就产生了怀疑，说我们骗她，死者不是父亲。在母亲看来，那只是父亲的替身，父亲肯定是躲起来了。”

金田一耕助瞪大眼睛盯着美祢子。不知为何，一种来历不明的阴暗想法从体内升腾而起，但他仍若无其事地应和道：“那是你母亲舍不得丈夫吧……”

“不，不，并非如此。”美祢子的语气就像要撕裂什么，“母亲怕父亲，说如果父亲活着，不知什么时候就会回来复仇……”

金田一耕助使劲儿眯起眼睛。

或许觉得自己说得太多了，美祢子的脸色一下子变得煞白。但她既没有扭开脸，也没有低头，而是直直地盯着金田一耕助，仿佛在对抗他的眼神。黑色的气流仍在她周身升腾。

夫妇间微妙的感情正是问题所在。只要对方不开口，金田一耕助就不便追问。美祢子也在犹豫是否要说下去。

金田一耕助适时转换了话题。

“对了，这么说，你父亲没留下遗书吧？你母亲正是因此——”

“不，有遗书。”美祢子干脆地打断了他。

金田一耕助大吃一惊。“但我记得报纸上确实说没有遗书……”

“是死后很久才发现的。那时，人们已经不再议论父亲的事了，因此我们也没必要再把遗书公开，给人们提供新的话题，便作为秘密没有外泄。”

美祢子从手包中拿出一封信，递到金田一耕助面前。信封正面写着“致美祢子”，背面则用像女人写出的娟秀字体写着“椿英辅”。

当然，信封已经撕开。

“这个东西是放在哪儿的？”

“夹在我的书里。我根本不知道这件事，所以在春天整理桌子时，把不要的书、已经看过的书之类的全都放到书库里了。到了夏天，我准备把书拿出来通风晾晒，结果从书里掉出来这个东西。”

“我能看看吗？”

“请便。”

遗书内容如下：

美祢子：

请不要责怪爸爸。爸爸已经无法忍受更多的屈辱和羞耻了。就算椿家是名门望族，这件事只要一暴露，家族就会陷入泥沼。啊，恶魔就要吹着笛子来了。爸爸无论如何都无法活到那一天。

美祢子啊，请原谅爸爸。

遗书没有署名。

“肯定是你父亲的笔迹吧？”

“没错。”

“但这里的屈辱和羞耻是什么意思？如果是指失去爵位，那不只是你们家的事，而是你们整个阶级的问题，应该不会影响到家族的名誉……”

“不，不是这个。”美祢子咬牙切齿道，“父亲确实也曾为此烦恼，但信里指的不是这一点。”

“那是……”

“父亲他……父亲他……”美祢子的额头上渗出令人作呕的油汗，她仿佛已被某种东西附体，一边喘气一边说道，“今年春天，作为天银堂案件的嫌疑人，父亲接受了警察严格的调查。”

金田一耕助双手猛地抓住桌子的两端，感觉头上结结实实地挨了一铁锤。他喘着粗气，清了清嗓子，慌慌张张想要说什么。

但在他开口之前，猛烈的、诅咒般的话语已经从美祢子唇间迸出：“实际上，经多次修正后的天银堂案件嫌疑人的画像和我父亲一模一样。这真是不幸。但是……但是……警察盯上我父亲，并不是因为这一点。有人偷偷向警察报告，说我父亲就是嫌疑人。我不知道那人是谁，但我知道肯定是我家里的人。住在我家的有椿、新宫、玉虫三个家族，肯定就在他们当中。”

一瞬间，美祢子看起来就像令人毛骨悚然的女巫，包裹她的阴影似乎就要变成黑色的火焰燃烧起来。

第三章　椿子爵的神秘旅行

作为天银堂案件的嫌疑人，椿子爵接受了严格的调查。再没有比这更让金田一耕助吃惊的事了。

身为贵族，却被认为是那起惨不忍睹的大案的嫌疑人，这真是……

椿子爵一定曾在脑中描绘过没落阶级的残酷命运，感受过如同吞了铅块一样的沉重。

“这、这真是……”金田一耕助使劲儿咽了口唾沫，“我还是第一次听说。那起案件我记得很清楚，但报纸上完全没提到这件事。”

“嗯，顾及父亲的身份，警方最终还是为我们保密了。但父亲曾三番五次被叫到警视厅，还和天银堂案件的幸存者见过面。不仅如此，关于父亲在案发当日，也就是一月十五日的行踪，连我们都接受了严格的调查。”

“是吗？是调查不在场证明啊。那是什么时候的事？”

“父亲第一次接受调查是在二月二十日。”

“是失踪前十天。很快就确定不在场了吧？”

“没能确定。一月十五日那天，父亲究竟在哪里，在做什么，当时我们谁都不知道。不，到现在我们还是不知道。”

金田一耕助再次直直地看向美祢子。美祢子的声音中带着愤怒。“警视厅的人来讯问相关情况时，我立刻查看自己的日记。一月十四日早上，父亲说要去箱根的芦之汤，随后便出门了。在那之前，父亲一直在创作长笛曲。他说为了获得更多灵感，准备到芦之汤住几天。到了十七日晚上，父亲回来了。我们都理所当然地认为他一直住在芦之汤，但根据警视厅的调查，他根本没去那里。”美祢子揉搓着手帕，边喝中国茶边说道，“而且父亲一开始坚决不肯透露那几天的行踪。这让警方对他的印象更加恶劣，一时间，他的处境非常危险。”

“但最终还是洗清嫌疑了吧？”

“是的。嫌疑越来越难以排除，父亲也很惊讶，最终说明了从十四日到十五日的行踪。不在场证明由此成立。整个过程耗费了一个星期。”

“你父亲到底去了哪里？”

“我也不知道。父亲没有告诉家人一句。”

金田一耕助胸中忽然一阵悸动。

尽管被当成像天银堂案件这样的大案的凶手，却仍迟迟不肯说出不在场证明，这背后究竟有什么深不可测的内情？

“你父亲有什么非保密不可的事吗？”

“我认为绝对没有。”美祢子的声音中充满愤怒，“与其说父亲懦弱，不如说他是个胆小的人。即使在我这个孩子眼里，他也过于小心谨慎，让我看着都着急。说到嗜好，他也就是喜欢长笛。正因为他是这样的人，我无论如何都不觉得他有什么秘密。但是……”美祢子的声音忽然低沉下来，“一月中旬，也就是刚才说的神秘旅行的前后，他倒是有点儿奇怪……”

“奇怪是指……”

“他看起来很烦恼，而且常常显得很恐惧。”

“恐惧？”

“但自从二战结束后，他一直如此……因此我们只是认为自今年以来，他的恐惧程度忽然加剧了。但如今看来，那果然有点儿奇怪。”

“也就是说，年初发生的某件事扰乱了你父亲的心。关于这一点，你有什么线索吗？”

“也没有什么……只是……”

“什么？怎么了？”

“玉虫大舅公从去年年末开始和我们一起住。”

“玉虫大舅公是……”

“是我外祖母的哥哥，叫玉虫公丸，直到今年春天为止都是伯爵。”

“哦。”金田一耕助从桌上拿过便笺和钢笔，盯着美祢子，“你刚才说，告密的人就住在你家。那是什么意思？”

“那是……那是……”包裹美祢子的阴影再次变成浊黑的火焰，熊熊燃烧起来，“那是父亲说的。我至今还能清楚地回想起那时的事。那天是二月二十六日，父亲摆脱了可怕的嫌疑，回到家中。但即便如此，家里的人仍十分恐惧，谁也不敢靠近父亲，只有我一个人去安慰他。那时父亲在二楼的书房里，天色已暗，他却不开灯，精神恍惚地靠在椅子上。他那寂寞的身影至今仍浮现在我的眼前。我连安慰的话也说不出，只是靠在他的膝头，放声大哭。”美祢子的脸怪异地扭曲着，似乎就要哭出来。

但她没哭。相反，她睁大了眼睛。

“那时，父亲边抚摸我的头发边说：‘美祢子啊，这个家里住着恶魔。是那家伙向警察告的密。’”

笼罩着美祢子的阴影越来越浓，但金田一耕助不再感到惊奇。他已经渐渐知晓美祢子浑身阴影之后的秘密。

“我吃惊地看着父亲，询问那句话的意思。父亲没再多说，但若将他时断时续的话语总结起来，就会得出这样的结论。告发父亲的信中详细记录了父亲在天银堂案件前后的言行，如果不是住在同一屋檐下，就不可能知道这些。”

金田一耕助感到膝头蹿起一阵恶寒，就像某种冰凉的东西正在爬升。“你父亲没说是谁吗？”

美祢子的神情黯淡下来，点了点头。

“你父亲只是模模糊糊持有这种怀疑吗？还是说他已经明确地知道告密者是谁？”

“我觉得父亲已经确认。”

“那你怎么想？对于上演这出残忍的恶作剧的人，你有线索吗？”

美祢子的嘴唇异样地扭曲着，眼中射出残忍而热烈的光芒。“我不太清楚。但若要怀疑，有很多人都很可疑，以我母亲为首……”

“这……”金田一耕助倒吸一口凉气，再次看向美祢子，令人心悸的战栗再次袭上膝头。美祢子默默地看着他。

金田一耕助拿好钢笔。“让我们来说说当时住在同一座宅邸中的人吧。确实是三个家族在一起吧？”

“是的。”

“那就从你家开始。你的父亲是椿英辅。他贵庚？”

“四十三岁。”

“家里还有谁？”

“我母亲秌子。‘秌’是火字旁，右边是禾木的禾。母亲就快四十岁了，但是……”

“怎么了？”

美祢子生气地鼓起脸颊。“如果您见到我母亲，肯定会认为我在撒谎。母亲显得很年轻，而且非常漂亮。年轻时，母亲被称赞为华族第一美女，现在看起来也不过三十岁上下。因此对母亲来说，生下我这样的丑女儿很意外。我觉得很对不起母亲。”

金田一耕助再次看向美祢子，想要说什么，但立刻改变了想法。美祢子是不会接受轻浮的奉承话的。

“然后就是你了。你多大？”

“十九岁。”

“有兄弟姐妹吗？”

“没有。”

“那你家一共有三个人。有管家或差役吗？”

“以前有，但现在已经不是那种时代了……不过另外还有三个人。”

“都是什么人？”

“一个是母亲结婚时带来的老女佣，叫信乃，六十二三岁，现在负责安排家计。”

“听起来很能干啊。”

“嗯，非常能干。现在她仍把母亲当成小孩，从不叫母亲‘夫人’，而是叫‘烁子小姐’或者‘大小姐’，母亲为此非常高兴。”美祢子的话中带着讽刺。

金田一耕助装作没听出来，继续问道：“那另外两个人呢？”

“其中一个叫三岛东太郎，二十三四岁，似乎是父亲结婚前某个朋友的孩子，去年秋天退伍，因为没有去处才找到我父亲。他是个很重要的人……”

“什么意思？”

美祢子的脸略泛红晕。“您应该知道我们现在如何生活吧？都是靠变卖家产度日的。陷入这种生活后，我们完全不知道该怎么做，经常会被心怀不轨的商人抓住弱点……但自从三岛来到家里，一切都变得顺利起来。他很擅长做这种事，而且还会帮家里购买粮食，最终搬到了我家。”

“年纪轻轻却很让人钦佩啊。那另一个人呢？”

“是女佣阿种，二十三四岁，比我漂亮。”

金田一耕助无视美祢子讽刺的语气。“那么，椿家共有以上六人。另两个家族呢？”

“新宫一家住在别栋。他们家在五月的大空袭中被烧，从那以后，他们一直住在我家。利彦舅舅和我父亲同龄，今年四十三岁。家里还有华子舅妈和独生子一彦。我不知道舅妈的年龄，一彦表哥是二十一岁。”

“只有三个人？有女佣吗？”

“他们地位不够，不能雇女佣。”美祢子嘲讽道，但随即红着脸低下头，似乎察觉到了自己的失礼。不过她很快又抬起脸，用挑衅的目光看着金田一耕助。“看来我还是把一切都交代清楚比较好。在房子被烧毁前，舅舅的生活非常艰难，总找我母亲要钱。至今为止，他恐怕从未自食其力过。他很懒，但生活却奢侈放荡。在他看来，世上所有人都有养他的义务，他则有不劳而获的特权。”

金田一耕助微笑道：“贵族中肯定有这样的人。”

“嗯，也许如此。舅舅就是其中的典型。但舅舅来找我母亲要钱，也不是毫无道理的。我的外祖父在我母亲十五岁时就去世了。外祖父非常疼爱母亲，将大部分遗产都留给了母亲，只给了舅舅一小部分。而且我的曾外祖父也留下了大笔遗产，这让我母亲成了大富豪。母亲很漂亮，人见人爱。看到母亲带着大笔财产嫁到了椿家，舅舅感到十分不公平。花光自己的钱后，他就开始觊觎母亲的财物，仿佛那是他理所应得的。后来又发生了家被烧毁一事，所以就算舅舅一家和玉虫大舅公强行住进我家，我父亲也不能说什么。父亲一直像入赘女婿一样，没有任何权利，十分孤独。”

美祢子的语气愈发激烈，声音中透着愤怒。但金田一耕助没有理会，继续问道：“玉虫前伯爵是一个人住吗？”

“不，有一个年轻女佣和他一起住，叫菊江，二十三四岁。当然，不仅仅是女佣。”

金田一耕助立刻明白了美祢子的意思。“你的大舅公今年贵庚？”

“大概七十岁。”

“他别无去处了吗？”

“不，玉虫家有很出色的继承人，除此之外还有很多孩子。但大舅公这个人个性很强，很任性，和孩子们都合不来。相反，我母亲很尊敬他。”

金田一耕助的目光落在便笺上，上面写有以下十一个人：

椿英辅　　　四十三岁
妻烁子　　　四十岁
女儿美祢子　十九岁
老女佣信乃　六十二三岁
三岛东太郎　二十三四岁
女佣阿种　　二十三四岁

新宫利彦　　四十三岁
妻华子　　　四十岁左右
儿子一彦　　二十一岁

玉虫公丸　　七十岁左右
妾菊江　　　二十三四岁

金田一耕助把便笺递到美祢子眼前。“你是说这些人都有告密的可能吗？”

美祢子浏览了一遍。“不，不能说全部。三岛、女佣阿种，还有菊江，他们都没有理由做那种事。华子舅妈和一彦表哥也不会……华子舅妈是个很好的人。但另外四个人，以我母亲为首，包括信乃、利彦舅舅和玉虫大舅公，都有告密的可能。”

“这四个人都恨你父亲恨到了那种程度？”

美祢子的脸上再次升腾起浊黑的愤怒之火。“不，他们不恨我父亲，但那比憎恨更过分。他们一直都蔑视我父亲。”美祢子咬牙切齿地说道，“在新宫家的那些人看来，我父亲很无能，而且老实，无论别人对他做什么，无论别人如何恶语相向，都没有丝毫反抗。他们利用这一点，找我父亲麻烦，欺负他、难为他、愚弄他，并且以此为乐。利彦舅舅尤其如此。因为他是个一无是处的男人。”

美祢子的语气斩钉截铁，犹如牙齿间渗出鲜血般辛辣。金田一耕助饶有兴趣地看着美祢子。“你母亲的态度也一样吗？”

“不，母亲不太一样。”美祢子的声音忽然倦怠下来，“母亲很单纯，就像个孩子。对母亲最有影响力的是玉虫大舅公。大舅公的一言一行会立刻影响到母亲。在大舅公看来，我父亲和猫狗没什么区别，因此我母亲也已经习惯无视父亲……我母亲现在很后悔。不，与其说后悔，不如说害怕。她就像孩子一样害怕得直哆嗦，怕我父亲回来报仇。”

“我明白了，因此她才会幻想你父亲还活着。”

“嗯。但只限于幻想还好。可是……母亲说她最近见过父亲。”

“什么？什么时候？在哪儿？”

金田一耕助吃惊地再次看向美祢子。美祢子看起来仍像女巫一样。

“是在三天前，二十五号。母亲带着菊江和女佣阿种去东京剧场。她们的座位在正面池座的前排。幕间休息时，她们无意间回头一看，发现父亲就坐在二楼第一排。从那以后，母亲就开始神经错乱，菊江和阿种也很害怕……”

“她们都认为那就是你父亲？”

“是的。最先注意到的是菊江，是她告诉我母亲和阿种的。”

“那她们没去确认一下那是不是你父亲吗？”

“没有。当时她们都觉得毛骨悚然，谁都不敢去。这是菊江和阿种说的。那人注意到她们三个人的视线，忽然缩回了身子。等到菊江和阿种终于鼓起勇气上前确认时，那人已经消失了。”说到这里，美祢子停了下来，凝视着金田一耕助，似乎在观察对方的反应。

金田一耕助内心深处的不安弥漫开来，仿佛一摊薄墨正在渐渐扩散。

“然后呢？”

“明晚会在我家进行占卜。”

“占卜？”

话题忽然转向意想不到的方向，金田一耕助不禁睁大眼睛。美祢子却面不改色。“嗯，要占卜父亲是否还活着。啊，对了，您能在便笺上加一个人吗？”

“什么人？”

“目贺重亮，五十二三岁，是医学博士。在我母亲还没出嫁时，他就是我母亲的主治医生了。我母亲是那种明明没病、却总觉得自己有病的人，因此目贺医生经常来我家，简直就是我家的一员。明天主持占卜的正是目贺医生。”

金田一耕助再次睁大了眼睛。但美祢子似乎并未留意，继续说道：“最近，那种事很流行。经常有夫人太太们在我家围着目贺医生占卜。对了，之所以提起，是想请您出席明晚的占卜……”

话题忽然触及现实，金田一耕助吓了一跳，他看着美祢子，稍微探出身子问道：“你难道认为明天的占卜会出现什么情况吗？”

“不，不是的。我从没觉得占卜有什么问题。但您如果出席，就能一次认全便笺上的人。我希望您能好好观察。您说呢？”美祢子的语气忽然急切起来，“我最近特别不安。我可以忍受母亲对于父亲仍然活着的幻想，反正母亲一直都是这种人。但如果母亲遇到的是酷似父亲的人，那就不一样了。生活中确有两个人相貌相似的现象，所以那也许是偶然。但仔细想想，一直幻想父亲仍然在世的母亲竟然遇到了酷似父亲的人，怎么看都不像是偶然。这难道不是某个人出于恶意而为吗？我越想越害怕，越来越不能接受母亲幻想父亲仍活着一事。母亲很敏感，很容易为暗示所动。难道她不是被某个人影响的吗？我是这么想的。那个人让母亲相信父亲还活着，究竟是为了什么？我真的很害怕。”

美祢子目光惊恐，仿佛被什么附体一般。“今天，我不知如何是好，便去找警视厅的等等力警部商量。我父亲成为天银堂案件的嫌疑人时，曾得到等等力警部的亲切关照。但警部说这种事找您更合适……”

美祢子说有事相求，正是指这件事。

第四章　沙子占卜

前子爵椿英辅的宅邸位于麻布六本木，就在六本木十字路口朝向霞町方向的下坡右侧，占地达一千二百坪[①]。这一带几乎都受到了战争的波及，只有椿家不可思议地没被烧毁。在战后复兴尚未到来的一九四七年，庭院内郁郁葱葱的柏树十分显眼。

在受到战争影响前，这一带住着许多家族历史悠久的伯爵、子爵之类的人，围墙连成一片，仿佛要扎下根来。椿英辅家也是其中之一。这处宅邸原来属于炼子的外祖父，后来传给了炼子。

宅子的主体是一座古老的明治样式的二层洋楼，附有一间日式平房，其走廊向外延伸，与另一间日式平房相连。那间房是炼子结婚时为了把母亲接来而新建的。

椿英辅与新宫炼子结婚时，双亲都还在世。但炼子不允许他们与椿英辅住在一起，反而让自己的母亲过来同住。因此炼子虽然嫁

① 日本计量房屋和土地面积的单位，1 坪约为 3.3 平方米。

给了椿家，但椿英辅实际上成了新宫家的入赘女婿。

烁子的母亲在战前就去世了。如今，玉虫前伯爵和爱妾菊江一起生活在那间平房中。

除此之外，庭院一角还有一栋建筑，风格介于日式和西式之间。以前，那里既是管家夫妇住的地方，也是一家之主烁子处理事务的场所。但现在，新宫前子爵一家搬进了那里。

昭和二十二年九月二十九日，美祢子拜访金田一耕助的翌日，晚上八点。在椿家宅邸宽敞而古老的会客室里，金田一耕助正面对一个奇怪的人。

这个人五十二三岁，穿着邋遢的日常礼服，领带歪系，扁平的脸庞就像关公蟹一样，胡子也乱蓬蓬的。尽管如此，他一点儿都不显老，反而让人觉得他精力旺盛。而且他比同龄人更加壮实，脸上油光发亮，给人一种下流感。这就是今晚的主角目贺重亮博士。

“不，我在这方面并无多大造诣，只是略感兴趣而已。而且用沙子占卜是第一次……”

金田一耕助依旧穿着旧上衣，拿着皱巴巴的礼帽。他忘了把帽子挂在玄关，便一直拿在手里。

“不，这也不是我发明的。沙子占卜是古时从中国传来的，我只不过进行了一些改良，没想到效果很好。”

“你研究很久了吗？”

“是的，已经研究十多年了。在战争刚开始时，我在北平待了一年。后来，我一直在研究那时学到的东西。”

“那里也有沙子占卜吗？”

“那里一般是扶乩。我觉得那就像日本的狐狗狸占卜，但更加新颖。对了，你真的是一彦的学长吧？”

看到目贺博士睁大眼睛，锐利的目光直射过来，金田一耕助慌忙说道：“嗯，是的、是的。”随后，他赶忙转换话题。“对了，占卜什么时候开始？”

目贺博士冷漠的眼神中透出一丝笑意。“一停电就可以开始。”

“停电？”

“是的，烁子崇尚神秘主义，家中要变得漆黑才行。但在黑暗中是无法占卜的，所以需要用夜灯。今晚的紧急停电从八点半开始，持续三十分钟，就快到时间了。”

如果您对昭和二十二年电力紧张的情况还有印象，那么您一定还记得那时分区轮流停电的困难情况。占卜正是要利用停电的时间。

目贺博士正取出怀表看时间，一个年轻男人走了进来。“博士，准备大致都完成了，您能来检查一下吗？”

“啊，是吗，好的。”目贺博士一脸愉快地站起来，随后又像注意到什么似的看向金田一耕助。“金田一先生，失陪了。”

“啊，请便。”

“三岛，夜灯准备好了吧？”

“嗯，是让阿种准备的。”

听到“三岛”二字，金田一耕助不禁再次打量起年轻人来。年轻人很高，体格结实，肤色白皙，虽不算美男子，但笑起来很亲切。用目光向金田一耕助致意后，年轻人跟随目贺博士离开了房间。从背影看，目贺博士的罗圈腿十分明显。

金田一耕助拿出表看了看，正好八点二十分。

就要进入紧急停电状态了。美祢子究竟在做什么？刚才金田一耕助到达时，美祢子立刻飞奔至玄关，将他带到会客室，并向他介绍了目贺博士。随后，美祢子说要通报母亲，便离开了，直到现在还没回来。

金田一耕助拿出手帕擦了擦额头，双手拿着帽子扇风。这是个十分闷热的夜晚，就算静止不动，也会大汗淋漓。也许又要下雨了。

金田一耕助正心不在焉地想着，走廊里响起了轻微的脚步声，一个中年男人忽然进入屋内。看到金田一耕助，男人似乎吓了一跳，立刻停住脚步。

这也许就是新宫利彦，金田一耕助立刻做出判断。男人个子很高，肤色白皙，但无精打采。他虽摆出一副趾高气扬的姿态，却不时露出胆小的神情，长长的人中和松弛的嘴角让他看起来有些愚蠢。

新宫利彦用疑惑的目光肆无忌惮地盯着金田一耕助，但一看到金田一耕助起身打招呼，便胆怯地后退几步，冷漠地离开了房间。

真是的，这家伙，还真认生。

金田一耕助正感意外，屋外传来新宫利彦的说话声。

“喂，美祢子，会客室里奇怪的家伙究竟是谁？”新宫利彦声音沙哑。金田一耕助没听清美祢子的回答，只听新宫利彦随后说道：“什么啊，一彦，你说的学长就是那个人？还是别带那种奇怪的家伙来家里为好。那种人肯定居心不良。”

哎呀哎呀，我还真是不受欢迎。看起来像个坏人吗……金田一耕助正独自发笑，美祢子和一个年纪相仿的男子来到屋里。美祢子一脸愤怒。“失礼了。这是我的表哥一彦。”她语气生硬地介绍道。

一彦完全不像他父亲，这令金田一耕助有点儿意外。

“我父亲有没有什么失礼的举动？”一彦说道，表情像孩子一样诚挚。金田一耕助不禁感慨他幸好不像他父亲。他虽没有父亲高，但身材匀称，面容比父亲要帅气得多。然而，一团黑影正隐含在他那年轻人的霸气中，这也许正是椿子爵案件给这个家造成的悲剧后果。

“没有，没有。”金田一耕助笑道，“我正想和他打招呼，他似乎吓了一跳，出去了。他肯定认为来了个奇怪的家伙，哈哈哈……”

一彦脸颊泛红，露出痛苦的表情。美祢子神色严肃地耸耸肩。“舅舅一直如此，在外懦弱，在家逞威风，到了那个年纪还是很认生。”

这时，从门口传来轻微的衣服摩擦声。美祢子惊讶地回过头。“啊，母亲来了。”美祢子的语气有气无力，这让金田一耕助有些奇怪。他依旧坐在椅子上，朝门口看去。

这是金田一耕助第一次见到美祢子的母亲、前子爵椿英辅的遗孀。直到很久以后，他都无法从脑中拂去那无法形容的奇怪印象。那个女人显得年轻漂亮，根本看不出有美祢子那么大的女儿。虽然有些发福，但就像市松人偶一样恰到好处，丰满的脸颊上露出酒窝，这让她更显年轻。她穿着光滑的绸质和服，腰间系着粗粗的金线，就像少女一样。

尽管如此，在看到这个女人的刹那，金田一耕助感觉心中有无数小虫在爬行，似乎看到了什么不健全的东西。

秌子确实很美，但那是种人造花一样的美，是像画中美人一样空洞的美。秌子满面笑容，令人目眩神迷，但金田一耕助却觉得她只是按照别人教她的方式在笑。她注视着金田一耕助，目光却飘向更远的地方。

“美祢子。”秌子像小姑娘一样歪了歪头。

听到秌子声音的瞬间，金田一耕助再次感觉到了心中的小虫。那是比小姑娘更加娇滴滴的声音。

“这位就是你和一彦的客人吗？为什么不给我介绍？”

“我先失陪了。”一彦似乎无法再待下去，经烁子身旁出了房间。美祢子用阴郁而愤怒的眼神目送一彦的背影，但随即走到母亲身边，拉起母亲的手来到金田一耕助面前。金田一耕助慌忙起身。

“母亲，我来介绍一下。这位是金田一耕助先生，是一彦表哥的学长，因为对占卜很感兴趣，所以来我们家。金田一先生，这是我母亲。我有点儿事，就先失陪了。”美祢子语速很快，说完后立刻扭过脸，大步走出房间。

“唉，这孩子真是的！”烁子故意皱起眉，“走路就像男孩子一样……现在的女孩子真是的，举止越来越没规矩，真没办法，无论怎么纠正都改不过来。”说完，烁子嫣然一笑，转向金田一耕助。“你不去那里吗？”

金田一耕助一时拿不定主意。他看了看表，马上就八点半了。一到八点半就会停电。如果在漆黑一片中和这个女人共处一室……想到这里，他不禁冷汗直流。“不，我在这里更好。对了，夫人，占卜快开始了吧？”

“占卜？啊，是的，你就是为此而来的。我说，先生，”烁子的脸色忽然阴沉下来，“你怎么想？我丈夫真的死了吗？不，不，那是谎言。我丈夫一定还活着。其实我最近还遇到了我丈夫。”烁子像孩子一样浑身颤抖，“先生，我真的很害怕。我丈夫一定是在找机会向我们复仇。”

烁子的恐惧绝非装模作样，也毫不夸张。她真的相信丈夫依旧在世，并为此恐惧不已。

但就算谈及这个话题，烁子全身依旧散发出难以名状的妖媚气息。那是不能以常识来判断的感觉，下流而令人厌恶。

不过，金田一耕助还是渐渐适应了这朵疯狂绽放的妖花散发出的浓香。在他看来，与其说那香气令人厌恶，不如说那香气背后的愚蠢让人同情。“夫人，你为什么认为你丈夫会回来报仇？”

“那都是……那都是因为我不好。我丈夫老实，我便利用了这点，无意中怠慢了他……先生，平常老实的人一旦下定决心，就会做出很可怕的事吧？天银堂案件的凶手应该就是我丈夫吧？”

“夫人！”金田一耕助吓了一跳，不由得呼吸急促起来。

“啊，夫人，您在这儿啊。”一个年轻漂亮的女人走进房间。她穿着大红色晚礼服，戴着珍珠项链，身材瘦高，姿态优雅。

“菊江，有事吗？”谈话被打断，烁子似乎有些不满。

“占卜就要开始了，请到那里去。”

“我马上就去。菊江，我正在和金田一先生讲我丈夫的事，说我丈夫也许正是天银堂案件的凶手。”

“要是那件事，您之后讲多少都行。但现在就要到占卜的时间了……来，去那边吧。”菊江的手温柔地抚上烁子的后背。“金田一先生，您也请。”

“好的。”金田一耕助本想好好观察一下菊江，但就在这时，电灯灭了，一切陷入黑暗中。

“啊，这可麻烦了。要是带着手电筒就好了。”

“菊江，菊江，我好怕！”

“没关系，夫人。您跟着我就好。而且还有金田一先生在啊。”

“金田一先生，请别走……请在我身边……我……我……”

“夫人，我就在这里，你别担心。”

站在伸手不见五指的黑暗中，金田一耕助不禁提心吊胆，一种难以言说的怪异感涌上心头。

美祢子的担心不是没有道理的。利用这朵空洞而美丽的花的疯狂幻想，就能制造出一切恐怖的犯罪。在这黑暗中，计划也许正在顺利进行……

“哎呀！”烁子忽然发出尖叫，随即响起衣服摩擦的沙沙声。“有人……有人……在二楼走。在我丈夫的书房……”

菊江略一沉默，说道：“夫人，是您听错了。难道现在会有人去二楼吗？金田一先生，您听到什么了吗？”

“没有，什么都没听到。”

“不，不，确实有人从我丈夫的书房里出来了。我听到了关门的声音，还有脚步声……”

就在这时，女佣阿种拿着手电筒走了过来，金田一耕助也就此没再注意二楼是否有脚步声。

“对不起，忽然停电，我来晚了……家里的钟慢了。”

看到光亮，烁子多少冷静下来。

“阿种，辛苦你了。夫人，我们走吧。金田一先生也请。”

周围一片漆黑，金田一耕助看不清周围的情景，但占卜用的房间似乎在最里面。走到半途，美祢子高举手电筒追了上来。

“真吓了一跳，忽然就没电了。家里的钟慢了五分钟啊。”

很快，众人来到举行占卜的房间门前。

“金田一先生，请进。”

“啊……”金田一耕助有些犹豫。他仍拿着那顶带有汗臭味的礼帽。

“金田一先生，请进。”菊江再次说道。

金田一耕助没有办法，把帽子搭在走廊里的花瓶上，走进昏暗的占卜用的房间。

第五章　火焰太鼓

那天晚上，目贺博士在那个房间主持了奇特的沙子占卜。正是那个房间，随后成了血腥的密室杀人案的现场。房间本身具有太多疑点，因此我将稍微花一点儿篇幅来描述房内的情形。

那是个大约有十六叠大的西式房间。房间细长，朝向走廊的入口有一扇对开门。门由栎木制成，厚重结实，内侧镶有门栓。门的上方是与门同等宽度的细长换气窗，窗上装有四扇玻璃，其中两扇能向左右两侧打开，但由于高度只有不到二十厘米，即使打开，不要说整个人进出，就连伸出头都不可能。

进入房间，正面墙壁上有一扇几乎占据整个墙面的大窗户。大窗户是双层结构，外层是严密结实的百叶窗。

这个房间是失踪的椿子爵的工作室。只要有空，椿子爵就会在这里专注于作曲和演奏。因此这个房间与起居室和卧室相隔甚远，而且安装了隔音设施。即使在这里发生争斗，家里人也很可能注意不到。

但那天夜里，金田一耕助在菊江的引导下穿过对开门，进入房间时，里面的布置与平时已有很大不同。直到案件发生，再次来到房间时，金田一耕助才注意到房间竟如此宽敞。

这是有原因的。那晚金田一耕助进入房间时，从天花板垂下的厚重的黑帘围出一个空间，金田一耕助无法看到黑帘之后的样子。

布帘围成的空间大约八叠大小，自家充电的夜灯从天花板上垂下，灯罩中透出微光。在发散开来的光线中，椿、新宫、玉虫三个家族的成员按各自习惯的姿势，默默地围坐在圆桌旁。

但是，在观察每个人之前，金田一耕助的目光被桌上奇怪的东西吸引住了。

那是一个直径达一米半、又大又浅的陶盘，盘中均匀铺满了白净的细沙，上面有个难以描述的怪异物体：一个直径大约十厘米的浅圆盆上绑着五根细长的矢竹。竹子以盆为中心，被整齐地摆成放射状的星形图案，每根竹子的一端都有将近十厘米延伸到陶盘外。而且，在从竹子外端向内十五厘米的地方，各有一根高约三十厘米、更加纤细的矢竹作为支脚。五根支脚支在陶盘中的沙子周边，如果将这五个点连起来，就是一个标准的五角星。

这就意味着，在离铺满沙子的陶盘表面三十厘米的地方，绑有五根放射状矢竹的小盆底部与沙子表面平行。从盆底中心垂下一根仅有三厘米长的金属锥。金属锥会沿着小盆下方以及放射形竹子下部的轨道微妙地移动，在沙子表面写出占卜文字。这就是经目贺博士改良、称为扶乩的东西。盆、竹子和竹质支脚都涂着中国风格的朱漆。

对这奇怪道具的说明暂且到此。接下来，让我再来详细说明列席参加沙子占卜的人。

坐在正面的是主持占卜的目贺博士。博士身后的窗帘上挂有中国宣纸水墨画，画上是一个中国仙人。后来一问，仙人名叫何仙，每当占卜的时候，就需要请出他。而坐在仙人前方的目贺博士则露出一副蛤蟆仙人的表情。

以这个蛤蟆仙人为中心，左侧是秌子，右侧是一个头发如棉花一样白的老人。金田一耕助看了老人一眼，觉得他应该正是曾在研究院和贵族院风光无限的玉虫前伯爵。

由于战后持续不断的打击，玉虫前伯爵已经失去了往年的风姿，但他望向金田一耕助的锐利目光中依旧透着非人的冷酷无情。他皮肤光滑，泛着浅浅的鸡蛋色，完全不像老人，但右侧太阳穴旁醒目的老人斑显示出他的年龄。从他修剪整齐的白胡子可以看出他注重仪表。他的和服质地光滑，领子上方围着黑色围巾。他正舒服地靠在椅背上，散发出一种大人物的气息。

玉虫前伯爵旁边是金田一耕助刚才见过的新宫利彦，新宫利彦身边则是一个穿黑礼服的贵妇人，四十岁上下，显得彬彬有礼，应该就是新宫利彦的妻子华子。

华子给人的印象正好与秌子相反。她们年龄相当，但与秌子相比，华子看起来要老十岁，而且也没有秌子那异样的美貌。不过华子并不丑，而且给人一种安静沉稳的感觉，是一个身材高大、头脑聪明的中年女人。尽管如此，只要看她一眼，就会感受到她那与生俱来、难以消除的倦怠之色。

金田一耕助悄悄地看着华子身边沉湎于酒色的新宫利彦，不禁对她心生同情。

华子的另一边是儿子一彦，一彦旁边则是三岛东太郎。以上五个人占据了目贺博士右侧的位置。

在目贺博士的左侧，首先是烁子，其次是一个老太太。真的很难想象世间会有这么丑的女人。这恐怕正是随烁子来到椿家的老女佣信乃。

就算再怎么丑，也应该不会丑到这个程度。不，这甚至可以说丑得颇具艺术感。时间的流逝似乎已经从她的感情中洗去了任何羞耻或装腔作势的成分，她就像已经忘了自己的丑陋，泰然自若地直面一切，反而让旁人产生一种敬畏。总之，这个女人透出一种非人的冷漠气息。

在信乃旁边依次是美祢子和菊江。加上烁子，这四个人坐在金田一耕助的右侧。女佣阿种并未列席。

由于钟慢了，紧急停电比预想的来得早，大家都有些不知所措，花了不少时间才在这间屋内集合完毕。

金田一耕助和烁子、菊江，以及晚他们一步的美祢子一起进入屋子时，屋内的玉虫前伯爵、老女佣信乃和新宫利彦的妻子华子正无所事事。

目贺博士比金田一耕助等人来得稍晚。他毫无教养地一边系裤子上的扣子一边走了进来，罗圈腿一扭一扭。

“哎呀，真是对不起。我以为还没到时间，就去了趟厕所，结果忽然停电，一下子就不知该怎么办了。真不好意思。”

目贺博士一边嘀咕一边摇摇晃晃地走向自己的座位。大家对他的话毫无反应，既没人笑，也没人应和，都像斯芬克斯一样一言不发。

比目贺博士更晚的是一彦和三岛东太郎，两人几乎同时进屋。一彦默默走向母亲身边，三岛东太郎则抱怨着钟慢了一事，边说边将夜灯咚的一声放在地板上。屋中使用的夜灯一旦没电了，似乎就会换上这个。

“博士，我问了阿种，今天这个夜灯忘了充电了，所以……”他抬头看了看天花板上的夜灯，“中途也许会没电，怎么办？”

“没事，无所谓。要是没电了，就按没电那一刻的情况来占卜。对了，现在人都到齐了吧？”

“不，我家的那位……”说话的是华子。

“新宫先生还没来吗？他总是很慢啊。不愧是位大老爷，这么稳重。哈哈哈！”

蛤蟆仙人发出蛤蟆叫一样的笑声。这时，新宫利彦绷着脸走了进来。蛤蟆仙人一脸若无其事的样子，手掌从下到上抚过脸颊。

这样一来，所有人就都到齐了。

短暂的混乱后，大家按照前文提到的顺序就座。三岛东太郎随即起身关门，并从内侧拉好黑帘。

十一个人就此被关在黑帘围起的密闭空间中，奇妙的沙子占卜随即开始。关于这一景象，我将尽可能简单说明。

首先，蛤蟆仙人一样的目贺博士站了起来。拜过何仙的画像后，他开始低声唱念，就像唱祝词一样。也不知道那是梵语还是汉语，总之就是像经文一样的奇怪内容。但从中可以时不时听到“何仙”一词，恐怕是在召唤何仙显灵。

目贺博士的声音并不好听，但很容易让听者适应，能很自然地吸引听者。这恐怕是为了让在座的人精神集中而唱的。

众人把双手放在圆桌前，半闭着眼睛，恍恍惚惚地凝视前方。金田一耕助也跟着效仿。

在封闭、狭小又安静的空间里，蛤蟆仙人抑扬顿挫的低沉声音就像羽虱的喃喃低语，似乎永无休止。众人默默地听着，不知不觉便精神恍惚，如在梦中。

不行！金田一耕助在心中喊道。如果继续这么下去，就会被催眠！

为了调整情绪，金田一耕助悄悄地左右张望，随即注意到了奇怪的事情。

三岛东太郎坐在他左边，两手放在圆桌旁，似乎进入了忘我的境地。仔细一看，不可思议的是，他的右手戴着手套。

金田一耕助一惊。他看了又看，终于明白了三岛东太郎右手戴手套的原因。进入忘我境地的三岛东太郎的手指正在微微颤抖，但右手中指和无名指的颤抖与其他手指有所不同。

金田一耕助立刻推断出那两根手指是不存在的，但不知是从手指的根部还是中间起残缺。为了遮掩缺陷，他的右手总是戴着手套，这应该是他的特权。

明白了其中的缘由，金田一耕助觉得总盯着那些手指有失礼貌，便移开目光看向右侧。一瞬间，心头一阵心惊肉跳。

他的右侧是菊江。菊江的两手也放在桌旁，左手小指只有一半。

金田一耕助不禁想要仔细看看那小指，但菊江却用左肘轻轻戳向他的侧腹，随后向对面努了努下巴示意。金田一耕助一看，正对面的蛤蟆仙人正一脸怒气地瞪着他。

金田一耕助就像在教室中恶作剧却被老师发现的小学生一样，

满脸通红，使劲儿挠头，但立刻又觉得不对劲儿，便慌忙把手放到圆桌旁，老老实实地半闭上眼睛。

菊江哧哧地笑着，拿出手帕，悄悄摊盖在左手上，随后也老老实实地闭上了眼。

但是，通过这一举动，金田一耕助明白了：至少菊江不相信目贺博士的妖术，并没有丧失心智。

目贺博士越念越快。当他的语气变得像呐喊一样激昂时，秌子忽然站了起来。金田一耕助吓了一跳，悄悄看着她。

秌子完全陷入了催眠状态。她那少得可怜的自我意识已经被完全吸走，像京都人偶一样美丽的脸上，一双眼睛恍恍惚惚地望向远方。

金田一耕助回想起前一天美祢子说的话——母亲很敏感，很容易为暗示所动……看到现在秌子的样子，金田一耕助不得不认可美祢子的话，同时也更加恐惧地意识到，这是一件如此危险的事。

秌子一边意识恍惚地看向远方，一边颤抖着抬起右手，伸出食指、中指和无名指，无声地放在沙盆上，触到了呈放射状的五根竹子中的一根的外端。

蛤蟆仙人的语气越来越急促。随之起身的是美祢子，一彦也立刻跟着站了起来。两人都模仿秌子，伸出右手的三根手指，搭上自己面前的竹子外端。

剩下两根竹子分别在三岛东太郎和菊江面前。这两人几乎同时起身，将右手的三根手指搭在竹子上。

金田一耕助有些意外。秌子和三岛东太郎（金田一耕助还不太了解他的情况）的举动并不奇怪，但美祢子和一彦，特别是刚才还哧哧发笑的菊江也被蛤蟆仙人的咒语吸引，这实在不可想象。他们保持姿势，半闭着眼睛。

目贺博士的声音忽然柔和起来，语气十分舒缓，简直就像给婴儿唱催眠曲。

金田一耕助悄悄环视其他人，发现他们的目光全都盯着悬在放射形竹子中心红色圆盘上的金属锥。金田一耕助不知道他们是否都相信这个占卜。但至少在这一瞬间，所有人都神色紧张。

金田一耕助猛然想起西方中世纪的恶魔的安息日集会。这占卜就像那集会一样，在黑帘的包围中散发着异样的紧张气氛。

忽然，不知是谁开始抽泣，而且还倒吸着凉气。金田一耕助一看，金属锥轻飘飘地动了起来，在沙子表面画出一小道弧线。尽管随后出现了片刻的静止，但锥尖很快便再次轻轻摆动，继续在沙子表面画出半圆。

金田一耕助立刻意识到，这和日本的狐狗狸占卜原理相同。男女五人的手指搭在放射形竹子的一端，指尖微妙的颤动传递到圆盘中心，导致悬垂在那里的金属锥开始晃动。

无论是在圆盘内，还是在放射形竹子的下面，都有固定的轨道，所以在此范围内，金属锥可以自由摆动。然后，根据锥尖在沙子表面画出的图案，蛤蟆仙人目贺博士将会得出占卜的结论：椿子爵究竟是生是死。

金属锥的摆动逐渐灵活，沙子表面出现了两三个不规则的半圆和弧线。就在这时，上方的夜灯猛地一暗，随即便完全熄灭了。

屋内一瞬间陷入漆黑，众人立刻不安地骚动起来。不知是谁发出低吟，似乎要做出什么举动。金田一耕助一下子紧张起来，在这未知的黑暗中努力聆听周围的响动。他双手紧握，掌心汗涔涔的。

但骚动很快平息。蛤蟆仙人似乎在斥责众人的反应，继续念念有词，声音越来越激昂。奇妙的沙子占卜在黑暗中继续进行，但不久，屋子里忽然亮了。这不是因为接通了夜灯，而是因为紧急停电的时间结束，电力供应自然恢复。

金田一耕助慌忙环视四周。谁都没有异常，都保持着夜灯熄灭前的姿势。他松了一口气，拿出手帕擦了擦掌心。

就在供电恢复的同时，目贺博士的唱念结束了。烁子显得茫然若失，精疲力竭地瘫倒在椅子上。老女佣信乃抱住烁子，像哄婴儿一样抚着她的背。其他四人也纷纷坐下，无一不露出疲惫的神色，额头上汗珠密布。

目贺博士又喃喃了几句，似乎在做最后的祈祷。最终，他从容地站在那里，盯着沙子表面。金田一耕助也起身看向盘子中央。

金属锥已经在沙子上方静止，沙子表面显现出奇怪的图案。

那是一个一端尖细的椭圆形，周围布满了熊熊火焰般的线条。这让金田一耕助联想到雅乐里使用的火焰太鼓。

“啊，这真像火焰太鼓。”金田一耕助喃喃说出了心中的想法。

一直带着不可思议的表情注视沙子表面的目贺博士就像被什么东西敲了一下，抬脸看着金田一耕助，目光中闪烁着一种难以形容的惊异。

随后，目贺博士再次看向沙子表面，凝视了一会儿，然后他匆匆看了一眼烁子，目光又与老女佣信乃相对，随即便转过身，看了看玉虫前伯爵和新宫利彦等人。

金田一耕助这才发现，玉虫前伯爵、新宫利彦和老女佣信乃等人都受到了极大惊吓，程度丝毫不亚于目贺博士。他们也紧盯着沙子表面那不可思议的图案。不，不，受到惊吓的不仅仅是他们。美祢子和一彦，甚至一彦的母亲华子，都露出惊讶的目光，凝视着沙子表面。

毫不惊讶的只有三岛东太郎和菊江。两人反倒因为看到其他人面露惊慌而不知所措，不停地眨眼。

忽然，玉虫前伯爵猛地起身，充满愤怒的目光扫过每个人的脸。

“谁？是谁搞的恶作剧？！”

但在得到回答前，门外响起了猛烈的敲门声。三岛东太郎站了起来，稍稍拉开帘子，把门打开一条缝，跟门外的某人说话。那人似乎是女佣阿种，正用歇斯底里的语气飞快地说着什么。

三岛东太郎一听，似乎吓了一跳，将头探到门外，看起来想要听得更清楚些。很快，他将帘子彻底拉开，打开屋门。

就在那一瞬间，屋内的人全都站了起来。

第六章 沉默的笛子

《恶魔吹着笛子来》——在破案前，金田一耕助不知听了多少遍这首曲子。但第一次是在三岛东太郎打开屋门的瞬间。

从远方传来的笛声微微颤抖，在这寂静无声的家中婉转流淌，带来一种莫名的战栗。但令众人害怕的，并不仅仅是这段旋律。

金田一耕助呆若木鸡，环视着一动不动站在那里的众人。就连刚才看见火焰太鼓时一脸恍惚的炑子也……不，最为惊恐的就是炑子。

炑子埋在老女佣信乃怀中，像孩子一样颤抖。当笛子的旋律更加疯狂时，炑子用双手紧紧捂住耳朵。

“啊，我丈夫吹着笛子回来了！谁……谁……谁能让他停下来……”

在炑子像任性的孩子一样的叫喊声中，众人一下子回过神来。美祢子一脸严肃，粗暴地推开众人，跑出房间。一彦立刻追了上去。金田一耕助虽不明就里，但也跟着飞奔到屋外。

电力已经恢复，走廊里的电灯明晃晃的。美祢子跑在最前面，随后是一彦和金田一耕助。金田一耕助身后还有三岛东太郎和菊江。

来到走廊，笛声越来越清晰，似乎是从会客室那边传来的。

美祢子第一个赶到会客室门前。会客室大门敞开，保持着金田一耕助等人在占卜前离开时的状态，房间内灯火通明，但一个人也没有。而疯狂的笛声仍在持续。

“美祢子，在二楼！”一彦喊着拔腿就跑，美祢子、金田一耕助、三岛东太郎和菊江紧随其后。后面似乎还有人跟着。

从会客室出来，沿走廊转过第一个弯，就是通向二楼的楼梯。众人来到楼梯下，全都安静地停下了脚步。向上看去，二楼一片漆黑，但笛声确实来自那里。

“谁……究竟是谁在那里……”美祢子声音颤抖。

但二楼无人应答，只能听到如泣如诉的笛声。

“谁在那里？”美祢子再次问道，同时拧开墙上的电灯开关。台阶上方顿时亮了，但依旧无人回答，笛声也丝毫没有变化。

“去看看吧，美祢子。”一彦上了五六级台阶。美祢子稍一犹豫，跟了上去。金田一耕助和三岛东太郎也跟在后面，但菊江和稍后赶到的新宫利彦及华子留在了原地。

登上台阶，走廊左侧似乎有两三个房间，笛声是从第一个房间传出的。

众人察觉到这点，都在台阶旁停下脚步。

“金田一先生……”美祢子喘息般说道，紧紧抓住金田一耕助的胳膊，“是父亲的书房。是从父亲的书房里传出来的。”

书房的门开了一条缝，萤火一样的微弱光线从门缝漏出。金田一耕助撇下众人，独自靠近门前，将门稍稍打开，窥向书房内部。

书房里没有开灯，一片黑暗，只有一个地方发出光亮。金田一耕助立刻判断出了光源来自哪里。

“先生，谁在那里……”

金田一耕助缓缓地摇摇头。“美祢子小姐，这个房间里有电唱机，对吧？”

“电唱机……啊，这么说来，是播放唱片的声音啊。”

美祢子就像被人推了一下，来到金田一耕助身旁，啪的一声扭开房门内侧的电灯开关，书房变亮了。

书房收拾得很干净，足以看出椿子爵的性格。一台大型电唱机放在房间一角，令人毛骨悚然的笛声从电唱机中传出。

“是谁……是谁搞这种恶作剧！”

明白了笛声来自唱片，美祢子似乎放下心来，毫无顾忌地凑到电唱机旁边，打开盖子。就在这时，唱片停止了转动。

到此时为止，恶魔已经完整地吹奏了《恶魔吹着笛子来》的第一乐章。

众人茫然地面面相觑，但美祢子似乎很快想起了什么。“我去告诉母亲，没有什么可担心的。”

美祢子露出严肃而愤怒的表情，准备离开，但金田一耕助拉住了她。“不，美祢子小姐，请在这里待一会儿。我有很多事想问你。”说着，他转头看向站在门边的一彦和三岛东太郎。“你们能把这件事转告楼下的各位吗？不知是谁搞了恶作剧，所以不必担心。”

一彦犹豫片刻，随后默默地点了点头，消失在门外。三岛东太郎也跟着离开了。

金田一耕助靠近电唱机，小心翼翼地取下唱片，举到灯下看了看标签。“啊，这是你父亲的作品？”他惊讶地问道。此前，他从未听过这首曲子，所以只凭曲调是听不出来的。

美祢子无声地点点头。

“而且长笛的演奏者也是你父亲。”

美祢子依旧一言不发地表示肯定。

金田一耕助轻轻地把唱片放回原位，回头看向美祢子。“美祢子小姐，不在那边坐下吗？站着不方便说话。”

美祢子看着金田一耕助，略显犹豫，但还是径直坐了下来。她白色的脸颊透出凄凉的神色，过度紧张产生的疲劳让黑眼圈格外明显。正因如此，她本就严肃的面容看起来愈发严肃，不觉现出一丝哀愁。

金田一耕助也在旁边的桌子一端坐下。“美祢子小姐。”

“……”

“我有很多事想问你。首先是刚才的事。在笛声传来的时候……大家为什么那么害怕？当然，在原以为没有他人的家中冷不防听到笛声，谁都会吓一跳的。但刚才大家吃惊的程度绝不止如此。为什么大家都那么害怕？”

“那首曲子……”美祢子犹豫地说道，“是父亲最后的作品。父亲自己作曲，自己吹奏，还录制了唱片。但不久后，父亲就卷入了天银堂案件，然后……然后……就失踪了。”她呜咽着，“所以，那首曲子就仿佛是父亲的临别礼物。而且，正如其名，您刚才听了之后也应该能明白，那首曲子的旋律中充满了诅咒与憎恨，所以母亲十分害怕。因此，在父亲失踪后，母亲把家中的五六张唱片全都销毁了。”

金田一耕助不由得吊起眉梢。

“全都销毁了？那你家不是应该没有这唱片了吗？”

“是的……”

“但这张唱片是……”

“我也不知道，所以很害怕。”美祢子哆哆嗦嗦地缩起肩膀，“究竟是谁拿来播放的……而且到底是为什么……”

金田一耕助滑下桌子，缓缓地在屋中踱步。“恶魔吹着笛子来……真是奇特的名字。这到底是什么意思？”

“我也不太明白，父亲或许是想描述这战后的世道吧。战后这混乱不堪的世道……在父亲看来，就是恶魔吹着笛子来了。”

“原来如此。”

“但母亲认为还有别的含义。在母亲看来，恶魔指的就是父亲，父亲不知何时就会吹着笛子回来。在父亲失踪后，黄金长笛就怎么也找不到了，这或许也是导致母亲不安的原因之一。”

“黄金长笛？”

“嗯，是父亲最喜欢用的长笛。普通的长笛都是银质或木质的，但父亲特意定做了黄金长笛。因为黄金可以让笛声更加柔和……那张唱片也是用黄金长笛吹奏灌制的。”

“那支长笛在你父亲失踪后就找不到了吗？”

“是的，因此母亲认为是父亲拿走了，并且不知何时就会化作恶魔，吹着笛子回来。我当然不相信，但刚才忽然听到那首曲子时，我真的在瞬间产生了错觉，觉得父亲就如母亲说的，吹着笛子回来了。”

美祢子的双颊隐约起了一层鸡皮疙瘩，恐怕是想起了刚才听到笛声时的恐惧。

“你父亲吹得很不错啊。”

美祢子的眉毛微微一挑。“椿家世代都是宫廷的雅乐家。我不知道父亲是否继承了艺术基因，但作为长笛演奏者，父亲是一流的。在作曲方面，父亲只是偶尔为之。父亲一生的愿望就是去法国跟随莫伊兹学习长笛。莫伊兹是全世界最好的长笛演奏家。若不是周围环境如此，父亲应该会凭长笛演奏出人头地，那该有多幸福。父亲绝不像玉虫大舅公和新宫舅舅说的那样无能。”

说出最后一句话时，美祢子因愤怒与憎恨而颤抖不已。金田一耕助觉得她很可怜。但他故意无视这些，继续在屋中缓缓踱步。

“但是，美祢子小姐，这样一来，今晚大家听到这张唱片一事也许就有了某种重大的意义。恶魔吹着笛子来……究竟是谁、是为了什么目的要吹笛子呢……”

美祢子的身体微微一颤。“先生，请不要这么说……我很害怕，不知为何害怕得不得了。”

金田一耕助站在发抖的美祢子面前，温柔地看着她。“美祢子小姐，你不必这么害怕。你是这个家的支柱，必须打起精神来。对了，关于播放唱片的人，你有没有什么线索？”

美祢子直直地盯着地毯，但很快微微摇了摇头。“没有。但如果从是否有机会看，那么除了阿种，其他人都不可能。大家都在占卜现场。还是说有人从外面潜入了房间？”

“阿种是会搞这类恶作剧的人吗？”

“我也想过会不会是她。她一直同情我父亲，除了我，就只有她同情父亲了。父亲也很疼爱她。这并没有什么特别的意思。但她为什么要这么做呢？”

金田一耕助温柔地看着美祢子的眼睛。“美祢子小姐，你想错了。播放唱片的也许是阿种，但拥有这个机会的可不止她一个人。刚才占卜时在场的大部分人都有机会。”

美祢子猛地看向金田一耕助。“为什么？！”

“因为这是电唱机。播放唱片的人知道今天晚上八点半到九点会停电。换句话说，那个人知道一到九点自然就会来电。因此当八点半停电后，那人便来到这里，放好唱片，把拾音器放到上面，按下开关。那时还未来电，即使打开开关也不会放出音乐。布置好以后，那人装出一副若无其事的表情，来到占卜的房间。在这种情况下，到了九点，电力公司开始供电，电流就会输入电唱机。开关既已按下，真空管自然变热，使得回转盘开始旋转，唱片因此在无人操作的情况下发出了声音。”

美祢子屏息听完，身体剧烈地颤抖着。“就算您说得没错，但那人为什么要这么做？”

“其中应该有很多含义。首先，他想让大家听到曲子，从而感受到威胁。但是，他必须设计好放置唱片的不在场证明。接下来……”

“接下来？”

“这是我的想象。他必须让大家的注意力从占卜转移到其他地方。”

“为什么？”

“这我也还不明白。关于这一点，我想问问你，就是关于刚才沙子占卜时出现的那个奇怪的图案。那究竟是什么？大家看到图案后为什么那么吃惊？”

美祢子忽然露出胆怯的神情。“我也不明白那是什么，而且为什么其他人那么吃惊，我也不太理解。但我以前看到过相同的图案。”

美祢子声音沙哑，就像在低声耳语，气息也变得不规律。

“什么时候、在哪里看到的？”

“在雾峰发现父亲后，我去那里领回遗体，这件事昨天已说过了。父亲的西服口袋里放着一个小日记本。我当时想会不会从中发现遗书，便很认真地看了一遍，结果从中发现了那个图案，而且那上面……”美祢子咽了口唾沫，身体一颤。

“那上面？”

“那上面写着‘恶魔的徽章’几个字，而且确实是父亲的笔迹。”

“恶魔的徽章……”金田一耕助也不禁咽了口唾沫。

“嗯，但那时我并没有怎么留意。父亲死得那么惨，而且面貌看起来也有些不对劲儿。我净考虑这些事，就把那图案忘了。然而，今晚，那图案忽然出现在沙子上……”

“那个……你父亲在日记里画了这图案的事，其他人也知道吗？”

“不太清楚。我给一起去领回遗体的一彦表哥看了……那本日记作为父亲的遗物带回了家里，大家也许都看到了。日记应该在我母亲手上……”

金田一耕助再次试着回想目贺博士、新宫利彦和老女佣信乃那时吃惊的表情。那样子确实不寻常。关于那个像火焰太鼓一样的奇妙图案，他们一定知道什么。

那到底是什么？恶魔的徽章究竟是什么意思……

“美祢子小姐，”金田一耕助俯视着坐在椅子上的美祢子，“刚才停电的时候，你在哪里？”

美祢子最初似乎没明白这个问题的目的何在，呆呆地仰视着金田一耕助，随即满脸通红，愤怒地说道：“先生，您难道想说是我把唱片……”

“好了，好了，美祢子小姐，请别激动。我只是问问。”金田一耕助说着环视屋内，“有人在刚停电时放了唱片，这未必是我的空想。你母亲曾说过，停电后不久，有人从这间屋里走出来。”

“母亲……”

“嗯，那时我和你母亲在会客室说话。菊江小姐到那里接我们，正当我们要一起去占卜的房间时，忽然停电了。我们就那样在黑暗中站了一会儿。就是在那个时候，你母亲说有人在这间屋里，有人在她丈夫的书房里走动。”

“啊！”

“你母亲非常害怕。但我们，我和菊江小姐，什么都没听到。而且阿种正好在那时拿着手电筒来找我们，事情也就不了了之了。现在回想起来，你母亲说的应该是真的。有人在那时来到这里放好了唱片。”

美祢子微微颤抖。“母亲……母亲耳朵很尖，敏锐到让人害怕。那是她那种人的特点。”说着，美祢子温柔地看着金田一耕助，“先生，我刚才生气了，对不起。发生了这种事，必须要证明每个人的清白，不能只有我一个人特殊。”

“美祢子小姐，我不是这个意思……”

“那时我在自己的屋里哭。我一直趴着哭，也没有注意到停电。先生，以自己的母亲为耻，这是不行的。我一直努力不让自己这么想。但一见到不知内情的人，我就总会变成这样。我真是个不孝的孩子。”

前文已述，美祢子并不漂亮。而且也许是由于她母亲处于那样的状态，她始终精神紧绷，这让她的表情更加严肃。看到她无精打采地耷拉着肩膀，不禁让人感到她也有惹人怜爱的一面。

金田一耕助想说些安慰的话，却找不到合适的词。就在这时，美祢子忽然抬起脸。“先生，我们下楼去问问大家吧。停电时都在哪里，做什么……”

“这个……问问也行，但恐怕没什么用。当时一片黑暗，即使撒谎，也无法举证反驳。但还是先下楼吧。”

美祢子目光一闪，看了看金田一耕助，但什么都没说，只是咬了咬嘴唇。

两人来到楼下，发现菊江正坐在会客室的沙发上看书。一彦站在离菊江不远的地方，出神地看着挂在壁炉上方的油画。

看到金田一耕助和美祢子，菊江立刻合上书起身。“美祢子，刚才是唱片的声音吗？”

“嗯……”美祢子含糊其辞，尽量不看菊江。她似乎总是尽可能无视这个女人。

但菊江似乎并不在乎。“已经知道是谁放的唱片了吗？”

“还不知道。”

“哦，但至少不是我。”菊江朝金田一耕助露出明亮的笑容，“先生，你能给我证明吧？虽然还不知道是谁放的唱片，但那肯定是在停电后不久放的。秌子夫人不是也很害怕，说二层有人嘛。一定是那个时候的事。那时我可是和先生还有夫人一起在这里。”

美祢子有些胆怯地看着菊江，随即又望向金田一耕助。

金田一耕助笑了笑。“哈哈，菊江小姐，你很聪明。关于放唱片的时间，你知道得很清楚啊。”

“这种事我还是明白的。唱片响起时，除了阿种，所有人都在占卜的房间里。阿种不可能搞那种恶作剧，又不太可能是有人潜入房间……所以只可能是占卜时在场的某人。那他究竟是何时放好唱片的……这点谁都能想到。这是利用停电制造的恶作剧。”

“但是，菊江小姐，为什么制造恶作剧的人一定就是占卜现场的某个人？”

菊江忽然滴溜溜地转动眼珠，恶作剧般地看着美祢子和一彦。“那是因为，先生，如果您在这个家里多待几天就会明白的。这个家里的人都很怪。大家互相怀疑、憎恨、诅咒乃至恐惧。至于为什么会这样，我也不知道。但大家都摆好了架势，随时准备给别人一击。如果不那么做，自己就会被干掉……哎呀，对不起，美祢子，说了这种话……”

美祢子的双颊因愤怒而通红。尽管如此，她依旧一言不发，也许是因为菊江所言属实。

金田一耕助颇感兴趣地看着菊江。

菊江是个身材苗条，甚至有些过瘦的女人。与其说她身体线条漂亮，不如说她是个骨感美人。她姿态优雅，这让她看起来格外性感。与美祢子一成不变的严肃、愤怒的表情相对照，菊江无论何时都面带笑容，似乎总把别人当傻瓜。

这是个颧骨稍显突出、口红浓艳的大眼睛女人。金田一耕助不禁想，这就是战后女人的典型吗？

美祢子因愤怒而颤抖，瞪着菊江，却又忽然转向一彦。“一彦表哥，其他人呢？”

一彦不及回答，菊江就插嘴道：“占卜已经中止了。你母亲变得歇斯底里，情况很糟。一彦的母亲和信乃已经把她扶回房间了。目贺先生给她打了针，终于有所好转，但目贺先生今天肯定会住在这里。他要守着你母亲。”

菊江的语气里没有恶意，却包含着讽刺。美祢子闻言涨红了脸，看起来受到了很大的侮辱。

菊江依旧笑道：“因此，一彦先生的父亲很生气地回房间了。我家那位则忽然说要喝酒……他血压高，医生是不允许他喝酒的。但我觉得太麻烦，就没管他。总之，我完全不明白是怎么回事。美祢子小姐，大家为什么都那么战战兢兢呢？”

是啊，究竟是什么事让那些人大受冲击……

美祢子目光中燃起怒火，瞪着菊江。但不久她耸了耸肩，准备走出房间。可是，仿佛突然想起什么，她在门口停下脚步，回头看着金田一耕助。“先生，对不起，我必须去看看母亲。实在不好意思，您今晚能先回去吗？”

“啊，这倒没问题。”金田一耕助说得轻松，心中却不禁感到些许失望。他很想多待一会儿，再观察观察这个令他颇感兴趣的家族。

但是，就在他准备离开时，发生了一件有点儿奇怪的事。事后看来，这件事意义重大。

看到金田一耕助在会客室里东张西望，菊江开玩笑般问道：“先生，您丢了什么重要的东西吗？”

“帽、帽子……我、我、我的帽子放在哪儿了？”

“啊，帽子……应该是放在占卜的房间门外了。我去给您拿来吧。”

“不用，不用，我去拿。”

四人一起来到占卜的房间前，帽子果然在那里。

刚才，金田一耕助在黑暗中随意把帽子一放，什么都没注意到。但实际上，帽子被放到了非常奇怪的地方。

在占卜的房间门外左侧，有一个坚固的黑漆台子，上面放着一只青铜花瓶。由于花瓶的高度正好和金田一耕助的眼睛齐平，他便无意中把帽子扣到了花瓶口上。

“哎呀，哈哈哈，真是放到了奇怪的地方。”菊江边笑边若无其事地把手伸向帽子。花瓶忽然倒了下来。

“啊！危险！”

一彦和美祢子慌忙从两侧接住花瓶。这时，三岛东太郎从屋里跑出。“怎么了？”

“没什么。先生的帽子挂住了花瓶口，拿不下来了。你帮个忙吧。”

三岛东太郎接过花瓶，想要拿下帽子，但怎么也拿不下来。瓶口的尺寸和帽子内径完全一样，而且花瓶表面还有浮雕，不知是龙还是什么东西的一部分钩住了帽子内侧。三岛东太郎一硬拉，发出了皮子被扯破的声音。

“哎呀哎呀，糟了，先生贵重的帽子……”

“哈哈哈，菊江小姐，你这是在讽刺啊。”

就在金田一耕助大笑的时候，屋内忽然响起怒气冲冲的喊声：“谁！谁在那里胡闹！”

金田一耕助吓了一跳，但意外的是，其他人都很平静。金田一耕助于是悄悄向屋内望去，大喊的是玉虫前伯爵。

玉虫前伯爵稳稳当当地坐在目贺博士刚刚坐过的椅子上，身旁放着威士忌酒瓶，醉眼通红。

圆桌上的沙盆里，朱漆扶乩仍保持原样。但金田一耕助注意到屋里还有一样奇怪的东西。

那是一尊高三十六到四十厘米、底座直径约九厘米的佛像，就放在房间左侧黑帘前面的高脚桌上。

刚才有这东西吗……金田一耕助略感疑惑，但很快意识到，刚才夜灯的光并没照到那里。所以才没注意到……

金田一耕助正心不在焉地想着这些事，玉虫前伯爵又发火了：“谁？谁在那里盯着看？”

脚下忽然飞来一把沙子，金田一耕助吓得急忙跳开。“哎呀！”

菊江缩了缩脖子。“我一直没管他，正生气呢。那么再会了，先生，不好意思。”菊江提起晚礼服的裙摆，走进房间。

不一会儿，三岛东太郎终于顺利地拿下了帽子。

“先生，里面有点儿破了……”

“啊，没关系，没关系。”

“一彦表哥，请把先生送到玄关。我必须去看母亲……”

美祢子看起来已经迫不及待地想离开了。她猛地转过身，晃动着双肩渐渐走远。金田一耕助目送她的背影时，大门敞开的屋内传来菊江撒娇的鼻音：“快停下吧。喝了那么多，你要干什么啊。医生要是说你，我可不管。什么？啊，是个讨厌的人。在嫉妒你呢。算什么啊，看起来就像个游手好闲的人……”

所谓游手好闲的人，似乎就是指金田一耕助。金田一耕助后背发痒。在一彦把他送到玄关后，他慌忙逃离了这个家。

那一夜，金田一耕助回到大森的住处时，已经过了十二点。

一回到住处，他立刻给警视厅的等等力警部打电话。电话一直打不通，后来好不容易打通了，却被告知警部不在。

金田一耕助很失望。

从昨天开始，他给警部打了不知多少次电话。在着手调查椿子爵之前，他本想和警部见一面，大致询问一下天银堂案件与椿子爵的关系。

金田一耕助满心焦虑地回到房间，倒在床铺上，却怎么也睡不着。

以像疯狂开放的花朵一样的烁子夫人为中心，各种各样的面孔在金田一耕助脑中奇怪地转圈。随后出现的是那笛声和火焰太鼓般不可思议的图案。

金田一耕助辗转反侧。快到黎明时，他迷迷糊糊，似睡非睡，却被松月的女佣敲门叫醒了。“先生，先生，有电话。”

“电话……是谁……”金田一耕助猛地坐起来，看了看枕边的手表。六点半。

“来电话的人姓椿……是一位女士。”

金田一耕助一下子跳下床铺，穿着睡衣就向正屋跑去，一路上心跳声咚咚作响。

冲进电话间，金田一耕助抓紧听筒。“喂，我是金田一。嗯，对，是金田一耕助。请问是哪位？是美祢子小姐吗？”

电话里传来蚊子般细细的声音：“我是美祢子，椿美祢子。金田一先生，请赶紧来。到底还是发生了。昨夜，到底还是……昨夜，到底还是……”

“发生什么了？喂，喂，美祢子小姐，发生什么了？”

“先生，请快来。有人被杀了，就在我家……先生，我好怕，好怕，好怕啊。快来……”

其他人的声音混着各种杂音从电话中传来，美祢子的声音越来越模糊。金田一耕助摔下听筒，奔出电话间。

恶魔终于吹着笛子，在喧闹中拉开了椿家惨剧的第一幕。

第七章　血与沙

昭和二十二年九月三十日。

位于麻布六本木的前子爵椿英辅的宅邸内发生了第一起血腥的惨剧。那是一个夏末初秋的清晨，空气中飘荡着奇妙的忧郁。即使有人否定这一点，也不得不承认当时氛围的沉重与阴暗。

早晨八点半。

电车驶进六本木站。金田一耕助走下拥挤的电车，走向椿家的正门。也许因为是上班时间，周围人声嘈杂。

这一带几乎完全毁于战火，唯一幸免的椿家周边显得光秃秃的，凄凉地面对着荒芜的土地。看热闹的人像群聚的蚂蚁一样围在椿家四周，每个人都露出无法抑制的兴奋表情，同时又透出像早晨天气一样奇妙的沉重，这让周围飘浮着蠢蠢欲动的空气。

虽说椿家没有被烧，但也不是完全没受战争波及。宅邸内也有建筑起火，庭院中的不少树木也被燃烧弹烧毁。特别是围墙，由于周围火势猛烈，损坏程度相当严重。而且在战争结束后，椿家的经济状况不允许他们进行修理，只能用木板之类的东西简单补上，先对付一阵子。

看热闹的人和记者们不时透过围墙的缝隙向内窥视，却又总被负责警戒的警官满嘴脏话地骂开。

那天早上，警察们都非常兴奋。他们胡乱斥退围观的人，还不时与记者发生争吵，就像在镇压暴徒。一辆辆满员电车从旁边驶过，被挤得动弹不得的人们用好奇的目光打量着这一场景。

就这样，在报纸尚未报道时，椿家的杀人案就已经像燎原之火般传遍东京，掀起热议。

现在看来，椿家的杀人案之所以引起那么大的轰动，是因为它包含了太多要素。

首先，这是在当时社会热议的没落贵族阶层发生的杀人案。其次，这起案件让人想当然地与椿子爵的失踪联系在一起。另外，虽然当时一般人还不知道，但这起案件容易让人联想到更早以前发生的、前所未有的天银堂案件。这让警方格外紧张。

另外，如果换个角度思考，即使不把上述要素和椿家第一起杀人案联系在一起，案件本身也足以让警方兴奋，因为其中包含着难以言说的异样。

让我们回到那天早上。金田一耕助应美祢子的要求赶到椿家，但在顺利进入宅邸、了解案件详情之前，他不得不闯过重重难关。

金田一耕助穿着皱巴巴的上衣和裤裙，乱蓬蓬的头发上顶着软塌塌的帽子。谁都不会认为这个看起来游手好闲的人会有什么特殊才能。即使有美祢子的吩咐，那些紧张的警官大概也会把他挡在门外，就像对付那些记者和围观的人一样。

“警部，这真是大骚动啊。大家都这么兴奋。”

通过等等力警部说明，金田一耕助终于经玄关进入宅内。他一边擦额头上的汗一边呆笑。等等力警部不但没笑，反倒是愁眉苦脸。

“金田一先生，现在可不是笑的时候。这真是个令人厌恶的案子，简直无法形容。”

警部声音嘶哑得不同寻常，金田一耕助不禁严肃起来。

金田一耕助和等等力警部是老朋友。昭和十二年到十三年间，警部遇到了一件令他束手无策的案子，结果被忽然冒出来的金田一耕助完美地解决了。从那以后，警部很是敬佩不拘小节、顶着一头乱发的金田一耕助，不仅不在乎他从旁干预，而且还很欢迎。金田一耕助也十分尊敬这位天性直爽的警部。正因如此，两人长久以来一直都是搭档。但金田一耕助还从未看见过警部如此紧张。

“警部，到底怎么了？听说发生了杀人案，是谁被杀了？”

警部锐利的目光盯着金田一耕助。“金田一先生，你还不知道吗？”

“不知道。刚才美祢子小姐给我打了电话，可打到一半就串线了……”

“那请到这边来。现在正在给现场拍照。”

无论是会客室里还是走廊中，到处可见警方的人。大家都很紧张，个个露出严肃的表情，其中也有金田一耕助认识的面孔，看到他后便轻轻一点头，立刻错身而过。但金田一耕助没看见家里的任何成员。

不一会儿，金田一耕助在警部的带领下来到一间屋子前。那正是昨夜举行奇妙的沙子占卜的房间。看到房门前站着两个警察，金田一耕助惊讶地问警部：“警部，案发现场就是这里……”

警部一脸不悦。“是的。金田一先生，听说你昨夜来过这里。”

金田一耕助默默地跟着警部进入房间，负责拍照的警察正在工作，闪光灯不停闪烁。金田一耕助避开刺眼的闪光灯，快速环视屋内，首先映入他视线的，是战战兢兢地站在房间一角的目贺博士和三岛东太郎。两人看到金田一耕助跟在警部后面进了屋，都惊讶地睁大了眼睛。

这两个人为什么在这里？金田一耕助觉得不可思议，但接下来他的注意力完全集中到了屋中惨不忍睹的景象上。

像昨夜一样，屋内的三面仍围着黑帘，十把椅子杂乱地排列在圆桌周围，但右侧的两三把椅子翻倒在地，旁边躺着玉虫前伯爵。

“被杀的是玉虫前伯爵？”

“是的，金田一先生，你之前觉得是谁？”

其实，金田一耕助也一直觉得很难推测。但在接到美祢子的电话时，第一个浮现在他脑中的是烁子。

负责拍照的警察正围着尸体不停按下快门。金田一耕助一边注意不妨碍他们，一边靠近房间一角，观察尸体。

玉虫前伯爵的后脑有一道伤口，棉花一样白的头发被染成了鲜红色，鲜血浸透地毯。在离尸体大约一米的地方，一尊漆黑的佛像倒在地上，上面也沾着红黑色的血迹。

玉虫前伯爵难道是被佛像击中身亡的吗？不，不，其中有疑问。

疑点就在于玉虫前伯爵脖子上缠着的围巾。那是一条黑色丝绸围巾，紧紧缠在前伯爵细细的脖子上，打成一个死结。他似乎是被围巾勒死的。

金田一耕助看着仰面躺倒的伯爵，一股无法形容的恶寒不禁蹿过脊背。玉虫临死前究竟看见了什么？无论是他圆睁的双眼，还是歪向一边、半张着的嘴，似乎都在诉说临终前看到的难以名状的恐怖一幕。究竟是谁，让这个昔日被称为研究会领袖、贵族院掌门人的老奸巨猾的政治家感到如此恐惧？

金田一耕助继续观察尸体的状态。在被杀前，玉虫前伯爵似乎曾拼命抵抗。他的腰带松开，衣服下摆卷起，裤子一直褪到大腿，右腿露出针织衬裤。和服敞开，血从胸口滴到腹部。他脚上穿着白色夏季短布袜，两只拖鞋都飞出很远。

“警部，拍这么多照片够了吗？”

“够了，够了。接下来再仔细拍拍桌子上面和整个房间。”

“知道了。”

尸体的拍照工作已经完成，金田一耕助轻轻走到尸体旁边，发现周围撒满了沙子，上面溅满血迹。

金田一耕助看着尸体的面部。“警部，死者最先被打的是脸啊。”

“是啊。和服、胸口，还有腹部的血，看起来都是鼻血。”

尸体鼻梁上正好有处青色伤痕。

“可是脸上并没有沾上血，真不可思议。”

“好像已经擦掉了。你看，手帕掉在那边。”

金田一耕助顺着警部的手指看过去，一条染成鲜红的手帕被揉成一团，扔在倒着的椅子下。

金田一耕助瞪大了眼睛。“是谁擦的……”

“我也不知道。如果是凶手擦的，那凶手为什么要这么做，真是完全不明白。但确实有人曾试图擦血。你看，和服上的血也有擦过的痕迹。”

金田一耕助闻言一看，正是如此。他睁大眼睛，露出惊异的神色。“但是，警部，把血擦掉究竟是为了什么？制造了这种惨剧，却还……”

“所以我才说不明白。说到不明白，这起案件净是让人不明白的地方。”等等力警部一脸苦相，厌烦地咂了咂嘴。

金田一耕助移开视线，再次看向圆桌。警察正在桌旁拍照。

圆桌上沙盆的样子与前一天晚上一样，但架在上面的放射形竹子却面目全非，五根可怜的竹子都已经被折断，无力地倾斜着，盆中的沙子被完全搅乱。而且无论是占卜的道具，还是沙盆中的沙子，都被飞溅的鲜血染得通红。

金田一耕助屏住呼吸，看着那新鲜的血迹，忽然睁大了眼睛。在那直径约一米半的沙盆中，红黑色的血在平铺的沙子上形成了一个印章般的图案，正是那不祥的火焰太鼓，恶魔的徽章。

金田一耕助大吃一惊，转头看向目贺博士。目贺博士一定也注意到了这一点。两人目光一相遇，目贺博士便生硬地干咳了两声，随即背过脸。三岛东太郎恍惚地露出一副不可思议的表情，目光在恶魔的徽章与两人的脸上来回移动。

金田一耕助来到圆桌旁，凑近观察。

那徽章纵向直径七八厘米，横向直径不到六厘米，无论大小还是形状，都和前一天晚上在沙子上出现的图案一模一样。但遗憾的是，由于沙子被搅乱，前一天晚上的图案已经消失得无影无踪，无法再进行对比。

金田一耕助转向警部。“警部，为了记住这个图案，请把它拍下来。把这个恶魔的徽章……”

“恶魔的徽章？”

“对，对。请看，那里有如意宝珠一样的图案的血迹。为了记住这个图案，请拍下来。”

不久，屋内的拍照工作全部结束，等等力警部随即打了个手势，两个等在走廊里的警察立刻走进屋内，关上屋门。这时，金田一耕助才注意到，其中一扇门上有一道很大的裂痕，就像被斧子砍过一样。

警察们关上屋门，搭上门扣，插好门闩，随后拉上黑帘。仔细一看，帘子上也溅满了血迹。在血迹尚未干透时，曾有人拉开过帘子，帘子上留下了许多摩擦的痕迹。但在鲜血飞溅的瞬间，帘子肯定是像这样拉好的。

“目贺先生，这样一来……”等等力警部回头看向目贺博士。

“那个换气窗……”目贺博士边说边转向三岛东太郎，“三岛，确实一直都关着吧？”

“是的，是的。我是从外面打开的。”

“这样啊，那就把那窗户也关上。”

听到警部的指示，一个警察拿来椅子，放到门内侧。他踩上椅子，关上了位于门上方的细长换气窗。这么一来，警察已经关上了所有可以关上的地方。等等力警部重新环视屋内，随即严肃地盯着目贺博士和三岛东太郎。

“目贺先生，”警部的声音有些异样，“你们是说，在今天凌晨三点发现这起案件时，房间就是现在的样子吗？”

“是的，是的。”目贺博士一脸不安，皱起蛤蟆仙人一样的脸，

“三岛，就是这样的吧？”

“那个……但是，门上当然是没有裂痕的。那是我用斧子砍的……然后从那里伸手进来拨开门栓。”三岛东太郎也一脸不安，心神不定地环视屋内。他的右手依旧戴着廉价的劳动手套。

警部炽热的目光在两人脸上移动。“在你们进来的时候，屋里除了死者没有别人，而且帘子对面的窗户也全部从内侧上了锁。”

金田一耕助一直用不可思议的表情看着警部和其他警察的一举一动，此时却忽然胡乱挠起乱蓬蓬的头发，发出咯吱咯吱的声音。“那、那、那么警部，这、这、这是密室杀人？”

“密室杀人？”等等力警部转向金田一耕助，似乎正在咬牙切齿，“我不知道该怎么说，但事实似乎正是如此。后脑的两三处伤口最终形成了一处大伤口，然后又被围巾勒住脖子……究竟是死于后脑的伤，还是死于绞杀，这必须要看解剖的结果，但总之不是自杀。但是，当这些人，除了这两人，还有美祢子、女佣阿种以及死者的妾菊江，当他们从换气窗看到屋内的惨状，随后破门而入时，屋里只有死者一人，而且窗户全部从内侧上了锁。这种事情真的可能发生吗？”等等力警部的声音渐渐抬高，脸颊通红。

金田一耕助似乎很兴奋，继续胡乱地挠着像麻雀窝一样的头发。

第八章　风神雷神

负责拍照的警察已经撤离，尸体也因要解剖而被救护车运走，这时的案发现场就像被风暴席卷过一般惨淡。为了检查指纹，鉴定人员在各处都撒了白色粉末。所有家具都沾上了粉末，与屋内刺眼的血迹形成奇特的对比。

金田一耕助和警部一同掀起帘子，向帘子围成的空间里窥探。那里有两扇面向庭院的窗户，都是为了隔音而制作的双层窗，窗外装有防盗的铁丝网，网眼很小。金田一耕助分别摇了摇两个铁丝网。

“即使窗户没关，也不可能从这里进出房间。”

金田一耕助再次关上房门，插好门闩，拉上黑窗帘，重新审视房间。随后，他向目贺博士和三岛东太郎问道：“你们赶来时，这间屋子的门窗便是现在这样。而且在你们破门而入时，除了死者，屋子里没有其他任何人。对吧？”

目贺博士和三岛东太郎目光阴沉，点了点头。三岛东太郎一脸怀疑地向上翻着眼睛，目光在金田一耕助和警部的脸上转来转去。

“也就是说，凶手施行了如此凶残的犯罪后，就像一缕烟一样消失了……不，这种事按常理是不可能的，凶手究竟使用了什么诡计，才从这间封闭的屋子里逃出？或者说，从屋里出去后，凶手到底是用什么诡计将屋子封闭起来的？警部，门上方的换气窗怎么样？试试看吧？”

警部一发出指示，一个警察立刻踩上椅子，尝试从换气窗钻出房间，但立刻就发现这不可能。换气窗横向虽然很长，但纵向很扁，只能勉强伸出胳膊。无论是多么瘦小的男人，都绝对不可能从那里钻过去。

“哎呀，看起来很难。那么，行凶后，凶手是不可能从那里离开的。但实际上……”金田一耕助笑道，“如果想要离开，还有大门，不必费力从那小窗户逃出。对了，如果换气窗不存在可能，那么凶手最终就是从大门逃出的。这样一来，凶手是如何从门外搭上门扣、插好门闩、拉上帘子的呢？”

“不，等一下……”目贺博士轻咳一声，“不好意思，打断了你的话，但帘子难道不是一直拉着吗？根据血迹来看，应该如此……”

“我明白了，我明白了。”金田一耕助点点头，“凶手是轻轻卷起帘子后钻出来的。如此一来，凶手要做的事就剩下两件：搭上门扣，插好门闩。这未必是不可能做到的事。”他仰望换气窗，“暂且不管其他地方是否有缝隙，但在门上方正好有个窗户，虽然很窄……”

“什、什么意思？”等等力警部疑惑地望向金田一耕助。

“打个比方。凶手在离开屋子前，用绳子将门扣和门闩绑在一起，然后把绳子的一端通过换气窗扔到门外。随后，他走出屋子，关上门，站在走廊里的台子上，像钓鱼一样熟练地操纵绳子，搭上门扣，插好门闩，随后更熟练地把绳子从门扣和门闩上取下。就是说，从一开始，绳子就是用能够轻易拿下的方式系上的。就这样，凶手抽回绳子关上窗户。如此一来，就成功实施密室杀人——”

金田一耕助得意扬扬地讲解密室杀人的经过。忽然，一声怒吼打断了他。“怎、怎、怎么可能！怎么可能有这种事！”

金田一耕助吓了一跳，回头看去，发现喊声来自目贺博士。博士就像一只怒气冲冲的蛤蟆，目露凶光。

“凶手怎么会做这种麻烦事！无论凶手是不是从屋内锁的门窗，杀人就是杀人。用绳子搭上门扣？用绳子插上门闩？别再说这种骗小孩的话！按你的话，一切似乎很简单，那你就做给我们看！这该是件多么费工夫、多么麻烦的工作……金田一先生，你听好了。凶手肯定想尽快离开这里，因为随时可能有人到这里来，凶手能顺利离开就不错了……骗人也要有个度！”

目贺博士似乎忍无可忍，扭着一双显眼的罗圈腿在屋里转来转去，唾沫横飞地严词争辩。金田一耕助不禁发出冷笑。

目贺博士依旧露出凶恶的神色。“怎么了？怎么了？有什么奇怪的？你是在笑我说的话，还是在笑我的罗圈腿？”

金田一耕助终于扑哧一声笑了出来。“哈哈哈，不，先生，真是失礼了。我也很赞成你的说法。”

“什么？”

“我是说我很赞成你的说法。只是警部觉得案子太不可思议，所以我便稍微炫耀了一下自己的学问，表示也有刚才那种可能性。但是，即使有可能，也正如你刚才说的，可行性很低。”

“什么可能性可行性，别用诡辩骗人！”

“就是说，即使有可能做到，也不代表这起案件就使用了这种手法。”

“这不是理所当然的嘛。”

目贺博士不满地咕哝道，但金田一耕助装作没听到。“首先，在这起案件中，不需要事先封闭现场。在无法判断是自杀还是他杀的情况下，事先将现场封闭起来，可以将他杀伪造成自杀。但是这起案件明显就是他杀，凶手毫无必要花那么多精力，冒险将现场封闭起来。”

“但是，金田一先生，”警部不满地插话道，“争论归争论，这起案件的现场确实被封闭了。只要这些家伙，啊，不好意思，只要这些人没说谎……”

“什么叫说谎……”蛤蟆仙人心头的怒火似乎已经爆发，口中吐出蛤蟆妖气一样的气泡，“我为什么要说谎？为什么必须说谎？就像我说的，无论这间屋子封闭与否，都是杀人案的现场。我有必要说谎吗？”

目贺博士斗志昂扬，争辩声在密闭的屋中回响。金田一耕助拍了拍他的后背。“好了好了，先生，警部只是用了那种说法，也就是为了强调语气，并不是在怀疑你的话。对了，三岛。”

“什么？”一直一脸不知所措、无所适从的三岛东太郎忽然听到有人叫自己，似乎吓了一跳。

“我还不知道谁是案件的第一发现人。”

“是菊江。”

“为什么是菊江……不，我还是之后再问她本人吧。那么，菊江发现后立刻通知了你们？”

“对，对，菊江透过换气窗看向屋内，吓了一跳，随即就把我们叫起来了。您知道的，这个家里能称得上男人的只有我一个人。因为新宫一家住在别栋……我听后也吓了一跳，立刻跳了起来，跑到这间屋子前。因为门打不开，我便和菊江一样登上台子，从换气窗向屋里看。”

“那时屋里亮着灯吧？”

“是的，所以菊江才能看见屋里的情形。”

“原来如此。对了，你当时就立刻认定这是杀人案吗？”

“完全不是。您稍后也透过换气窗看看就会明白，换气窗很扁，头根本伸不进来，只能看见屋里的一部分。我那时看到的只有地板上玉虫老爷的腿，没看到头部。随后，我发现旁边沾满了血一样的液体……”

“你那时没注意到这个奇妙的徽章吗？”

“这个……”三岛东太郎略一思考，“没注意。透过换气窗只能看见沙盆的一部分……而且那时我很惊慌……”

“那时菊江说了什么？”

“菊江说玉虫老爷肯定是酒喝多了，突发脑溢血。我也这么想。随后，我叫醒了阿种，让阿种叫来目贺先生。”

“目贺先生当时在哪里休息？”

金田一耕助的提问并没有特别的用意，但听到问话的刹那，三岛东太郎的表情却变得不同寻常。他满脸通红，神情扭捏，显得十分尴尬。

金田一耕助觉得很诧异。为什么这个问题会让这个年轻人如此反应？就在这时，身后传来恶毒的笑声，声音越来越大。是目贺博士。

“三岛，三岛。”博士眼中闪烁着恶作剧般的目光，“别顾虑那么多。为什么就不能清楚地说出来，目贺博士和夫人在同一个房间里休息呢？呵呵呵。”

金田一耕助和等等力警部猛地看向博士。博士露出恶狠狠的冷笑。金田一耕助看着那猥亵的目光和油亮的皮肤，不由得感到忽冷忽热，仿佛被蛤蟆的妖气笼罩。

“啊，这个，”金田一耕助干咳了一声，“明白了，明白了。先生是夫人的主治医生，自然要在屋里照顾夫人。毕竟不知夫人何时会再发病。”

“就是这么回事。呵呵呵。”目贺博士装模作样道，声音像蛤蟆一样。

金田一耕助不禁想，如果美祢子此刻在场，会露出什么表情呢？面对厚颜无耻的蛤蟆仙人，他怒火中烧。

“这个，我知道了，我知道了。所以先生是在那时被叫来的。那夫人呢？”

“那个人……不，夫人……”虽然立刻改变了称呼，可就连蛤蟆仙人也害羞起来，摸了摸脸颊，“我把她交给信乃了。幸好阿种很机灵，没有详细交代是什么事，所以夫人什么都不知道。听到骚动后，美祢子也起来了。这样一来，大家都赶到了这间屋子前……”

“你也透过换气窗看了屋里的样子？”

“当然看了……”

“你那时没注意到这个徽章吗？”

“没有。从换气窗那里看不到啊。”

“我明白了。然后……”

“菊江和三岛都说可能是脑溢血，但我觉得那样子有点儿奇怪。虽然只能看到尸体的腿，但沙子上的血迹无论是量还是飞溅的状态，都很难让人相信那是鼻血。因此，我就让阿种去叫新宫……”

“让阿种？”

金田一耕助若无其事地回过头。三岛东太郎依旧扭扭捏捏。

“现在想想，应该由我去。那样一来，那件事也就更清楚了……”

“那件事？”

“阿种在去叫新宫先生的途中看到了椿子爵。真是的，肯定是因为太惊慌，产生幻觉了。”

金田一耕助吓了一跳，和等等力警部面面相觑。一种不祥的预感像浑浊的乌贼的墨汁一样在体内扩散开来。这绝不寻常。

“椿……椿子爵？”金田一耕助低喃道。

目贺博士依旧满不在乎。“那是梦，是幻觉，是海市蜃楼。是阿种想子爵了。说不定她在暗恋子爵呢。”

“但是阿种说她确实看见了。”三岛东太郎生气地瞪着蛤蟆仙人的侧脸，“而且不只阿种，夫人和信乃也……博士当时藏起来了，是我问的阿种。”

“烁子和信乃也说看到椿子爵，或是酷似椿子爵的人了吗？”

金田一耕助心里一阵不安。等等力警部神情严肃，目光在目贺博士和三岛东太郎之间游移。

三岛东太郎目光黯淡地点了点头。“夫人因此又发病了……昨天夜里，到处一片混乱。”

目贺博士一言不发。

金田一耕助抑制住内心的激动。“哦，这样啊。具体情况我还是一会儿再问问阿种和信乃吧。在那之后，新宫先生就来这里了？”

“是的。我觉得屋里的情形很奇怪，便想立刻联系警察，但新宫先生说什么也不同意，认为还不能判断玉虫伯爵已死，如果还有呼吸，那就该赶紧急救……新宫先生很少能说出这么有道理的话。而且对这个家来说，还是尽量不找警察为好，所以我也同意破门而入。于是三岛便跑去储藏室取斧子。”

“然后就把门砍坏了啊。对了，伸手打开门闩和门扣的是……”

“最开始是我。但裂缝太窄了，我怎么也打不开门闩。站在旁边的美祢子很着急，便代替我伸手进去，却还是不行。于是三岛又砍了一斧，裂缝变宽了一些，终于打开了。对吧，三岛？”

三岛东太郎默默点了点头。

“然后你就冲进屋内，那时椅子是什么样子？”

“金田一先生，我也知道不能碰案发现场的东西，但那时大家都处于亢奋状态……总之，拉开窗帘后，我是第一个冲进去的，但立刻就被椅子绊倒了。在那种情况下，都有谁碰了什么东西，恐怕连碰到东西的人自己都不知道。”

“究竟都有谁进屋了？”

“大家都进来了。”

“大家是指……”

“我、三岛、菊江、美祢子、新宫家的三个人，还有女佣阿种……也就是除了夫人和信乃之外所有的人。当然，我们立刻将女人们都赶了出去……”

“对了，你们是什么时候注意到这个徽章的？”

“这个……对了，新宫先生和三岛吵了起来，我很好奇，就走到他们旁边，这才注意到……”

金田一耕助再次转向三岛东太郎。“你和新宫先生吵架是指……”

“那是……是这么回事。”三岛东太郎似乎慌了神，“新宫先生说……我觉得他想把那徽章……是徽章吧？他想把那个东西抹掉，便去阻止他。”

“新宫先生要把徽章……那时你已经注意到那个徽章了吗？”

“不，不是那样的。只是新宫先生的举止太奇怪了……他不停拨弄沙盆里的沙子，而且故意装成若无其事的样子……他那么做，警察一旦来调查，不就糟了吗？我边想边准备制止他，结果他忽然抓起一把沙子，准备要投出去。我赶紧大步上前压住他的手。就在那时，我第一次注意到那个徽章。”

“我明白了，所以新宫先生辩解了半天。然后呢？”

“正当那时传来了夫人的惊叫……夫人看见了酷似椿子爵的人，当场发病。于是目贺先生和新宫先生就赶往夫人那里了。”

“大家都去了吗？”

“不，我和菊江、一彦以及阿种留在了这里。没一会儿，美祢子来了，让我们赶紧给警察打电话……所以说，菊江是三点叫醒我的，但联系警察时已经四点多了。”

金田一耕助想继续问下去，但一时又想不出还有什么问题，便从地上捡起他一直留意的佛像。那是一尊木雕佛像，已经完全被血染红，但还是能立刻分辨出是雷神像。

“这尊佛像一直都放在这里吗？昨天晚上占卜时，我并没注意到，但回来拿帽子时，我从门口往屋里看，曾看到它在那边的台子上。”

“嗯，一直都在这里。”三岛东太郎答道。

“但这是雷神吧？应该和风神成对摆放。这里难道只有一个吗？”

“这个……我只知道这一个，目贺博士，你知道吗？”

“啊……我也只知道这一个。应该是成对的吗？”

“通常都说风神雷神啊。”

金田一耕助握住雷神像的颈部，仔细端详。前文已述，雕像高三十六厘米到四十厘米，底座直径约九厘米，无论是大小还是重量，都可以作为凶器。他放下雕像，一边用手帕擦手一边说道：“警部，这边的调查先到这里，接下来到会客室去问问其他人吧，女人们都在那里。”

走出房间，金田一耕助把走廊里的台子搬到门前，站到台子上。那是昨晚放花瓶的台子，他的帽子正是扣在了那个花瓶上。透过换气窗，确实只能看见房间的一部分，但只要换个角度，沙盆上的恶魔的徽章便可以看得一清二楚。

第九章　黄金长笛

“我真是吓了一跳，没想到先生竟然是这么了不起的侦探，昨晚真是失礼了。实在抱歉。”这是菊江在警部和金田一耕助面前坐下后的第一句话。她是第一个被叫到会客室的人。大概是要为玉虫前伯爵服丧，菊江一身黑衣，化着淡妆，但无论脸色还是态度都丝毫不显悲伤，依旧是把别人当傻瓜、一副满不在乎的样子。

金田一耕助故意面露难色。“菊江夫人，现在可不是开玩笑的时候。请老实回答警部的问题。”

金田一耕助的话听起来就像在教育调皮的孩子，菊江微微缩了缩脖子，吐了一下舌头。尽管如此，她只是老实报上了姓名和年龄，当警部最后问及她与死者的关系时，她惊讶地瞪大了眼睛，咕哝了一句“真失礼”，随后装模作样地答道：“那个，我是他的妾。”

警部的脸一下子红了。“啊，明白了，明白了，那你们是从什么时候开始这种关系的？”

菊江依旧惊讶地瞪着眼睛，却毫不脸红。“是从我十六岁时开始的，到现在大约九年了。我当时是新桥的妓院里还没独立的艺伎，他可是只找我一个人。”

会客室里的警察们不禁窃笑，但菊江并未理会他们。笑声立刻停了下来。也许是认为菊江太难应付，警部没有继续追问，很快将话题引向了前夜的案件。对此，菊江的回答如下：“金田一先生离开后，我不厌其烦地劝那个老头，啊，不对，是那位老爷，劝他赶紧回去睡觉。但那个老头，不，是那位老爷不知为何显得很不高兴，完全听不进去。不仅听不进去，最后还嫌我啰唆，让我想睡就去睡。所以我就此……不，老爷的命令不能不听啊。我便独自回屋睡觉了。”

“那是几点的事？”金田一耕助插话道。

“是十一点多，但我也没太注意……”

“那时三岛和阿种呢？”

“让他们先睡了，毕竟老爷不愿意被人看到生气的样子。”

“那么，在你离开后，就剩他自己在屋里了？”

“嗯，对。啊，不，正是如此。”菊江又吐了吐舌头。

“那时他什么样子？”

“就像刚才说的嘛，看起来很生气，不停念叨着什么……”

“他昨天晚上一直如此？”

“不，最开始倒没什么……变成那样是在沙子占卜之后。肯定是那个奇怪的图案造成的。对了，火焰太鼓，是先生您这么说的吧？之后又传来笛子声……但是，无论如何，火焰太鼓带来的震惊更大。他一直在苦思冥想，战战兢兢……”

“战战兢兢？”

“嗯，对。老头，不，老爷很少那样。”

“那……十一点多回去后，你都干什么了？”

“我立刻在床上躺下了。最初我以为老爷会回来，但怎么等也不来，便睡着了，连灯都没关……”

“你是三点醒来的吗？”

“是的，醒来时吓了一跳，灯一直开着，老爷也没回来，而且一看钟，已经快三点了。再怎么不高兴，也不至于这么夸张，所以我就去那个房间看了看。到那里一看，灯亮着，门从里面上了锁。我不停地叫老爷，却没有回应，于是我就站到那个台子上，透过换气窗往里看，结果看到了那幅情景……”

“那时你想到了什么？”

“当然是脑溢血。因为在睡觉前我已经跟他说过好多次要注意了。”

“对了，你应该也看到了沙盆，难道就没注意那个徽章吗？”

“没有。从换气窗那里不是看不见吗？”

“可以看见啊，而且很清楚。”

“哎呀，是吗，那就是我没注意到。”

“你不知道那个徽章的含义吗？”

“不知道。为什么我家老头对那个，哎呀，对不起，说习惯了……我家老爷为什么那么吃惊，我也觉得很奇怪。不过，应该有人知道那个徽章的含义。”菊江第一次露出了认真的神色，眉头紧锁。

金田一耕助略一思考，说道：“随后你叫来三岛，对吧？后来的事我们已经大体上从三岛和目贺先生那里了解了。但还是想问问你有没有特别在意的地方。”

菊江想了想，立刻答道：“啊，对了……你已经听说阿种和姝子夫人看到已故子爵的事了吧？”

金田一耕助有些紧张。“是的，你对那件事有什么看法吗？”

“我并不迷信。如果没有之前东京剧场的那件事，我肯定会认为阿种和烁子夫人太傻。但真的太不可思议了。在东京剧场见到的那个人和子爵一模一样，当时我像被泼了冷水一样哆嗦不停。如果不是那样，我一定会冲过去确认那人的身份。”

“你认为那人昨晚来这里了？”

“难道不是吗？不可能到处都有那么像的人啊。有一个就足够了。”

“那你怎么想？那人是子爵，还是一个很像子爵的人？”

菊江睁大眼睛，目不转睛地看着金田一耕助，身体忽然轻微地颤抖起来。“我也不知道……我只能这么说。先生，放过我吧，我害怕极了。虽然我不是个胆小的人……”

“哎呀，真是抱歉。那请你去告诉阿种，让她过来。”

阿种过了很长时间才过来。在那期间，警部和其他警察围绕菊江的态度争论了许久，得出了一个结论：很难看透菊江的内心。

“总之，那女人对丈夫的死一点儿都不悲伤。不，不但不悲伤，还显得很轻松，而且也毫不掩饰这种心情。”不知是谁下了结论。

不久，阿种来了。在菊江之后看到阿种，就好像一直闪着耀眼光芒的天空忽然被一层薄云遮盖。她凄凉地耸了耸肩，就像一只被紧紧攥在手中的小鸟，惊恐万分地颤抖着。因此，对阿种的讯问并不像对菊江那样顺利。关于姓名、年龄以及在椿家服务的时间等问题，阿种回答得还比较流畅（她在椿家大约住了七年），但一问到关键问题，即目击椿子爵或者说与椿子爵相像的人，她立刻语气僵硬，前言不搭后语。

所以，我只在这里写下其中的要点：

目贺先生命令阿种去叫新宫利彦，阿种便慌忙冲出后门，急得连手电筒都忘了拿。但还好，昨夜云虽多，也还能看到云层后的月亮，庭院里没那么黑。而且就算庭院再宽敞，毕竟两处也属于同一座宅邸。阿种一路小跑穿过庭院。

宅邸内的松柏高大茂盛。受战争波及，其中不少树都已烧得焦黑，但还是剩下很多枝叶茂盛的，从下面走过时光线很暗。阿种小跑着穿梭在大树之间，忽然吓得停住了。她听到了某种声音，很低，很轻，而且立刻就消失了，但她明白那是什么声音。那是长笛的声音。

她以为听错了，但毕竟是在那样的环境中，她还是不禁双腿打战。

这时，声音又来了，并不是旋律，只是很短促的一声，但绝对没错，肯定就是她长年聆听的笛声。阿种感到被泼了一身冷水，震惊不已，但还是鼓足勇气问道："谁……谁在那儿？"她声音颤抖。

忽然，在距离七八米远的草丛中，一个人晃晃悠悠站了起来。阿种的心脏差点儿停止跳动。她想叫，但舌头僵硬，发不出声音。尽管如此，她仍全神贯注盯着那人。不，是因为身体已经麻痹，所以连移开目光都做不到。光线很暗，阿种看不太清楚，但能看出对方是个不胖不瘦、不高不矮的男人，穿着西服。男人面朝阿种，将手中的东西放到嘴边，一阵轻快短促的声音随即响起。肯定没错，明显就是长笛。而且就在那时，云层散开，月光猛地照亮了男人……

"那、那、那么，阿、阿、阿种看到那、那、那个男人了吗？清、清楚地看到……”金田一耕助焦躁不已，结巴得厉害。等等力警部叼着铅笔末端，似乎要把铅笔咬碎。此时，会客室中的紧张氛围已经无法用语言形容，也难以下笔描述。众人都瞪大眼睛，将炽热的目光射向阿种。如果视线能将人烧死，阿种也许已经被周围的视线烧得焦黑。

“不，不。”阿种双颊紧绷，呼吸急促，“月光正好从那人的背后照过来，我没看清他的脸。但是……但是……”她又一次大口喘气，尾音颤抖。

“但是？什么意思？”

“月光照过来时，那人嘴边的长笛在瞬间发出亮光。那是……那是……黄金长笛。是主人平常最喜欢用的黄金长笛……而且……而且……是和主人一起消失不见的黄金长笛……”阿种猛地用双手捂住脸，哇的一声哭了出来。她双肩颤动，珍珠般的泪滴从指缝间滑落。

一瞬间，会客室陷入了冰冻般的沉默，阴冷的鬼气缓缓接近。众人不禁都想回过头，看看背后是否有什么东西。

“阿种，”片刻后，金田一耕助清了清嗓子问道，“你认为那人真的是椿子爵吗？还是说，那人只是装成椿子爵来吓唬你呢？”

“不，不，我也不知道。”阿种使劲儿摇头，“但那长笛确实是主人的。而且……而且……虽然看不清，但那神情落寞的侧脸确实很像主人。再说，后来夫人和信乃也……”

“关于这点，我们会直接问她们。那后来呢？”

阿种以袖掩面，抽抽搭搭地说：“我真笨。如果是主人，我一定会立刻飞奔到他身旁。因为主人那么温柔，无论何时都那么疼爱我。

可是……可是我……”她气得身体直晃，“那时我很害怕，结果逃向了新宫先生的房间。”

“你在新宫先生那里说了这件事吧？说看到了酷似椿子爵的人。”

“嗯，我当然说了，但谁都不相信我……而且玉虫老爷出事在先，大家的注意力都集中到那里了……但是，在带着大家回主宅的途中，因为经过看到那人的地方，我便提了一句，于是一彦先生去看了看，结果那人已经不在了……”

听阿种的语气，她似乎确信那人就是椿子爵。事情陷入了更奇怪的深渊。众人紧张的目光来回交错。“我还有一件事想问你。”金田一耕助抑制住内心沸腾般的亢奋，尽可能用若无其事的语气说道，“是关于玉虫老爷被杀的那个房间。你从换气窗向屋内看过吗？”

“没有，我很害怕，所以那种事就……”

“那么你知道都有谁看过吗？目前，我们知道目贺博士、三岛和菊江都看过。”

“哦，美祢子小姐和一彦先生应该看过。”

“新宫先生呢？他没看吗？”

“他……他很胆小，所以……他比我还胆小。”

关于新宫前子爵，阿种的描述与美祢子相同。提到新宫时，美祢子僵硬的双颊因厌恶而剧烈地颤抖。

“真是万分感谢。那么就此……”

“哦。”阿种暗淡无光的双眼看向金田一耕助，无精打采地站了起来，“该叫谁来呢？”

“不，我们想先商量商量，如果需要，稍后再叫别人。”

“哦。”阿种恭恭敬敬地施礼，随后向门外走去，但走到会客室门口，她忽然像钉死的钉子一样一动不动。慌慌张张跑进会客室的警察手里的东西吸引了阿种。她就像被拖拽一样，摇摇晃晃回到屋中。

“警部，警部，在庭院深处的防空壕里发现了这个，不知和案件有没有关系……”

那是一个长约三十厘米、宽七八厘米的皮质旧盒子。警部拿过来打开一看，里面什么都没有。“金田一先生，这是什么盒子啊？”

“这个嘛……”金田一耕助正要伸手拿盒子，阿种呼吸急促地打断了他。“请、请让我看看……”阿种用颤抖的手摆弄着盒子，随即哆哆嗦嗦地说道，“这是……这是……长笛的盒子。如果让美祢子小姐或一彦先生看看，应该会更清楚。这是……确实是主人的黄金长笛的盒子！”

“长、长笛的盒子？可是长笛不是应该更长吗……”

“长笛可以分解成三部分，这样的盒子就可以装下……”

“你肯定就是椿子爵的长笛盒子，对吧？”

等等力警部一把抢过盒子，再次打开盒盖，在盒内摸来摸去。忽然，他睁大了眼睛，血管暴胀，面颊不停痉挛。有那么一会儿，他就像化石一样表情僵硬地盯着盒内，随后又猛地盖上盒盖，像做深呼吸一样，使劲儿吸了一大口气，随后看向阿种。“阿种，谢谢你。那、那么请你离开吧。”

“要叫美祢子小姐和一彦先生来吗？”

“不，不用，不用。之后会叫他们来，现在请你离开吧。”

看着阿种消失在走廊中，金田一耕助立刻靠近警部，按住他的手。“警、警部，有、有什么吗？盒子里……”

警部又做了个深呼吸，重重地点了点头，打开盒子。“盒子里的布下面……有这东西。”他拈出一只镶有钻石的黄金耳环。金田一耕助不禁睁大了眼睛。他最初不明白这耳环意味着什么，但在听到警部对拿来盒子的警察下命令时，他仿佛感觉到烧红的铁扦直击脑门，全身因巨大的震惊而颤抖不已。

“泽村，你带着耳环去银座的天银堂。这也许就是一月十五日天银堂案件中被盗的物品，你去问问，但不要告诉他们来源。”

第十章　打字机

泽村猛地抓起耳环飞奔出会客室。金田一耕助呆呆地目送他离去，直到再也看不见。这时，金田一耕助就像被打了一拳，再次望向警部。“警、警部！你认为那耳环是天银堂案件的被盗物品之一？”金田一耕助激动得膝盖发抖，舌头也不听使唤。被他紧紧盯着的警部眼中也燃烧起烈焰。

“啊，不。”警部生硬地干咳了两声，“最终结果还要等泽村的报告。但在天银堂案件被盗物品的清单上，有镶嵌着钻石的耳环。而且凶手只拿走了一对耳环中的一只，可以看出他很慌张。”

“剩下的那只现在还在天银堂？”

“嗯，正被严密保管。刚才那只耳环是否属于被盗物品，拿过去就一目了然了。”

金田一耕助感到毛骨悚然，后背蹿过一阵战栗。“警部。”

“什么？”

“我从前天开始给你打过好几次电话。你知道吧？”

“哎呀，真抱歉。我也想联系你，但一直很忙。”

“没关系。是你让美祢子去找我的吧？”

“是的。我觉得她的话没什么要点。如果早知道会出这种事，问得更仔细一点儿就好了。”

“我倒是问了她很多。据她说，椿子爵曾被认为是天银堂案件的嫌疑人。”

警部默默地点了点头。

“而且听说告发此事的人就住在这座宅邸中。这是真的吗？”

“不，这还不能确定。但如果不是子爵身边的人，肯定写不出那些内容。”

“到底写了什么？”

警部露出些许疑惑的神情。“我记不清确切的内容了，但信上确实说子爵酷似那张画像中的人。在天银堂案件发生前后，子爵去了某地旅行，而且向家人谎称自己去了芦之汤，实际上却没去。从这次目的地不明的旅行归来后不久，子爵和三岛东太郎找宝石销售商进行了密谈……信上大概写了这些事。”

金田一耕助边踱步边思考。不一会儿，他猛地停下脚步。“对了，警部，调查过那个告密者吗？”

“没有，还没想过。对我们来说，告密者是谁都无所谓，只要查明天银堂案件的真凶就好。并且，子爵的态度从一开始就非常可疑，我们不知不觉就把精力都集中在这一点上了。可到了关键时刻，子爵却提出有不在场证明。我们赶忙调查，发现不在场证明真实有效。因此子爵的嫌疑也就烟消云散了。这样一来，告密者的身份不再是个问题，我们也就不知不觉忽略了……”

金田一耕助依旧来回踱步。“子爵究竟去哪儿了？”

“似乎去了关西。总之，在关键的十五日，天银堂案件发生当日，子爵从前一天夜里就投宿在须磨的旅馆里。这一点肯定没错。不，我一直认为没错，但真可恶，如果那只耳环是天银堂案件的赃物……”警部猛地一咂舌，拿出手帕，焦躁地擦了擦短粗的脖子。

警部的激动并非毫无道理。如果那只耳环是天银堂案件的赃物，那么一切将从根本上扭转。警视厅也许会推翻椿子爵巧妙设计的不在场证明。于是椿子爵的自杀自然会成为大问题，那或许是椿子爵的一大诡计。椿子爵那样巧妙地将自己抹掉，但实际上，他现在还生活在某个地方。

金田一耕助感觉一股寒冷直刺背脊。如果真有此事，那么正常人的一切常识和判断就都失败了，只有那如同疯狂绽放的妖花一般的炑子夫人，只有她那怪异的幻想和直觉才是正确的。

“但是，椿子爵……”停顿了几秒，金田一耕助看向警部，“在提出不在场证明前，他为什么那么犹豫？无论有什么事，应该都没有被指认为天银堂案件的凶手更要紧。”

“是啊，我们也觉得奇怪。但根据子爵的说法，似乎是家里发生了很复杂的事。去关西，尤其是去须磨一事，他希望我们一定要为他保密。就是以必须保密为条件，他才说明了关西之行的情况。”

“但就算家里的情况再怎么复杂……”

“是啊，我现在也这么想。可恶！难道那是他的诡计吗？”警部依旧焦躁不安，用手帕擦拭额头上的汗水。

金田一耕助没有回答，依旧走来走去。“对了，警部，那封告密信还保存在警视厅吗？”

“当然。”

“那么，如果告密者是这家的人，难道不能通过那封告密信查出来吗？通过笔迹之类的。”

“不，那很难。那封信不是手写的，而是打印的。”

“打印的……”金田一耕助不禁瞪大眼睛，“难道是英文？”

“不是，是罗马字母。”

“警部，能让我看看吗？”

“什么时候都行，只要你来警视厅。”

门外传来急促的脚步声，两人立刻停止对话，看向房门。冲过来的是美祢子。她似乎从阿种那里听说了刚才的事，目光像白色的蜡烛一样毫无生气，颤抖得几乎失去了常态。“金田一先生！”美祢子牙齿咬得咯吱作响，声音嘶哑，“找到父亲的长笛盒子了？”她看向桌子上面，“啊，是那个。”她不容分说冲进房间，猛地抓过盒子，哆哆嗦嗦地摸了又摸，“啊！”似乎用尽全身力气的呻吟从她口中发出。她扑通一声瘫在椅子上，双手紧紧捂住脸。

“美祢子小姐，”金田一耕助温柔地把手放在美祢子肩上，“这是你父亲的盒子吗？”

美祢子依旧双手掩面，无力地点了点头，但很快便拿开手，用痛苦而扭曲的目光看向盒子。“金田一先生，警部先生，这到底怎么回事？难道母亲的直觉真的正确吗？父亲昨夜真的来这里了？”

金田一耕助和警部都无法立刻回答。美祢子继续用像要把什么撕裂的声音说道：“我不相信任何人。无论阿种看到我父亲多少次，也无论我母亲和信乃看到多少次，我也无法相信。因为，因为，如果父亲回来了，肯定会先找我。但是，这个盒子……这个盒子……

金田一先生，父亲昨夜真的来这里了吗？”美祢子再次两手掩面。

“美祢子小姐，”金田一耕助轻轻拍了拍她的肩，“这个盒子是在庭院的防空壕里找到的。也许它一直都在那里呢。”

美祢子用力摇了摇头。“不，没那回事。我两三天前也去过防空壕，每次我不想被别人打扰，想独自思考事情时，总会到防空壕去，在那里一发呆就是一两个小时。”

在这座三个家族共同居住的宅邸中，对于这个被母亲疏远、被亲戚无视、并不漂亮的女孩来说，冰冷的防空壕堪比梦殿[①]一样的神圣场所。金田一耕助听着这孤独的女孩发自内心的倾诉，不禁心生感慨。

“美祢子小姐，美祢子小姐，”金田一耕助拍着美祢子的肩，“别哭了，现在不是哭的时候。我还有很多话想问你。”

美祢子一边点头一边擦去眼泪，抬起如纸一般苍白的脸。“对不起。我也这么想，但父亲实在太可怜了……死后仍被那些坏人利用。但我不会再哭了。想问什么就请问吧。”她摆出一副无所畏惧的姿态。

“那么就从昨夜的事开始吧。我已经从其他人那里听说了大致情况，但还是请你再说一遍。”

美祢子点了点头，开始讲述。

在金田一耕助离开后不久，秌子终于安静下来，美祢子便回到自己的房间。但她很亢奋，久久不能入睡。那时，她做梦也没想到，玉虫前伯爵仍旧独自在那间工作室中。后来，她迷迷糊糊睡着了。但是到了三点左右，她被阿种叫目贺先生起床的声音吵醒了，便一

---

①日本奈良法隆寺东院的正殿，因圣德太子（574－622）在梦中领悟佛法的故事而得名。

起去了工作室……美祢子将重要的地方按顺序叙述了一遍，但并没有与众不同之处。

“那时你透过换气窗看屋里了吗？”

“看了。”

“你那时怎么想？”

“在目贺先生下结论前，我就觉得那是杀人案。虽然菊江和三岛都说是脑溢血……”

“你为什么那么想？”

“我有预感。您也应该知道。而且沙盆里都是血……”

“是啊，还有沙面那个奇妙的徽章图案的血迹。从换气窗向里看时，你注意到了吗？”

“不，没注意到。”

金田一耕助挠了挠头。“那你是什么时候注意到的？”

“是舅舅和三岛在沙盆旁边发生争执的时候。那时我们虽然一直追到了走廊，但回来后再一看，发现了那个徽章。”

“根据三岛的说法，新宫先生想把沙子撒在上面，盖住那个徽章。”

“是的，我也这么觉得。”美祢子肯定地说。

金田一耕助和等等力警部四目相对。不一会儿，金田一耕助再次开口道：“被用来当凶器的雷神像一直都在那个房间吧？”

“是的，一直都在。”

“但那可是雷神啊，必须和风神一起出现才对。目贺先生和三岛都说不知道原因。难道没有风神像吗？”

美祢子抬眼看向金田一耕助，似乎对他的问题感到不解，但还是肯定地答道："他们确实不知道。"随后，她略一思考，"那是去年夏天的事，那时三岛还没来我家。一天晚上，那个房间里进了小偷，把座钟还有别的东西，连同风神像和雷神像，全都偷走了。两三天后，我们只在庭院一角发现了被扔下的雷神像。因此现在只有雷神像。"

金田一耕助皱了皱眉。"但是，为什么只扔下雷神像？"

"大概是因为那东西既是个累赘，也不值钱。"

"可这还真奇怪。既然觉得雷神像不值钱，那么肯定也会觉得风神像不值钱。就算是小偷，也该明白风神像和雷神像是一对啊。"

"先生，我也不明白小偷怎么想。"美祢子断言道，似乎有些生气。

金田一耕助有些过意不去地挠挠头。"啊，真是失礼了。这个问题先到这里，接着问别的吧。美祢子小姐，你父亲很信任三岛吗？"

美祢子稍一犹豫，随后答道："您说的信任是什么意思？"

"比如想要卖宝石时，你父亲不找其他人，只偷偷和三岛商量……"

美祢子点点头。"如果是这个意思，那确实如此。但父亲手里没有任何宝石。虽然母亲的宝石那么多。"

金田一耕助猛地转向等等力警部。根据告密信，椿子爵一直就出售宝石一事与三岛东太郎密谈，而且是在天银堂案件刚发生后……

"美祢子小姐，你父亲在征得你母亲同意的情况下出售宝石，可能有这样的事吗？"

"不，绝对没有。"美祢子的语气忽然变得很急切，"母亲会同意别人卖掉宝石，这简直就像骆驼从针眼中穿过那样毫无可能。母亲即使把家里的房子卖了，也不会卖掉宝石。母亲那一类人大都是宝石狂。”

金田一耕助和等等力警部再次交换视线。如果那封告密信所言属实，那么椿子爵究竟打算卖谁的宝石呢？金田一耕助的心情越来越沉重，他无精打采地挠挠头。“呃，那么，这个问题就先到这里，还有个问题想问。家里有打字机吗？”

美祢子吓了一跳，再次看向金田一耕助，目不转睛地凝视，似乎在寻求问这个问题的目的，但还是立刻答道：“有。”语气很干脆。

这回轮到金田一耕助吓了一跳。他看着等等力警部，随后呼吸急促地问道：“有打字机？这家里……到底是谁在用？”

“我在用。先生，您怎么用这种表情看着我？我不能用打字机吗？是父亲在战后劝我用的。我求了母亲很久，最终有人送了我一台旧货。我去专门的学校学习了五个月，今年春天结业时，一家公司的涉外部门录用了我。但发生了那起案子后，母亲很讨厌外界，就不让我上班了。我直到现在也还想去工作。如果没发生那样的事……”

美祢子的眼睛再次湿润起来。但金田一耕助没有工夫去照顾她感伤的情绪。“那打字机在哪儿？我很想看看……”

美祢子制止想要起身的金田一耕助。“不，我去拿过来。打字机很轻。”她擦了擦眼泪，走出房间。

“警部，你还记得告密信上用打字机打出的字吗？”

“这个……我不敢肯定……但既然这个家里有打字机，那大概就是用那台打字机打的。”

不久，美祢子提来一个放在书包里的小机器。

“哦，真可爱。这机器叫什么？”

“火箭打字机，是瑞士的赫尔墨斯公司生产的，还没有正式出口到日本。需要我打打看吗？”

“那就拜托了。”

美祢子把打字机放到桌上，打开盖子，稍作调整，放好纸，把准备好的英语读本放在旁边。很快，屋内传来下冰雹一样的噼噼啪啪声，纸上不知不觉间打满了字。美祢子的手法看起来相当熟练。

“这样可以吗？”

金田一耕助接过纸，迅速扫了一眼，递给警部。警部睁大眼睛看了一会儿，随即朝金田一耕助微微点了点头。金田一耕助深深吸了口气。

“美祢子小姐，除了你，还有人会用打字机吗？”

“哦，一彦表哥和菊江小姐会用。特别是菊江小姐很擅长打字，即使不看打字机也能打，她的手指早已经熟悉位置了……”

“菊江小姐很擅长？打得那么熟练吗？”

“嗯，她还教过我。她聪明又热心……我并不喜欢她，但在这方面，我一直很佩服。”

就在这时，阿种来到会客室，说午饭已经准备好，问是否要端到会客室来。不经意间，时间已经过了正午。

第十一章　皮肤上的徽章

昭和二十二年，东京的粮食供应严重不足，人们的饮食都很简单。填饱肚子后，金田一耕助说道："警部，赶紧继续讯问吧。还有秌子夫人和信乃，以及新宫一家……虽然秌子夫人似乎来不了。"

警部看了看手表。"泽村该回来了……金田一先生，在讯问之前，要不要去看看防空壕？"

"啊，那也行。"

其实，金田一耕助也因为持续袭来的紧张感而疲惫不已。两个人来到庭院，由一名警察带领向防空壕走去。

防空壕在远离房屋的庭院一角，被茂密的树丛覆盖，属于掩盖式的混凝土建筑，内部面积约四叠半，配备了简单的桌椅，与其说是壕，不如说是地下室，看起来很不错。要说缺点，就是光线较暗，也没有照明设备。

警部站在微暗的防空壕中环视四周。"昨夜椿子爵或者是酷似椿子爵的人就藏在这里？"

金田一耕助没有回答，似乎陷入了沉思，但很快便喃喃道："我明白了，这里正合适，桌椅都有……"

等等力警部闻言问道："什么意思？是指那个叫美祢子的姑娘的冥想吗？"

"不，警部，我正在想那台打字机的事。告密信上的字和那台打字机打出的字很像。"

"的确。虽然还必须进行比较研究……"

"请一定好好研究。对了，假设告密信就是用那台打字机打的，如果不是美祢子小姐，那又是谁、是怎么使用打字机的？我就是在想这一点。美祢子的房间是和式的，无论是谁都能轻易进去。但是，直接在那里操作打字机太危险了，只能偷偷拿出来，用完后再偷偷放回去。那样一来，美祢子小姐也不会注意到。问题就是地点。你也知道，打字机操作时会发出像机关枪射击一样的声音，不可能在屋内悄悄进行，必须要拿到外面的某处打，但时间又不能太长……因此，我觉得这个防空壕是很理想的地方，椅子和桌子都有。"

"但这里很暗啊，无论如何也不可能看清打了什么字。"

"警部，你忘了刚才美祢子小姐的话。她不是说了吗，菊江可以不看打字机，因为手指早已熟悉位置了……"

警部似乎吓了一跳，瞪大眼睛。"金田一先生，那、那你认为那个叫菊江的女人……"

"不，不能这么说。我想说的是，打字机只要操作足够熟练，即使不看也可以打。也就是说，在一片漆黑中也能打。差不多该离开这里了吧？也没有别的收获了。"

防空壕的两端都有出入口。两人刚才从一端进去，现在从另一端出来。由于在微暗的壕中待了一会儿，一来到外面，铅色的天空猛地扑入眼帘。

“对了，警部。”金田一耕助一边环视四周一边悄声说道，“我想让你命令部下去找一个东西。”

“要找……什么？”

“和那个雷神像成对的风神像。”

警部有些吃惊，回头看着金田一耕助。“但是，金田一先生，风神像在去年夏天已经被偷了……”

“不，警部，我觉得很奇怪。为什么扔了雷神像，只拿风神像呢？不、不，既然扔了雷神像，就一定也会扔了风神像。总之直到最近，不，直到昨夜，我还都觉得风神像就在这个家中。”

警部默默凝视着金田一耕助的侧脸，但金田一耕助没再说下去。警部晃了晃肩膀。“好，我让他们找找。”

“拜托了。但请不要让这家人察觉……”

然而，风神像迟迟没有发现。等到发现时，已经太晚了。

在返回会客室的途中，两人经过一间玻璃温室。温室有一半在地下，露出地面的部分并不高，但占地面积很大，宽度将近三米，长度在七米到九米间，就像一间狭长的房屋。从外面透过玻璃向里看，一个与地面高度相同的大棚上面摆满了小盆，从温室顶部还垂下许多红色的小素陶盆。隔着小盆，可以看到一个身着工作服的人正在劳作。

那人看到警部和金田一耕助，立刻打开旁边一扇狭窄的小门，探出上半身。“有什么事吗？”

是三岛东太郎，他拿着修剪树枝用的长柄剪刀，似乎正在打理植物。

“没什么，只是正好路过……看来是很珍贵的植物啊。”金田一耕助弯下腰，视线越过三岛东太郎的肩膀，看向门内。伴随着闷热的湿气，一股让人头痛的浓烈青草气味扑面而来。

“是兰花和高山植物。兰花主要是食虫兰，是很珍稀的品种。要看看吗？”

“不用了。今天太忙，还是下次吧。养这花是哪位的兴趣？”

“是已经去世的子爵，如今由一彦继承并负责照料，我有时也会帮忙。现在兰花上都是蜘蛛，有点儿恶心。”

金田一耕助看了看三岛东太郎。“正好，我们有点儿事想问你。”

“是吗，请稍等。”三岛东太郎用入口处的水瓶洗了手，立刻给右手戴上劳动手套，稍一用力，上到地面。“你们想问的是……”

“今年春天，一月的时候，椿子爵去旅行了吧？旅行回来后不久，他就找你商量卖宝石的事。这事属实吗？”

三岛东太郎沉下脸。“如果是问这点，当时警视厅也问过我了，确有此事。但子爵最终没有卖，因为夫人不答应。”

金田一耕助和等等力警部交换视线。

“子爵打算卖夫人的宝石？”

“应该是这样。最初找我商量时，子爵并没有这么说。直到决定不卖了，才说是要卖夫人的宝石。”

随后，三人向正房走去。

金田一耕助很快又开口了：“三岛，听说你父亲和椿子爵是学生时代的朋友。”

“嗯，初中时的……”

“那你也是在东京出生的？”

“不，我是在中国地区[1]出生的。不是吴就是尾道，总之是在那一带。”

“你不知道自己在哪里出生吗？”

“因为我爸是初中老师，总是到处辗转，就像在各地巡演的艺人一样。我是从住在冈山期间开始记事的。”

“这样啊。我觉得你有近畿地区的口音。你在京阪神一带也住过吗？”

“我可没这么觉得。我只在冈山县和广岛县住过。”

“那你来这个家是因为……”

“那很有意思。我复员后，发现妈妈已经死了。我爸死得早，也没有亲戚，便有点儿自暴自弃地来了东京。在黑市做了一段时间的买卖后，我开始接触家庭出售的旧货。那时我忽然想起了椿子爵。我从爸爸那里听说过子爵的名字，爸爸活着的时候，他们还时不时通信。他的日子似乎不好过，于是去年秋天，我去问他有没有旧货要卖，结果正合他的心意。从那以后，我常常去找他，后来他就问我来不来他家……与其说是子爵的主意，不如说是夫人的。因此在子爵死后，我也还继续受到照顾，但说句实话，如果没有我在，这个家一天也撑不下去。”

这时，三人正好来到已经荒废的古老池子旁。金田一耕助似乎想绕远。

“从桥上走过去吧。可以吧？”

---

①指日本本州岛西部的山阳道、山阴道地区，包含鸟取、岛根、冈山、广岛、山口5县。

金田一耕助用奇怪的目光看着三岛东太郎走过有些危险的桥，自己也随后跟了上去。

过桥后，三人就此分开。警部和金田一耕助回到会客室，发现泽村正独自一人焦躁不安地等在屋中。从他亢奋的表情可以立刻推测出结果。金田一耕助胸口猛地一紧。

“警部！”

看到泽村干劲儿十足，准备谈正事，警部轻轻打手势制止，慎重地关上屋门。随后，他毫无顾忌地凑上前。“怎么样了？结果……”

泽村默默从口袋中掏出两个信封。信封上印着天银堂的字样，正面的钢笔字龙飞凤舞。泽村说道：“这是刚才在长笛盒子里发现的耳环，这是留在天银堂的耳环。请比较。”

对比从两个信封中滑出的耳环，有那么一瞬间，金田一耕助闭上了眼。这个家族背负的命运过于惨痛，让人像吞了铅块一样心头沉重。

“呼……”等等力警部重重叹了口气，“肯定没错了。暂且不论昨夜那男人是不是椿子爵，总之此人确实与天银堂案件有关。”

“但是，警部，”金田一耕助似乎想挥去内心的感伤，使劲摇了摇头，睁眼看向警部，“同样的耳环会不会有好几对……”

“不会。这对耳环虽说是某位华族夫人出售的旧货，但当初可是专门定做的，绝对独一无二。泽村。”

警部在泽村耳边低语了几句，泽村立刻将两只耳环分别收回信封，并将信封放入口袋，如风一般离开了房间，恐怕是向本厅报告去了。真不知道本厅的人会兴奋成什么样子。金田一耕助就像喝下了热饮，喉咙中发出咕嘟一声，再次闭上眼睛。

“对了……”警部焦躁地在屋中踱步，“接下来该怎么办呢？”

“把信乃叫来问问吧。那女人好像也说她昨夜看到了酷似椿子爵的人。”

“好。”

警部立刻叫来部下，让对方把信乃带来。

等了好一会儿，信乃才跟在警察后面姗姗来迟。她在门口停住脚步，盯着警部和金田一耕助，来回看了一会儿，然后默默进入屋内，往椅子上一坐，再次看着两人。

“我不知道你们有什么事，但请尽量快点儿。烁子小姐离不开人。”她语气严肃，话中带刺。

就像前文所说，世上没有比信乃更丑的女人，但同时，世上也没有比她更威严的女人。她的眼球像要跳出眼眶，鼻子扁塌塌的，下面一张大嘴，而且满脸皱纹，就像一块旧抹布。但她的卷发梳得很漂亮，在后脑梳成一个小发髻，一身古朴的结城茧绸衣衫干净整齐，双手交叠放在膝头，目光锐利地斜视着两人，有着宛如指挥千军万马的气势。

“不会花太长时间。我是想问问有关昨夜的事。”警部向前探身，“听说你昨夜看到了酷似椿子爵的人，关于那件事，请你……”

信乃依旧目光锐利。“这样啊，那我就说说吧。”她用郑重的语气絮絮叨叨地说道，“在大家都来到工作室后，烁子小姐让我带她去卫生间。不，就算她再孩子气，也不会总是那个样子。但昨夜的事太奇怪了，所以她很害怕……虽说那时还不知道会发生杀人案……总之，她没办法一个人去卫生间。因此我就陪她一起去了，并在外面等待，结果从里面传来了她的惨叫。虽然很唐突无礼，但我还是立刻冲了进去……烁子小姐正指着窗外，主人就站在那里……正因为这样，小姐才会发狂。我也向外看了一眼，立刻发现在离卫生间窗户四五米远的地方……”

“椿子爵，或者是酷似椿子爵的人站在那里吗？”

“是的，而且拿着黄金长笛。”

“你清楚地看到他的脸了？”

“很清楚。月光正好照到他的正脸。”

“你觉得是椿子爵吗？”

信乃用鹰隼般的目光看着警部。“我不能确定。我只是稍稍看了一眼，但确实很像。”

“之后呢？”

“当然是冲出了卫生间。目贺先生和利彦先生……不，和新宫先生听到惨叫后赶了过来，我便向他们说明了情况。”

“因此他们就去找那个人了？”

“没有。目贺先生已经上了年纪，而新宫先生也不是那种有勇气的人。”信乃恨恨地断言道，声音中充满了像乌贼墨汁般浊黑的恶意。

金田一耕助和等等力警部交换了一下眼神。新宫利彦似乎受到这个家中所有人的非难。这难道仅仅因为他是个窝囊的放浪公子吗？

“然后呢？”

“我能说的只有这些。之后我们立刻给警察打了电话，然后就等待你们到来。那么，就说到这里……烁子小姐会担心的。”

看到信乃要起身，金田一耕助慌忙阻止道：“稍等，还有件事想问你。”

“哦，什么事？”

“关于昨晚占卜时出现的奇怪徽章，像火焰太鼓一样……那图案有什么含义？”

“我不知道。”信乃立即干脆地答道。

“但你那时似乎很惊讶。”

“无论是谁都会惊讶吧？那么奇怪的图案，就像印章盖出来的一样。那么，我就此告辞。”信乃从椅子上站起来，悠然走出了房间。她态度威严，让周围的人都无可奈何。

但是，信乃的身影尚未从门口消失，粗哑人声和慌乱的脚步声已从走廊一端渐渐靠近。粗哑的声音来自新宫利彦。信乃惊讶地停下了脚步，循声望去，但随即迈开脚步，快速消失在走廊另一端。

随后冲进会客室的是新宫利彦。他看起来醉得很厉害，头发蓬乱，眼睛闪闪发亮，而且也没穿外套和正规衬衫，只穿了一件和裤子不怎么搭配的普通衬衣。

新宫利彦目光闪闪，盯着警部和金田一耕助，很快便露出不怀好意的笑容，在两人的注视下开始脱衬衫。

“老公，老公，即使不那么做，只是说的话……”他的妻子华子冲进屋内，慌忙想要阻止他。他冷冷地推开妻子。

“啰唆！给我闭嘴！总之肯定是老太婆告的密！”他脱掉衬衫，摇摇晃晃走到警部和金田一耕助面前，“喂，你们两个，已经听信乃说了吧？你们给我好好看着，这就是恶魔的徽章。”

在呆若木鸡的警部和金田一耕助面前，新宫利彦快速转身背对他们，瘦骨嶙峋的左肩部浮现出一块淡红色的痣，就像火焰太鼓。

第十二章　Y 和 Z

火焰太鼓。

昨夜曾两度颇具深意地展现在众人面前的、不祥的恶魔徽章，本来面目就是这样吗?

一瞬间，金田一耕助有种扑了个空的泄气感觉，但立刻调整状态，凝视着新宫利彦的左肩。他体内不觉涌出一股异样的战栗，似乎恶魔浊黑的毒血正从新宫利彦左肩升腾。

新宫利彦的身体如实反映了他不健康的生活方式，他体形瘦弱，汗毛乱蓬蓬的，肤色也很不好。浅桃色火焰太鼓就浮现在这样的身体上，令人觉得有些怪异。

一刹那，整个房间沉默下来，众人仿佛化石一般僵硬，满手是汗。

“啊，这个，”等等力警部生硬地干咳了两声，停顿了好久才开口道，“已经够了，请穿上衬衫。”

新宫利彦一脸不高兴，让华子帮忙穿上了衬衫，坐到警部示意的椅子上。

“真是奇特的痣。从出生就有吗？”

也许是因为短暂的亢奋已经退去，新宫利彦表情平静，无精打采地点点头。“是很奇特。平时几乎看不见，只是一个皮肤下的浅白色图案，如果不细看是注意不到的。但只要一喝酒，或者一洗澡，也就是在皮肤充血的情况下，就会像刚才那样清晰地显现出来。”

“所以……”金田一耕助再次看向新宫利彦，“你刚才喝酒了吧？”

“嗯，对……发生了那种事，不喝酒不行啊。无论如何，那种事还是赶紧解决为好。”

金田一耕助想起美祢子昨夜的话：“舅舅是个在家逞威风、对外却很懦弱的人。到了那个年纪，看到陌生人还是很认生。”

如果不喝酒，新宫利彦恐怕无法这样和别人交谈。

“夫人，你知道你丈夫的痣吗？”

忽然听到金田一耕助问话，华子慌了神。“啊，那个——”

“当然知道。我们是夫妻嘛。不过她也真不得了，一直想隐瞒这件事，真是自寻烦恼。”新宫利彦打断了吞吞吐吐的妻子，语气中带着一丝刻薄。

“我明白了。那么除了夫人，还有人知道这块痣吗？”

“家里人几乎都知道，毕竟是生来就有的啊。但年轻人就说不好了……”

“信乃也知道？”

“当然。她提到什么了吗？”新宫利彦似乎忽然在意起来，视线在警部和金田一耕助脸上来回移动，“还是什么都没跟你们说？”

“什么都没说。不仅如此，我们问她对于那个火焰太鼓有没有什么线索，她很肯定地说她不知道。”

新宫利彦似乎吓了一跳，和妻子相互对视，原本就暗淡无光的脸此刻被黑云笼罩。

“我说，警部，还有金田一先生，”新宫利彦不安地活动着手指关节，“我也很不高兴。大家为什么都想隐瞒这件事？虽然不是什么值得炫耀的东西，但也不是什么必须隐瞒的秘密。我倒也不是在故意卖弄，但确实并不在意此事。可大家为什么……金田一先生，”新宫利彦用充满怒气的尖锐目光看向金田一耕助，“你还记得昨晚占卜时发生的事吧？沙盆上出现与这块痣相同的图案时，大家都那么惊讶……我也很吃惊，华子一定也一样。毕竟意外地看到了和我身上的痣同样的图案。但我总觉得其他人的惊讶和我们是不同的。他们也许是因为沙子上出现了奇怪的图案才惊讶的。但他们可都知道我的痣。明明如此，他们那时为什么没说出来？为什么没有毫无顾忌地、率直地说出来，‘哎呀，这和利彦肩头的痣一样’，为什么不能说呢？”

金田一耕助默默点了点头。他也在思考这一点。

新宫利彦的一双醉眼不安地在警部和金田一耕助身上来回转动。“说实话，我那时也很吃惊，等待着有人说出这件事。一旦有人说，我也会跟着开口。但谁都没说。大家都心神不定，噤口不言，仿佛这件事本身就是恐怖的禁忌或诅咒……为什么那些人这么害怕这块痣，以至于绝口不提呢？我不明白。和我亲近的人明明都知道这块痣。”

金田一耕助盯着新宫利彦的眼睛，似乎在寻找什么。“你自己隐瞒这件事的原因是……”

“我并没有故意隐瞒，因为没有必须隐瞒的理由。”新宫利彦病态的黑色瞳孔闪烁着不安与焦躁，平日里沙哑的嗓音已经走样，变得尖锐高昂，“但我确实很惊讶。不，不仅是因为沙子上出现了那种图案，还因为那些人惊讶的样子。与其说惊讶，不如说被吓到了。后来在我犹豫时，那个唱片就响了……”

金田一耕助点了点头。“发生杀人案后，你想抹掉沙子上的徽章图案也是出于同样的理由？”

“当然。其实那时我已经惊慌失措了。在杀人现场出现了用血画的图案，而且和自己身上的痣图案相同……我当时真不知道为什么会发生这种事。不，直到现在也还不知道。但是，一想到夜里发生了这种事，总觉得恐怖的灾难正逐渐靠近自己，便下意识想要抹掉图案……现在看来，我认为那是很愚蠢的行为。”

金田一耕助一言不发地起身，两手叉腰，一边在屋中踱步一边说道：“说起来……失踪的椿子爵的遗骸……不，被认定为椿子爵的遗骸身上的日记里画着和你的痣相同的图案，旁边写着恶魔的徽章。你也知道吧？”

新宫利彦朝向金田一耕助的目光中闪烁着憎恶与愤怒，他不情愿地点了点头。

“你怎么想？”

“无论怎么想，我都……我都……完全不明白。”新宫利彦激烈地干咳了几声，似乎要咳出喉咙里的痰，“对我来说，那家伙……英辅那家伙就是个疯子。而且在那家伙眼中，我就像个恶魔……”新宫利彦的喉咙深处发出自暴自弃的笑声，但听起来像是小孩在哭鼻子。

金田一耕助立刻看了一眼等等力警部，同时继续问道：“你有什么线索吗？椿子爵为何对你抱有那么深的敌意……”

新宫利彦发青的脸再次燃起怒色。“关于那件事，我想你也应该知道。只要问问这个家里的人，就会立刻明白我和英辅间的关系。我和那家伙完全没法相处。我很讨厌那个人……”

“理由是……”

“讨厌一个人难道还需要理由？从那家伙和烁子结婚起，我就开始讨厌他。我们从没像兄弟那样说过话。总之就是看不顺眼。”他尖厉的声音中包含着一种异样的歇斯底里，就像孩子边撒娇边表示悔恨，或是咯吱咯吱地咬牙。

“老公，老公……”

身后的华子担心不已。新宫利彦冷冷地不理会她。“想管我？这种事就算我想隐瞒，其他人也会说出来。但是，正因如此，我才没有任何理由被那家伙说成恶魔。那家伙才是，英辅才是，简直就和强行夺走我的财产没什么两样。”

“什么意思？”

“难道不是吗？本来该归我的财产大部分为烁子所得。那家伙和烁子结了婚，不就等于夺走了我的财产吗？”

“老公、老公，那种丢脸的事……”

“丢脸？怎么丢脸了？那不是事实吗……但是，英辅那家伙没什么主见，结果也不能自由支配那财产，呵呵呵！”

听到新宫利彦尖厉的笑声，金田一耕助边回答“啊，是吗”，边再次看向他。新宫利彦对椿英辅的憎恶就来源于此吗？如果是这样，那就不是看不顺眼或性格不合了。无论与炑子结婚的人是不是椿英辅，肯定都会遭受来自新宫利彦的憎恨与欺辱。

“这样啊。但是椿子爵如果因此就把你称作恶魔，确实有些不合常理啊。”

“当然，我也这么认为。因此就像我刚才说的，那家伙一定是个疯子。”

“难道真的发疯了？还是说那个火焰太鼓一样的图案与你的痣无关，而是另有深意……”

新宫利彦和华子用惊恐的目光盯着金田一耕助。等等力警部也用审视的眼神凝视着他的脸。

金田一耕助缓缓地踱着步子说道：“如果不这么想，就无法说明昨夜占卜时那位玉虫大人和其他人的惊讶。新宫先生的肩头有块奇特的痣，而同样的图案出人意料地出现在沙子上。仅仅如此，那些人为何那么吃惊？不、不，不仅吃惊。刚才新宫先生也说过，那些人确实很恐惧，是在害怕某人。其中一定有什么原因，但拥有这块痣的新宫先生自己也不明白，因此只能认为还有别的含义。同时，椿子爵的日记中的图案也并非是指新宫先生的痣，很可能还有别的意思，连新宫先生也不知道。”

会客室陷入了短暂的沉默。金田一耕助依旧双手叉腰，默默地踱来踱去。新宫利彦露出不安而胆怯的目光，向上翻着眼睛，凝视着他的一举一动。

“那个……”忽然，华子发出沉重的声音。她显得很不安，苍白的脸歪向一边，就像脖子要拧断一样。“关于那件事，我今早也和我丈夫谈过了。”

“哦……”

“那个图案是某人为了嫁祸于我丈夫而故意用血画的吧。为了让人认为，是我丈夫先杀了舅舅，然后再留下自己的印记……”

“嗯，我也想过。那样一来，沙子表面的火焰太鼓就没有别的意义，仅仅是指你丈夫的痣，那样案件就简单了。但那样之所以说不通，是因为昨夜占卜时大家的惊讶。那时还没发生杀人案，但大家却对徽章感到又惊又怕，所以我只能认为那徽章还有别的含义。还是说……”金田一耕助露出平和的笑容，“那些人是为某些连新宫先生自己和夫人都没有注意到的事而害怕新宫先生？”

“哦？什么意思？”

“比如说，”金田一耕助恶作剧似的笑道，“新宫先生有梦游症，不知什么时候就会杀人。那些人正是害怕这点……”

“胡、胡说！”华子扭曲着苍白的脸，立刻强硬地否认道。

“呵呵，没错吧。如果是这样，那个火焰太鼓果然有新宫先生和太太都不知道的含义。”

“是吗？那倒无所谓……如果那是为了嫁祸于我丈夫而做的，我可以立刻解释清楚。我丈夫昨晚一直和我一起待在别栋。”华子想说的恐怕就是这点。

“真是感谢。能让我们看到这块痣，对我们来说真是帮大忙了。你们可以回去了。如果一彦在，能让他来一下吗？请别担心，只想问他一些简单的问题。”

对一彦的问话实在简单。在昨夜案发后，一彦也是透过换气窗观察杀人现场的人之一。

“那时，你没注意到沙子上画着血的徽章吗？”

一彦闻言，只是简单地给出了“没有”的回答。

“是吗，谢谢你。只有这些吗……啊，稍等。”

“嗯？”

“听说你跟着椿子爵学过长笛。一定吹得很好吧？”

“并不算好，吹得很一般……”

“能吹子爵的遗作《恶魔吹着笛子来》吗？”

“我觉得应该能吹。有乐谱吗？”

“是吗，将来有时间真想听听。真是谢谢你了，那就到此……”

后来，金田一耕助曾想过，如果这时就下决心让一彦吹出那首有问题的曲子，或许能更快地找出凶手……

这一点暂且不提。一彦离开后不久，金田一耕助便与等等力警部一起来到警视厅，很快看到了那封告密信。

警部曾说过，那封信是用打字机打的。而且就算是外行，也能看出那明显是用美祢子的打字机打的。

“果然如此啊。”

“前不久拿到鉴定人员那里做了严格检查，应该就是那台机器打的。”

“美祢子也说过，那台机器叫火箭，还没有正式进口到日本，所以肯定不是到处都能见到的产品。哎呀……”读着告密信，金田一耕助忽然皱起眉头，陷入疑惑。

“怎么了？”

“啊，有点儿……警部，这篇罗马字母的文章，Y 和 Z 全都打错了。这是怎么回事？”

所谓告密信，内容并不值一提。就像警部之前说的，在天银堂案件发生前后，子爵去了某地旅行。他告诉家人自己去了芦之汤，但实际上没去那里。这次行踪不明的旅行归来不久，子爵与三岛东太郎就出售宝石一事进行了密谈……

告密信将上述事情按条罗列，但在具体用词上，例如“行踪”“芦之汤”和“家人”，所有该用 Y 的地方全都错打成了 Z，也就是 Zukue、Ashino-zu 和 izenomono。与此相反，“前后”和“遗憾”打成了 Yengo 和 Yannennagara。Y 和 Z 在打印之后被人用紫色铅笔做了修改。

第十三章　金田一耕助西行

昭和二十二年十月二日。在玉虫前伯爵被杀后的第三天夜里，金田一耕助坐在开往神户的准急列车的二等车厢角落，周围拥挤不堪。

难得旅行，至少应该穿上西服，但金田一耕助坚持穿和服。从他皱巴巴的裤裙、到处开线的上衣、松垮的衣褶和满是泥水的布袜来看，在二等车厢的角落占得一席之地前，他一定经历了艰苦的斗争。

在昭和二十二年秋天，旅行还是如苦行一样。首先，买票就不算容易。幸好由警视厅负责，金田一耕助才顺利拿到票。但是到了车里，警视厅就不管用了，到处都是吵闹的黑市商人。金田一耕助被挤得像一块破抹布，在满员的二等车厢的角落里缩着身子，几乎奄奄一息。

金田一耕助并非独自一人，一个姓出川的年轻警察与他同行。但在这个拥挤不堪的车厢，他已经找不到出川了。当时，同行的两个人不可能占到相邻的座位，即使能占到，恐怕两人也会分开坐。从旅行的目的来说，两人尽可能不引起他人注意。他们的旅行目的——这一点不用多说。从一月十四日到一月十七日，关于椿子爵的行踪，即天银堂案件发生时椿子爵的不在场证明，警方必须重新分析调查。

实际上，当人们发现在玉虫前伯爵被杀案的背后，一个酷似已经去世的椿子爵的人如影子般出没时，那种兴奋和紧张是绝对无法用语言形容的。报纸连日报道此事，无论哪家报社都有一半以上的记者投入其中。如果记者们察觉这起案件与恐怖的天银堂案件有关，警视厅一定会被记者们的亢奋与狂热搅得苦不堪言。因此出川这次出差必须尽量不动声色。先不管椿子爵去信州一事（当然，信州方面应该也有警察前去调查），如果敏感的记者们得知警视厅要再次调查天银堂案件发生时椿子爵的行踪，真不知他们会从中嗅出什么来。

金田一耕助申请参加共同调查，是因为他自己还多少有些别的目的。

天银堂案件发生时，椿子爵的不在场证明曾一度得到确认，但那究竟是真实的还是巧妙的伪装，谁也不知道。如果是伪装，那么可以说椿子爵上演了一出前所未闻的精彩大戏。如果与此相反，警视厅以前的调查准确无误，椿子爵确实去了关西地区旅行，那么其中一定包含着不易察觉的秘密。只有查明内幕，才能解开后来发生在椿子爵家的悲剧之谜。金田一耕助的想法正是如此。

金田一耕助如此重视椿子爵的旅行，自然有很重大的原因。九月三十日，玉虫前伯爵被杀当日，金田一耕助来到警视厅，从告密信中发现了奇怪的打字错误。他立刻给美祢子打电话，委婉地询问情况。但美祢子似乎也不明白其中缘由。“哦，Y 和 Z 打错了？那是什么意思啊。”她困惑的声音从电话中传来。

“如果用你的打字机打字，会时常出现打错 Y 和 Z 的情况吗？”

“是啊，在还没用惯机器时，会经常出现各种打错的情况，但只有 Y 和 Z 打错了……我不太明白您的意思……”

“就是，其他字母都没错，只有 Y 和 Z 颠倒了……可能是机器本身的问题造成的，也可能是打字者有错打的习惯。发生过类似的事吗？”

“我也不知道。只有 Y 和 Z 打错了……真奇怪啊。到底怎么回事？我家的打字机有什么……”

“不，可以了，可以了，你不知道也没关系。”金田一耕助失望地挂断电话。但他无论如何都不想放弃对这件事的调查。如果只打错了一两处也没什么，但所有 Y 和 Z 都打错了，他不得不怀疑其中另有蹊跷。

但是，到了第二天，美祢子给金田一耕助打来电话。“先生，那个……关于昨天您问的 Y 和 Z 打错了的事，我倒是有点儿线索……”

“有发生那种事的可能？”

“嗯，我很在意那件事，便给教打字的老师打了电话，结果明白了也许是这样的。”

“什么意思？”

“电话里说不太方便，我现在想去找您……其实除此以外，我还有其他事想请先生务必听一听。我发现了很不得了的事……我觉得我之前弄错了一件很重要的事。”

美祢子的话让金田一耕助不由得猛烈地颤抖起来，他心跳加快。

“弄错了……啊，没关系，我等你来。”

一个小时后，金田一耕助和美祢子在大森山边松月旅馆中的小屋里相对而坐。“那个……首先是打字机的事……”美祢子十分亢奋，苍白的肌肤显得凄凉而又令人毛骨悚然，目光异常尖锐。她勉强压住内心的激动，张开僵硬的嘴。

“你找到了什么线索吧？”

“这是培训班的老师告诉我的，我没有亲身体验……您也知道打字机的键盘不是按字母表顺序排列的吧？”

“知道。昨天在你家也见到了。”

美祢子点点头。“打字机键盘上的字母是根据使用频率排列的。也就是说，最常用的字母排在手指容易打到的地方。在打字时，人们需要用十根手指，但哪根手指打哪个字，是有严格规定的。因此在熟练的情况下，即使闭上眼睛，也能顺利地打出内容，因为指法已经确定了……”

“请稍等。你说闭上眼睛也能打，也就是说在黑暗中也能打？”

“嗯，当然。”

“那 Y 和 Z 打错是……”

“那个……说到打字机的键盘排列，每台机器都一样。就算是学习莱明顿牌打字机的人，也能闭上眼睛用火箭打字机打字。但是有种给德国人用的打字机，键盘的排列不一样。”

“什么意思？”

“只有 Y 和 Z 的位置与其他打字机相反。”

金田一耕助猛地睁大了眼睛，忽然开始用五根手指咯吱咯吱地挠起麻雀窝一样的头发。他挠得太用力，头屑像鹅毛一样四散落下。

“啊！”美祢子慌忙用手帕捂住嘴，向后退去，同时吃惊地看着金田一耕助，“您别这样。”

“啊，哈哈，对、对、对不起。也、也、也就是说，给德、德、德国人用的打字机的Y和Z键正好和其他打字机相反？”金田一耕助结巴得很厉害，连忙拿起矮桌上的茶一饮而尽。随后，他丹田运气，总算不再结巴，也停下了挠那一头乱发的动作。美祢子放下心来。

“嗯，就是如此。我不太懂德语。也许德语中Y和Z的使用频率与英语正相反吧。因此就算是同一品牌的机器，如果是出口到德国的，Y和Z的键盘位置就会相反。”

“我明白了，我明白了。对了，那种打字机日本也有吗？”

“有，听说与德国有贸易往来的商会都使用那种打字机。”

“那么，那个打字的人是用给德国人用的打字机学习打字，并达到了即使闭眼也能打的熟练程度。在黑暗中，那人一不留神，用你家的打字机把Y和Z打反了。”

“我家的打字机？先生，我家的打字机怎么……”

“这我稍后会说的。”金田一耕助猛然想起椿家庭院深处微暗的防空壕，随后又开始想象那个坐在防空壕里、并未注意到Y和Z按键位置与他之前所用打字机相反的打字者，内心不禁一阵沸腾。至少那家伙在防空壕里做了件很失败的事。

“哎呀，真是太感谢你了。这会成为很重要的参考。对了，你说还有其他事……”

“嗯……”美祢子直盯着金田一耕助，目光忽然开始颤动，像要哭出来一样，“我弄错了一件很重要的事……但是，自从我明白自己弄错了以后，反而越来越不明白是怎么回事了……”说着，美祢子从手包中取出一封信，“先生，您之前已经看过这封信了。请再看一遍。”

信封中是美祢子第一次来时给金田一耕助看过的椿子爵的遗书。前文已提过遗书的内容，这里再重复一遍——

美祢子：

请不要责怪爸爸。爸爸已经无法忍受更多的屈辱和羞耻了。就算椿家是名门望族，这件事只要一暴露，家族就会陷入泥沼。啊，恶魔就要吹着笛子来了。爸爸无论如何都无法活到那一天。

美祢子啊，请原谅爸爸。

“这封信怎么了？”金田一耕助一脸疑惑地看着美祢子，却忽然意识到了什么，“难道这是伪造的……”

“不，不，不是的。这确实是父亲的笔迹。但是，先生，这封遗书没有日期，我就是因此才弄错的。”

“你是说……”

“先生，我说过，我是在父亲失踪很久后才发现遗书的。夏天时我到书库整理藏书，这封遗书从一本书里掉了出来。”

“嗯，这件事我已经知道了。”

“就是这本书……”美祢子从手包里拿出一本二战前T书店出版的译作，是歌德的《威廉·迈斯特的学习时代》下卷。

“哦，这本书怎么了？”

“先生，”美祢子加强了语气，“今年春天，这本书曾一度放在我的桌上。我什么都不知道，就把它放进了书库。但父亲也许并没打算把遗书夹在书库里的书中。如果夹在那里，书库的书那么多，不知何时才会被我发现。因此，父亲把遗书夹在这本《威廉·迈斯特的学习时代》里时，这本书肯定还在我桌上。而且我是在父亲的推荐下，从今年春天开始读这本书的。”

“是这样啊。但是，这……”

“正因如此，先生，问题就在于这本书是何时被放回书库的。我从没注意过这一点，但昨天发生了那样的案件后，我想重新调查父亲失踪时的情况，便翻了翻自己的日记。结果，”美祢子又从手包里拿出一个红色封面的女用日记本，“先生，请看这里。”

金田一耕助看着美祢子颤抖的手指指向的部分。在二月二十日一栏下面写着：

上午读完了《威廉·迈斯特》。

下午决定整理书桌，把读完的书收回书库。

日记是用紫色墨水写的，字体很漂亮。

“这样啊，这本书被收回书库是在二月二十日。因此，你父亲把遗书夹在书中是在此之前。”

“正是如此。但是，先生，父亲因天银堂案件的嫌疑被带到警视厅也是在二月二十日。”

美祢子灼人的目光正面迎来，金田一耕助愣了一会儿，忽然受到惊吓般睁大了眼睛，不禁从矮桌旁探出身。“什、什、什么?！也、也、也就是说，你父亲在受到怀疑前，就已经决定自杀了？”

“先生！”

“也、也、也就是说，你父亲不是因为天银堂案件才决定自杀的？”

“是的。先生，如果考虑到这封遗书夹进书里的时间，那么就是如此。父亲不是因天银堂案件而自杀的。不如说，天银堂案件反而将父亲自杀的日子推迟了十天。”美祢子的眼睛不由得湿润了，但她并未擦拭。“根据日记，我在二十日上午读完了这本书。因此父亲把遗书夹在里面，肯定是在那天下午至我把书收回书库前的那一段时间里。父亲本打算在那之后立刻出门旅行并自杀，但警察却找上门来，把他带走了，因此自杀旅行推迟到了三月一日。父亲无论如何都不想背负着天银堂案件的嫌疑死去，所以一直在等嫌疑洗清。”

金田一耕助胸中仿佛涌起层层波涛，一艘小船正在波涛间饱受风暴蹂躏。这一发现对美祢子来说可谓一次强烈的冲击，同时也让金田一耕助震惊不已。“那么你父亲决定自杀，不是因为天银堂案件，而是另有理由？”

“应该如此。就算没有天银堂案件，父亲也有不少自杀的理由，但我不明白的是这封遗书。父亲说他不能忍受更多的屈辱和羞耻。这件事一旦暴露，名门望族椿家的家族名誉就会陷入泥沼。先生，我一直以为，这里的屈辱、羞耻，以及一旦暴露就会让椿家的名誉陷入泥沼，都是指父亲被当成天银堂案件的嫌疑人一事。但是，如果这封遗书是父亲在受到怀疑而被带走前写的，就并非如此了。先生，我父亲是那么害怕那些屈辱、羞耻，害怕让椿家的名誉陷入泥沼……父亲因此绝望，被迫自杀。那究竟是什么秘密？”

金田一耕助坐在拥挤的二等车厢中，想起了美祢子如同女巫般黯淡扭曲的脸。在美祢子周身缭绕升腾的寒冷阴气，似乎也正渗入他的身体。

金田一耕助决定进行这次旅行，上述情况是原因之一。

一月十四日到十七日，椿子爵的神秘旅行。

如果那真的是椿子爵……在金田一耕助看来，那才是解谜钥匙所在。

火车在暗夜中奔驰，向西，再向西。

吵闹不停的黑市商人和批发商们逐渐安静地睡去了。混在这些可疑人物中，金田一耕助和出川正怀抱重大使命一路西行。但他就连做梦都没有想到，在同一趟车上，还有一个与案件关系密切的人。

第十四章　须磨明石

沿东海道线行驶的列车晚点两个小时才到达神户。随后，金田一耕助和出川换乘支线来到兵库，又坐山阳电车抵达须磨。两人在位于须磨寺池塘附近的旅馆三春园安顿下来时，已经过了十月三日下午一点。住三春园是来之前决定的，就算不熟悉环境，两人也没有感到不安。但很不凑巧，一到神户就开始下雨，这让金田一耕助觉得这次调查前途多舛。

但是，三春园拯救了两人的情绪。三春园的建筑并不像战后流行的温泉建筑那样怪异，而是一家古色古香、宽敞舒适的老牌旅馆。

神户在战争中受灾也很严重，须磨地区大部分都被烧毁，但以须磨寺为中心的一小部分建筑得以幸免。这一带的景色在蒙蒙秋雨中显示出古老的风韵。在这片古韵中，三春园显得恬静、安详。

这也是一家颇讲究规矩的旅馆。为了能够入住最里面的房间，金田一耕助和出川着实费了一番口舌。为了避免这次调查的相关消息泄露出去，两人连当地的警察都还没联系，因此为了让旅馆的人理解两人的使命，出川费了很大功夫。在明白了两人的目的后，古香古色的旅馆里一下子充满了紧张气息，这被金田一耕助看在眼里。

“出川，我觉得这次调查很麻烦，还是别太急功近利。总之先洗澡、吃晚饭再说，怎么样？”带他们到房间的女佣明显露出警惕的神色。看着她鬼鬼祟祟、像逃走般离开房间的背影，金田一耕助说道。

“嗯，也对，就随机应变吧。”嘴上这么说，年轻的刑警仍旧因重大使命而精神紧绷。

出川比金田一耕助还小两三岁，自然不算老练。他身材矮小，但体格健壮，属于任何时候都干劲儿十足的类型。若再次派出曾调查过椿子爵不在场证明的警察，反而会造成障碍，不如从头重新调查。基于这个想法，警方选择了年轻的出川。也正因此，他才会如此精神百倍。

在金田一耕助的提议下，出川一脸放松地泡了澡，吃了迟到的午餐。他委婉地试图套出女佣们的真话，但女佣们似乎被主人封了口，没有人回答。

“浑蛋！这么戒备！”

吃完饭，看着女佣们像逃跑一般撤掉餐具，出川露出苦笑。这时，一个老板娘模样的女人走上前来。女人约莫四十岁，胖得像小山一样。

“欢迎光临，很累了吧？照顾不周，还请多多包涵。”不愧是经商多年，老板娘的招呼十分周到，但总让人觉得她多少有所戒备。

“啊，不……”出川慌忙坐正。

老板娘盯着出川。“怎么了？刚才问了掌柜的，还是要调查椿先生的事……”说着，她明显露出一脸厌烦。最近，无论什么案件，旅馆都很愿意自家的名声因案件而提升，似乎只有这家旅馆不一样。

金田一耕助觉得这里的人有些难以应付，出川也觉察到了。“再三打扰，真是给你们添麻烦了……”

“不，也没什么麻烦的。但我以为那件事已经解决了……”

“我们之前也这么想，但现在毕竟发生了那样的案件。老板娘，你也知道吧？四五天前在东京发生的案件……”

“嗯，我在报纸上读到了，似乎造成了大骚动。”

“是啊。因此必须要重新调查。”

“但要是那件事，刚才我也说了，我觉得那时你们已经很详细地调查过了。我们也无法提供更多信息……”

看到老板娘依旧一脸戒备，金田一耕助在一旁插话道：“打扰一下，老板娘。”

“哦？”

“这次我们来这里出差，并不是要调查贵店。”

“你是说……”

“之前警察来调查的，是椿子爵是否在一月十五日前后来过这里，只有这一点。正如你所说，警方调查得很详细，而且调查工作本来也已经结束了。但现在又发生了那样的案件，因此调查必须重新进行，而且不是调查那时住在这里的是不是椿子爵，而是椿子爵究竟在这里做了什么。不，是他为什么会来这里……必须要调查这些方面。就像我刚才说的，之前并未调查过这些。不，应该说当时还没有这个必要。”

“这样啊。那我就明白了。”老板娘似乎终于理解了，“那样的话，就和我家旅馆没有直接关系了。”

“对，对。所以我们也不需要麻烦你们，去其他旅馆也可以。主要是想弄明白椿子爵当时以须磨寺为中心都做了什么，只要查清这一点就好。但你们的旅馆与椿子爵有关，到你们这里应该更方便。”

金田一耕助是个其貌不扬的男人，但奇妙的是，他颇具吸引力，说话也很有说服力。他一边挠着乱蓬蓬的头发，一边结结巴巴地说明。看着他这副样子，老板娘也慢慢被吸引住了。

“那倒也是。要是那样，就没什么麻烦的。我还以为你们对我当时说的话有什么疑问……”

“没、没那回事。”

“而且，那么稳重儒雅的人，竟然被当成天银堂案件那样可怕案件的嫌疑人，实在太可怜了。我们都觉得很气愤。”

金田一耕助和出川不禁相互对视。

“这么说来，你知道那时的调查和天银堂案件有关？”

“我当然知道啊。警察倒是什么都没说，但我看到了照片，而且警察要调查的日期正好……如果让人们都知道，就会给那位椿先生带来更多麻烦，所以我让旅馆的人都严守秘密。但后来还是发生了那样的事，我们都觉得肯定是受到的打击太大了。”

老板娘话中的关西方言越来越多，显示她越来越放松。金田一耕助巧妙地乘机说道：“那么，你认为椿子爵自杀是因为那起案件吗？”

“我觉得没错。因为自杀就发生在那起案件后不久，报纸上还有很多报道。”老板娘说道，忽然露出一丝疑惑，“他当初住在我们这里时，确实有些让我们很奇怪的地方……结果他还是被死神带走了……”

“奇怪是指……”

“也不是什么值得一提的事。他脸色很不好，看起来很消沉，我们都怀疑他是不是要自杀，十分警惕。这里是有名的自杀地点嘛。而且做我们这种生意的人，常常会遇到那样的客人。”

“老板娘，你能按时间顺序说说子爵来这里时的情形吗？子爵是拿着别人的介绍信来的吗？”

“不，不是那样的。最近流行的风气很不好，如果不是男女两人一起，很多旅馆都不让入住。如果男人独自前来……肯定不受欢迎。那位椿先生被很多旅馆拒之门外，非常头痛，结果就到我家来了。我家没有那种规矩，但对于第一次见面的客人，我们都尽量拒绝，因此他最初也被拒绝了。可是他看起来很苦恼，而且又是那么温文尔雅，我们觉得他可怜，便让他住下了。”

“那是一月十……”

“十四日晚上。这一点肯定没错。账本上记得很明确，而且在一个月后警察就来调查了，大家的印象都很深。一月十四日晚上，天银堂案件发生前夜十点左右，我亲自把那位椿先生带到了这间屋子。”

听到老板娘的最后一句话，金田一耕助和出川不禁吓了一跳，立刻环视屋内。与旅馆的人最初的态度相比，两人一直觉得给他们安排的房间还不错。直到此刻，金田一耕助才察觉到，这也许是老板娘别有用心。

这是由一个八叠间和一个六叠间连成的房间，拉门外秋雨绵绵，庭院整理得十分干净，确实是古香古色，又颇为娴静安详。尽管如此，一想到那个问题人物曾在那个问题日子里坐在这里，无论是金田一耕助还是出川，都觉得浑身不自在。

出川紧张地绷紧面颊。“子爵在这里待到什么时候……”

“十四日、十五日和十六日，在这里住了三个晚上。十七日一大早就走了。”

“那期间他一直在这里？”

“不，应该不是。十五日和十六日都出门了。但是难道你认为他十五日早上九点从这里出门，十点就出现在了银座的天银堂？”

看到老板娘仍有些生气，金田一耕助解释道：“不，老板娘，警察先生只是在照常规提问。对了，我顺便问一句，那时住在这里的真是椿子爵吗？”

“是的……不好意思，请按一下那个铃。”

出川按下铃，一个刚才负责端晚餐的女佣走进屋中。

“阿澄，你让掌柜的拿着账本到这儿来。你也一起过来。”

阿澄闻言退下，不一会儿就和掌柜一起回到了房间。掌柜三十五六岁，肤色白皙，条纹和服外系着围裙，很符合这种古风旅馆的氛围。刚才在玄关处和出川争吵的正是这个人。

老板娘打开掌柜拿来的账本，推到两人面前。“这是那位先生写的字，我想即使鉴定一下也没关系，肯定是椿先生的字。喂，掌柜的，没错吧？”

掌柜默默地点了点头。

账本由和纸制成，与旅馆的风格非常相称，人名也是用毛笔写的。本上写有椿英辅麻布六本木的住址与他的名字，笔迹与金田一耕助印象中椿子爵遗书的笔迹完全一致。年、月、日三个字是提前印好的，但字间写的无疑是一月十四日。

“我们总不可能为了一个毫无关系的人，事先在日期上作假吧？在那之后，掌柜和阿澄还以证人的身份去了一趟东京呢。大概是要核对相貌吧，椿先生来见了他们一面，确实就是那个从一月十四日到一月十六日住在我家旅馆的人。喂，是这么回事吧？”

阿澄无言地点点头。掌柜不安地凑上前。“老板娘，关于那件事，没有任何问题……”

“掌柜的，我们不是那个意思。我们这次出差到这里，是为了调查其他事，但还是要按常规再次确认从一月十四日到一月十六日住在这里的人是不是椿子爵。出川，看来这一点应该没错。”

“是啊。”出川一脸阴郁，语气十分暧昧。他更希望椿子爵的不在场证明中包含着一个巨大的诡计。年轻的他内心燃烧着对功名的渴望，野心勃勃地想要看透诡计。但听了老板娘的话，他的野心似乎已经化为泡影。至少从这家旅馆的人身上，他是无法推翻之前的证言、获得任何新进展的。

但金田一耕助似乎并不失望。“掌柜的，刚才也跟老板娘说了，这次我们是为了别的目的而来。关于这一点,也请你们务必协助……”

金田一耕助说出刚才对老板娘说过的话，掌柜和阿澄对视了一眼，但似乎并未想到什么值得一提的事。“不管怎么看，那位椿先生都是个非常安静的人，因此……我们之间也没怎么说过话……嗯，他十五日和十六日都外出了,但究竟去了哪儿,我们完全不知道……”

在一脸疑惑的掌柜身边，阿澄开口了：“椿先生十五日一早出门，午后就回来了。那之后他吃了午饭，又再次出门，傍晚时回来。因此，我觉得他那天不可能去很远的地方。”

“应该不会吧。”

老板娘思考着什么似的点了点头。“是啊。警察在调查天银堂案件时也问了我，我直到现在都记得很清楚。但是在十六日那天，椿先生说‘今天也许会晚回来’，请我们帮他做了便当。”

“对啊，所以就给他做了饭团。那天他是几点回来的……”

“是傍晚五点左右。那时还是冬天，天色已经暗了。不知为什么，他看起来无精打采的，很憔悴，脸色就像死人一样。在那之前，老板娘就很担心他会自杀，因此我觉得他肯定是自杀未遂后回来的。”

金田一耕助和出川再次面面相觑。如果椿子爵获知了什么关键消息，恐怕就是在那个时候。随后，那个消息让他决心自杀。

“然后呢？无论在出门前还是回来后，子爵都没说自己的去向吧？”

“嗯，一点儿都没说。在我给他端晚饭时，他看起来就很不快……连一句话都没说。当然，他那时已经神色严峻了。”

“或许他是去明石了。”

听到掌柜的话，出川转头看向他。“哦？为什么？”

“我忘了是那天还是前一天，他问了我一句，去明石是坐省线还是坐山阳电车。于是我说，要看是去明石的哪个地区……我这么一说，他就沉默下来，也没再问别的。”

“我说，老板娘，阿澄，就像掌柜一样，就算是当时没太在意的话也行。如果想起了什么，能请你们告诉我吗？”

两人默默地对视了一眼。这时，老板娘猛地想起什么，探出小山一样的身体。“怎么了，你们难道对椿先生那时来这里的目的毫无线索吗？一点儿都没有‘难道是为了那件事’的感觉？”

金田一耕助盯着老板娘的眼睛说道：“不，关于那一点，我们并非毫无线索。在我看来，子爵恐怕是从哪里听说了之前从不知道的自家的内幕，为了确认真实与否，才到这里来的……”

老板娘闻言，不断扭动着硕大的身体，用袖口擦拭额头上的汗水。突然间，她转向掌柜和阿澄。“你们给我退下吧，如果有事再叫你们……啊，再重新泡个茶来……”

金田一耕助和出川再次惊讶地对视。老板娘肯定知道什么。

第十五章　玉虫伯爵的别墅

“我之前看了报纸，实在惊讶得不得了。就是那位玉虫大人被杀的案子……”

阿澄端来重新泡好的茶。老板娘示意面前的两人喝茶，同时似乎还在犹豫该不该说出来，身体不停扭动。终于，她还是开了口。

出川快速地瞟了金田一耕助一眼。“老板娘，你也认识玉虫大人吗？”他探过身子。

老板娘缓缓地点了点头。“嗯。但那件事还是稍后再谈吧。”她端起茶杯，垂下眼帘，双手轻托茶杯，“我在看到报纸前，做梦也没想到椿先生是那位先生……那位玉虫大人的亲戚。椿先生来的时候，我根本不知道他是子爵。直到警方来调查天银堂案件我才知道。即便如此，我也没想到他是玉虫大人的外甥女婿。我很早以前就知道那个外甥女。”

金田一耕助再次和出川对视，看到对方想要开口，他慌忙制止。老板娘已经有意讲述详情，这种时候最好不要打断她。

“是叫烁子吧，我是看报纸时想起来的……是个美人。就像市松人偶一样，娇柔又丰满……她和我们这些平民不同，有些地方很不一样呢……她经常来我家旅馆，也会和我们搭话。看起来和我同龄。”

金田一耕助再次用眼神制止想要说话的出川。

老板娘悠悠地啜了口茶，放下茶杯，视线在金田一耕助和出川脸上移动。“但我想说的不是这点。我最近看了报纸，才知道椿先生是烁子小姐的丈夫。早知如此，当时就应该对他多加照顾，我一直这么想。听了你刚才的话，我才忽然想起来……椿先生住在这里时，曾经提到过玉虫大人的名字，虽然只有一次。”

金田一耕助和出川都很紧张。出川已经不再想打断老板娘的话了。老板娘一边看着两人，一边缓缓说道：“我记得那是在十五日早晨。我说过，椿先生看起来很消沉，我很担心他会自杀。而且负责送早饭的女佣也说他的脸色很奇怪，我便找了个借口去看了看。那时我们聊了大约十分钟，或许是二十分钟。具体是怎么提到玉虫大人的，我已经忘了……但大概是说到附近曾有很多气派的住宅和别墅，但全都在战争中烧毁了……就是从这话题引出来的。玉虫伯爵应该在这附近曾有一幢别墅……椿先生是这么说的。”

“玉虫伯爵的别墅……”金田一耕助忘了自己一直在制止出川插话，不禁脱口而出，“伯爵的别墅真的在附近吗？”

老板娘收紧厚厚的双下巴，点了点头。“嗯，是的。现在已经烧得痕迹全无了。不，在被烧毁前……在很久以前，就已经转让给别人了。”

“很久以前是指什么时候？”

“这个啊，我已经记不太清了。前面有个叫月见山的地方。在我还是小姑娘的时候，伯爵在那里有幢别墅。”

“你认识玉虫伯爵和炑子夫人就是在那时候？”

“对，对。那时，只要有客人到别墅来，通常都会到我家旅馆吃饭……附近也没有别的地方可以吃饭了。如果去神户，倒是有不少好吃的餐馆……”

“那是在你的少女时代吧？那么，你是这里的……”

“我是这里的女儿。之前家里也招了入赘女婿，但身体太弱，前几年过世了。”老板娘露出了奇妙的笑容，但随即又严肃起来，“但是，从我结婚以来，我就再没见过玉虫大人，肯定是在那时转让别墅的。”

“问个失礼的问题，老板娘，你今年多少岁？”

“正好是个整数。”

“是四十岁吧？和椿子爵的夫人同岁。”

“对，我记得应该如此。”

“那么入赘女婿进门是在……”

“我十九岁那年，正要从女校毕业时，父母强行收进门的。”

“那么，二十年，或二十一年前，玉虫伯爵转让了别墅。”

“应该是吧。最后一次看到炑子小姐，确实是在十六七岁的时候。”

“炑子夫人也常来别墅？”

“这个嘛……我已经记不太清了。但每到夏天，玉虫家亲戚的小孩总会轮流来别墅。最近看到报纸，我才想起来，有位姓新宫的先生，也和炑子小姐一起，跟着玉虫大人来过我家旅馆。那时，大家还都年轻……”

老板娘的目光忽然年轻起来，似乎在追忆往事，脸上露出凝重的神色。但出川没有工夫去同情老板娘的感伤。“对了，老板娘，刚才的话是什么意思？椿子爵要寻找玉虫伯爵的别墅……”

“啊，那件事……”老板娘似乎想起了什么，“现在看来，那时是我说错话了。听到椿先生提到玉虫大人，我便顺口说我也认识他。椿先生因此警惕起来，迅速转移了话题……之前的谈话也就没再继续。如果不是最近看了报纸，再加上你们又来调查，我恐怕已经忘干净了。”说到这里，老板娘停了下来，默默地凝视着自己的膝盖。

出川探身道：“椿子爵之所以来这里，和玉虫伯爵过去的别墅有某种关联？”

“谁知道呢。总之，玉虫大人的名字只在那时提到过一次。”老板娘静静地摩挲着膝盖。她似乎知道更多事，但还在犹豫着是否说出来，脸上的踌躇十分明显。

金田一耕助用目光示意出川，随后悄悄地探出身子。“老板娘，这个人是为了查明之前来的警察未曾调查过的事而特意来的。如你所见，他还很年轻，必须要多多立功表现才行，必须要依靠像老板娘这样充满正义感的人。因此，如果你想到任何关于玉虫伯爵的事，能毫无保留地告诉我们吗？”

老板娘依旧摩挲着膝盖。“就算这么说，我也……”

“老板娘，椿子爵的夫人，烁子夫人来这里时，发生过什么事吗？”

老板娘闻言，猛地抬起脸，目不转睛地盯着金田一耕助。“这样啊，这么一来，也就明白她丈夫，也就是子爵为什么偷偷来这里调查了。是来调查妻子曾经的不检点……但是，据我所知，并没有那种事。丑事是有，但肯定和怺子小姐无关。因此，到底要不要说出来，我一直在犹豫……”

金田一耕助和出川又一次对视。老板娘果然知道什么，而且是关于玉虫家或者是玉虫的亲戚家的丑事。

“老板娘，不管什么事都行。只要是和那些人有关就行。能告诉我们吗？”

老板娘又犹豫了一会儿，终于艰难地开了口：“那我就说了，但只限于这里，请不要外传。也正因如此，我才不让掌柜和阿澄在场……”老板娘倒上茶，喝了一口，似乎为了平静下来。随后，她的目光在两人间交替。“正如你们看到的，我家旅馆里有个庭院，虽然很不起眼，常有花匠出入我家。那时，玉虫大人的别墅还在时，经常出入我家的花匠里，有个叫植辰的男人，大概四十二三岁，不，四十五六岁。我家当时雇了四五个花匠，其中植辰也经常去玉虫大人的别墅。”

“这样啊。然后呢？”

“植辰有个女儿，叫阿驹，大概比我大两岁，是个皮肤白皙的美人。对了，玉虫大人的别墅平时很冷清，也不需要什么人手。但一到夏天，来避暑的亲戚一拨又一拨。那个叫阿驹的姑娘，就像我刚才说的，长得漂亮，而且作为花匠的女儿，言行举止也很得体，因此每年夏天都到别墅帮忙，做做年轻女仆的工作。但后来，她怀孕了。”

金田一耕助不禁瞪大了眼睛。“是在那别墅怀的？”

“对啊。”

“男方是谁？”

“我也不知道，这可是实话。我是很久后才知道这件事的。要按顺序说的话，因为阿驹怀孕了，所以有人……应该是玉虫大人吧，付了补偿金，让阿驹回到植辰那里了。植辰肯定赚了一大笔，因为后来他手头变得很宽裕嘛。阿驹既然已经怀孕，也不能让她继续单身，植辰就让她嫁给自己手下一个叫源助的人。”

“哦，我明白了。然后呢？”

“我是从后来发生的事中知道这些的。阿驹生了个非常可爱的女儿，叫小夜。我说过，阿驹是个美人，行为举止非常得体，看起来也十分温柔。而作为植辰的接班人，那个叫源助的人比她大了七岁，相貌也平平。按说源助应该对阿驹非常好，但实际上，源助经常欺负阿驹，不是踢就是打，严重的时候还扯着阿驹的头发到处拖拽。我觉得很不可思议，就问当时还健在的父亲。父亲说那是没办法的事，因为阿驹是带着小夜这样一个累赘结婚的。源助当时也知道，但果然还是很不痛快，我那时才知道，阿驹是在玉虫大人的别墅里怀孕的，不，应该说是有人让她在那里怀上孩子的。”

“令尊也不知道小夜的生父是谁？”

“谁知道呢。父亲也许知道。但他跟我说上面这些话时，始终一脸不想多说的表情，就算他知道，也不会告诉我吧。可无论小夜的父亲是谁，应该都不会是玉虫大人家的用人。否则玉虫大人就不用负那么大责任。肯定是他家的某个亲戚。”

“老板娘，你说你也见过烁子夫人的哥哥新宫先生，还记得吗？”

老板娘皱了皱眉。“那个人啊，我怎么也想不起来。烁子小姐确实和她哥哥一起来过，可是就算看了最近的新闻，想了好久，我还是想不起来。按说在那个年纪，比起女人，我应该会更注意男人……

何况是贵族家的少爷，应该会多看几眼。也许是他很难令人注意到吧。”

老板娘的说法确实有道理。新宫利彦这个人的内心让人难以看透，也确实很难得到关注。美祢子不是也说过吗，舅舅是个在家逞威风、在外却很懦弱的人。

“怎么样，老板娘？让阿驹怀孕的人就是新宫，这样的想法……”

老板娘略一思考。“也许是这样。但事到如今，椿先生总不会因此偷偷来这里调查吧？就算是新宫，也无损于他的名誉，毕竟世上也不是没有这样的事。”

“那这样想呢，老板娘？”出川探身道，“让阿驹怀孕的是玉虫大人。”

老板娘的一句话立刻否定了这种可能。“玉虫大人那时只有五十岁左右，也确实是个好女色的人，因此也不能完全确定没有那种事。但我觉得如果阿驹怀的是他的孩子，那他一定会让孩子好好生下来，然后交给别人收养，尽可能处理得当。那种像扔掉小猫一样的处理方法一旦被周围人公之于众，对他这种有身份的人来说不是很麻烦吗？”

“那阿驹和女儿小夜后来怎么样了？”

“我也不知道，只了解小夜四五岁以前的情况。源助后来成了个一无是处的恶棍，辞掉了花匠的工作，不知是去了神户还是大阪，总之去做搬运工一类的工作了。那已经是十年前的事了。”

“小夜要是活着，现在大概多大了？”

“这个……”老板娘掰着如婴儿般浑圆的指头数了数，“二十二到二十四岁吧。要是还活着，一定是个大美人。”

“对了，植辰后来怎么样了？”出川问道。

“关于植辰我也有话要说。他后来一直敲诈玉虫大人。他手头宽裕，把工作全都让给了一个学徒，自己则纳了个年轻的小妾，整天游手好闲。他之前就常常小赌一把，后来赌博完全成了他的职业。听说那小妾还给他生了个孩子。到头来，他难以在这边生存下去，最后搬到了板宿，那是比月见山更远的地方。我父亲在世时，他还经常来，后来就完全断绝联系了……”

但是，老板娘又说，关于植辰的消息，只要去问接手植辰工作的植松就能知道。金田一耕助呆呆地看着出川在记事本上写下老板娘告知的植松的住处，猛地站起身，向屋外的回廊走去。

雨已经小多了，天色也明亮起来。刚才完全没注意到的淡路岛就像渗出的墨汁一样，从大海另一端浮现出来。

金田一耕助心不在焉地看着眼前的景象，想要把老板娘刚才的话和椿子爵的遗书联系起来，但还是无论如何都无法理解遗书的含义。

如老板娘所说，无论小夜的父亲是新宫利彦还是玉虫伯爵，在世人看来都不稀奇。椿子爵遗书中所说的忍无可忍的屈辱和羞耻，其背后一定另有秘密。

玉虫伯爵还在月见山拥有别墅时，一定发生了更令人震惊的事。椿子爵察觉到了那件事，并由此下定自杀的决心。那究竟是什么事?

金田一耕助望着庭院中朦胧的雨丝，不知为何浑身发抖。他做梦也不会想到，就在此时，在眼前淡路岛的一隅，正要发生一件那么恐怖的事。

第十六章　恶魔在此诞生

询问了接手植辰工作的植松的住址，出川便出门了。金田一耕助让女佣帮忙准备好床铺，躺下休息。金田一耕助曾在战争中到过新几内亚一带，并没有表面看起来那么孱弱，但还是不可能像精神饱满的出川一样。坐了一夜火车的他颇感疲惫。

伴着淅淅沥沥的秋雨声，金田一耕助迷迷糊糊地躺了一个小时。大约到了四点，他睁眼一看，出川还没回来。于是他钻出被子，打开回廊一侧的拉门，发现雨已经完全停了，庭院比他入睡前显得更加明亮。

金田一耕助刚叠好被子，老板娘就端着茶和点心走了进来。“被子放在那里就好，女佣这就来收拾。”说着，她放下茶盘，倒上茶，“休息得好吗？”

“睡得很好。这里这么安静，真好……托你的福，我也恢复精神了。对了，刑警先生还没回来吗？”

“嗯，还没有。”

“植松家离这儿远吗？”

“不，没那么远。他也许顺道去其他地方了吧。”

金田一耕助想起出川曾说过，也许会根据情况去拜访一下本地的警察。

“也可能是植松不在家。最近很少见他出入，似乎在做黑市工作。”

金田一耕助嘎吱嘎吱地嚼着仙贝，像是想起了什么。“对了，玉虫伯爵曾经的别墅离这儿远吗？”

“不远，走十或十五分钟就到。怎么了？”

“这么等下去也不是办法，不如去那别墅看看。”

“那别墅已经在战争中毁得乱七八糟了，只剩下石灯笼之类的东西。”

“啊，那也没关系。幸好雨停了，想走两步过去看看。该怎么走？”

“要是想去，我让阿澄给你带路……那姑娘正好要去那边。”

老板娘按下呼叫铃，已做好外出准备的阿澄来到拉门外，跪坐下来，双手触地。

“阿澄，你要是去你姐姐那里，就顺便给这位客人带路吧。”

“带到哪里？”

“快到村雨堂的地方有个别墅，是大阪的葛城家的，知道吧？这位客人想看看那幢别墅。”

阿澄不可思议地看着金田一耕助。“要说葛城家的别墅，已经连遗迹都没有了。”

“没关系，只要看看别墅的位置就好。”

“哦，那请到玄关来，我正好要出门。”

金田一耕助来到玄关，不一会儿，阿澄从旁边一路小跑过来。“让您久等了。我来带路，请往这边走。”

雨已经停了，附近的地面都铺着花岗岩，就算有水坑，也并不泥泞，湿润的泥土反而让脚下异常舒服。西边的天空渐渐泛红，似乎预兆着翌日的好天气。

“明天看起来会是个晴天啊。”

“要是不晴就麻烦了。阴沉沉的……”

一边这样聊天，两人走出一小段距离，来到坡道中间。从那里到海边是一块一眼就能看遍的狭长地带，战争过后的惨状显而易见，到处都是废墟和烧焦的土堆，其间杂草丛生，飘荡着寂寞的空气。山阳本线和地方电车沿线简易房屋成排，但在金田一耕助脚下的道路两旁，依旧保持着战争刚结束时的模样。

“还真严重，全都毁了啊。”

“嗯，是啊。”

随后，阿澄谈了一会儿当时人们见面必然会说的话题：战争，空袭的恐怖，人们在火海中冒着枪林弹雨逃跑。

“商业街啊繁华区啊，就算都是简易房屋，也基本恢复了往日的兴盛。可这片地区半毁的房子太多，怎么也恢复不了。因为既不可能建简易房屋，大家在财产税方面也有很多问题。”

阿澄举了两三个例子，说明了这一带的房主们在战后的去向。忽然，她似乎想起了什么。“对了，客人，您为什么要来看葛城家的别墅遗迹呢？”她转向金田一耕助。

“也没什么。只是来看看，没什么要紧事。”

“是和这次的调查有关吗？”

“说有也算有，说没有也没有。”

听到金田一耕助的回答含含糊糊，阿澄偷偷望向他的侧脸。“客人，这么说来，我也想起了一些事，关于刚才您问到的椿先生……”

“哦？什么事？”金田一耕助开始注意起阿澄满含深意的表情，“阿澄，只要是关于椿先生的事，什么都行。无论多小、多无聊都可以。刚才我也说了，希望你能告诉我你想到的事。”

“嗯，但我那时真的没想起来。刚才老板娘让我带您去葛城家的别墅，我这才想起来。”

“什么事？”

“今年一月，椿先生来这里时，我看到过他站在别墅的遗迹上。”

金田一耕助猛地眨了眨眼。“椿子爵？什么时候？十五日？还是十六日？”

“这我就记不清了，但应该是十五日吧。因为刚才也说了，十六日那天，椿先生是带着便当出门的，应该不会在这一带徘徊。”

“我明白了。那椿子爵在那里做什么？”

“这我也不明白。我姐姐就住在葛城家别墅对面不远处，很幸运地躲过了战争的影响。那天我和老板娘请了假，来找我姐姐玩。啊，对了，那天是十五日。正月十五日那天，我去姐姐家玩。在回来的路上，我经过葛城家别墅旁，发现一个男人站在那里，看起来令人毛骨悚然……那时太阳快下山了，天色有些暗。我正要快步通过，那个人忽然转向我。啊，不是椿先生吗？我也吓了一跳……我正想着要不要低头示意，那人猛地扭开脸，离开了烧焦的遗迹，缓缓沿着道路走远了。”

“你后来没问过椿先生这件事吗？”

“没有。椿先生似乎并不知道遇到的是我，什么也没说。而且我也觉得说了不好……再加上那时天色已暗，我也不能完全肯定那就是椿先生。也许还可能是我认错了人……”

金田一耕助沉默不语，一边踱步一边思考。

阿澄看到的肯定是椿子爵。为了调查曾经发生在玉虫伯爵别墅中的某件事，椿子爵特意来到关西，探访这处已几成灰烬的遗迹，这是非常自然的。他一定知道这里曾经发生过什么，才会在踏上这片遗迹时如此感慨。那究竟是怨恨、悲伤，还是愤怒？如果他因此决定自杀，那当时他感情上的波动一定相当激烈。

“然后啊，客人。”

默默踱步的金田一耕助听到阿澄的话，猛地从幻想中清醒。“什么，阿澄？”

“十六日那天，椿先生到底去了哪里，我觉得我大概知道。当然，这只是我的猜测，也许不对。”

金田一耕助默默地转向阿澄。阿澄鼻梁很低，脸形扁平，除了皮肤还算白，就算恭维也很难说是个美女。但她那双细小的眼睛始终透着一股灵气，尤其是从事旅馆的工作，可以在不被察觉的情况下观察客人。

“阿澄，”金田一耕助稍稍加重语气，“无论是猜测还是别的什么都行。你应该听过‘急不暇择’这个词吧？我们正是那些溺水后想要抓住稻草求生的人，心里完全没数。而且你虽然说那只是你的推测，但像你这么伶俐的姑娘，观察到的事物肯定不可忽视。”

“哎呀，我可算不上伶俐。”阿澄立即否定道，但还是显得很高兴。

“听到你说话，我立刻就看出你很聪明。而且你是从事旅馆经营的人，一定通晓很多人情世故，那些我们不会注意到的地方……请告诉我，你觉得椿先生一月十六日去哪儿了？”

听到金田一耕助热烈的语气，阿澄不禁有些慌张。“您这么说，我实在很为难。但难得您问我，我决定说说看。如果我想错了，还请见谅。”她咽了口唾沫，“刚才掌柜问我，该怎么说明椿先生去了明石，我因此想起了一件事。十六日傍晚，椿先生回来后立刻就进了浴室。我帮他收拾西装和外套，闻到了潮水的气味。”

“潮水的气味……”

“嗯，是的。您看，这里离海很近，有潮水的气味并不奇怪。但那时椿先生的外套和西服上的气味不只如此，就像直接在潮水里浸泡过，特别腥，而且还有两三片鱼鳞粘在裤子和衣服下摆上。”

“鱼鳞？”金田一耕助微微瞪了瞪眼，“那你怎么看？”

“椿先生一定是从明石乘渔夫的船回来的……我觉得他不可能自己去钓鱼，因此应该是去了淡路岛。”

“去淡路岛？”金田一耕助不禁回过头。

突起的丘陵遮挡了视线，无法完全看清。夕阳西下的大海对面，淡路岛上的山峦被笼罩在朦胧的烟雾中。金田一耕助猛地感到胸中发热。

“但是，阿澄，难道没有其他通往淡路岛的正规船只吗？渡轮之类的？”

“有，很漂亮的渡轮每天要在明石和岩屋之间往返五六次。但是，客人，椿先生是想尽量隐瞒那时的行程吧？”

“的确如此。东京的警察去调查他时，他虽交代自己来过三春园，却没有详细说。不，不仅没说，他还是以不能讯问详情为条件，才说出自己在三春园住过的。”

“要是那样，客人，”阿澄露出几分得意的神色，“比起渡轮，乘坐渔夫的船更安全。不知您是否了解，淡路岛现在被称为黑市岛，有很多大阪和神户的采购商到那里去。总之，在岩屋买的鸡蛋哪怕只拿到明石，就能卖出三倍的价钱。那些采购商都是坐渔夫的小舢板去。渔夫就算钓了鱼，也不会拿到陆地上卖，而是就在海面上交易，直接卖给从神户和大阪来的采购商。因此渔夫们多少知道一些阴暗的内幕，即使警察来调查，也不会说实话。所以，如果椿先生要在不为人知的情况下去淡路岛，乘坐渔夫的小船比乘坐渡轮安全得多。”

金田一耕助再次看向阿澄。她的叙述条理井然，尽管年龄还小，但不愧是从事旅馆行业的人，知道很多事情。金田一耕助感慨不已。“看，阿澄，我说得没错吧，你不是很伶俐吗？”

“您又这么说……”阿澄那张如同文乐[①]人偶般的脸略泛红晕，“客人，先不论椿先生是否去了淡路岛，我觉得他肯定乘坐了渔夫的船。”

“你为什么这么肯定？”

“那是因为啊，客人，我父亲很喜欢钓鱼。战争期间经济状况还不错的时候，他经常去明石，从那里乘坐渔夫的船去海上钓鱼。那里能钓到日本数一数二美味的鱼。那时，父亲每次钓鱼回来，身上的气味都和椿先生的西服和外套上的气味完全一样。后来，父亲在

①曾位于日本大阪的木偶戏剧场“文乐座”的简称，也可代指木偶戏。

轰炸中离世了……”阿澄的声音低沉下来，但随即像是注意到了什么，环顾四周，“哎呀，我太专注讲自己的事了，一不留神就要走过了。客人，这里就是葛城家别墅的遗迹。”

金田一耕助闻言，也像从梦中醒过来一样，环顾四周。脚下是一片被完全烧毁的废墟，足有三千坪。在他们所在的坡道旁边，应该曾有一道砖墙或者别的建筑，但已经全部烧毁。裸露的地面上，无论是建筑还是庭院中的树木，无一不被烧得精光，几乎什么都没有留下。正像三春园的老板娘所说，剩下的只有庭院中的石头和石灯笼，而且也已经烧得发白，在秋天的夕阳中凄凉而悲怆。

“全都烧光了啊。”金田一耕助感叹道，“对了，阿澄，椿先生那时站在哪里？”

“那里，您看，那边的池塘边有个石灯笼吧？就站在那旁边。一注意到我，他就从对面的正门向外面走了。客人，到那边看看吧？”

坡道中间似乎曾有个便门，倾斜的石阶在脚下延伸。

“阿澄，可以了，你快走吧，别晚了。”

“没关系。我姐姐家离这儿很近。”

烧坏的石阶颇为危险，但阿澄毫不在乎，踩着木屐快速走了下去。金田一耕助跟在后面。下了石阶，烧塌的瓦砾中到处都是杂草，假长尾蓼的长穗如水面的涟漪般微微起伏。阿澄和金田一耕助的和服下摆都变得湿淋淋的。两人来到刚才阿澄所指的石灯笼旁。

过去这里一定是有名的庭院。池塘和假山的位置以及石头的布置都保留着曾经的风貌，但如今也只不过是空旷的废墟。

“真可惜。我们是没进来过，可即使从墙外看，也能看到大殿一样的屋顶……”

那大殿一般的建筑现在已无迹可寻，只有埋在杂草中的地基述说着曾经的如梦荣华。

一只蜻蜓飞来，停在石灯笼顶部。阿澄像小女孩一样童心未泯，本能地想要抓住它，便来到石灯笼旁。但连指尖都还没碰到，蜻蜓就忽然飞走了。可是，阿澄依旧那样站着，聚精会神地盯着放灯芯的地方。猛地，她转向金田一耕助。“客人，客人！”她惊慌失措地喊道。

“怎么了，阿澄？”

“这里写着奇怪的东西。恶魔在这里……后面是什么字啊？”

“恶魔？”金田一耕助也吓了一跳，来到阿澄身后。

“看，这里……在灯笼的御影石上面……”

石灯笼上放置灯芯的地方烧得花白，表面有一行蓝色字迹，就像用刀刻出的一样，在雨水的浸润下更显浓重。字迹和椿英辅的十分相似：

恶魔在此诞生。

第十七章　妙海尼姑

出川回到旅馆时，已经过了晚上九点。始终精力充沛的他也因前一夜旅行后连续工作而露出疲惫之色。

“哎呀，辛苦了。累了吧？”金田一耕助自然不可能先睡觉，他一直和老板娘聊着不痛不痒的话题。看到归来的出川无精打采的样子，他立刻安慰道。

“来到陌生的地方，果然要花费很多不必要的精力，真累啊。”

“是啊。你们的工作也非同一般啊。”老板娘的语气也透着同情，“对了，你吃饭了吗？”

“嗯，已经吃过了。”

“那就泡个澡吧。洗完澡再喝点儿酒最好了。”

“那就劳你安排了。”

出川洗澡期间，老板娘吩咐女佣准备好了睡前的小酒。这样的女人往往会因为别人的依赖而感到高兴。现在，她正满怀好意，想要让那年轻的警察称赞自己。

“洗得真舒服，清爽多了。”从澡堂出来的出川脸颊泛光，似乎已经恢复了白天时的精力。

“那再尝试一件清爽的事怎么样？难得老板娘这么诚心诚意。”

“哎呀，这真是……这么多好吃的。”

“啊，真是算不上什么。但这鲷鱼是拜托明石的渔夫特意拿给我的。”

听到“明石的渔夫”几个字，金田一耕助猛地看向老板娘，想要说什么，但随即重新整理思绪道：“对了，出川，你花了很长时间啊。打听到什么有用的消息吗？”

“每次我一感到话题正中下怀，线索就中断了。不过第一天能有这样的成果也不错了。”

“那个……我还是先回避吧。”

老板娘正要抬起硕大的臀部，金田一耕助慌忙制止道：“不用，老板娘，请待在这里。我们在很多方面还要借用你的智慧。对吧，出川？可以吧？”

“可以啊，毕竟我们俩都不熟悉这里……我们想尽量不借助本地警察的力量，因此老板娘是最好的依靠……”

出川这么一说，老板娘非常高兴，硕大的臀部重新坐稳。“哎呀，我也帮不上什么忙，但如果是不能外传的事，我绝对不会说出去……那个，打听到植辰大叔的消息了吗？”

“嗯，打听到了。但是……”金田一耕助并不善喝酒，但出川似乎很喜欢。老板娘斟酒后，出川端起酒杯细细品尝。“植辰大叔已经过世了。”

“啊，怎么会……那么结实健壮的大叔……”

“据说是因为空袭。就在搬到板宿后的某一晚，植辰大叔喝醉了，在空袭最激烈的时候，他只包了一块兜裆布，近乎全裸地跑到屋外，边耍威风边大喊：‘再来！再来！全都给我落下来！’结果真的被炸弹直接击中，就那样死了。”

“啊，真是，我一点儿也不知道。那时我被疏散到农村避难，不在这里。但那确实很像植辰大叔的死法。”

“哈哈，植松的父亲也这么说，还大笑呢。”

“那么，出川，植辰的线索就到这里为止了？”

“不，并非如此。植辰过世时，有个叫阿玉的小妾正和他同居……对，植松说了，老板娘也许认识这个阿玉。植辰大叔换过很多情人，最后同居的阿玉大概三十五六岁，曾做过女招待之类的工作，我想她是不是从植辰那里听说过什么。”

“那么，关于阿驹和小夜的消息……”

“关于这一点，我可有话要说。”出川夹起一片生鲷鱼片，“植辰死后，小妾阿玉到植松那里避难。植松家可是帮了她不少忙。听说植辰死了，植松也很震惊，说不能放着不管，便找回了植辰的遗骸。那时情况还很危险，他什么也做不了，只能简单地把植辰下葬了。要说和植辰关系最近的亲人，也就是女儿阿驹和小妾生的儿子治雄……但治雄当时被军队征去，所以必须通知阿驹……可植松很久以前就和阿驹断了联系，根本不知她在哪里、做什么。阿玉却知道阿驹的去向，亲自把她叫了过来，这让植松也很吃惊。他们已经十年没见过面了，阿驹憔悴不已，毫无过去的风姿，显得很凄惨。”

“哎呀，还真是可怜。曾经那么漂亮的阿驹啊，一定生活得很苦吧。那源助和小夜……”

“我要说的就是这点。源助就像老板娘说的，在神户做搬运工一类的工作，结果得了很要命的病，发狂死了。而阿驹似乎也得了同样的病。按植松的说法，阿驹的脸色很不好。”

“哎，不幸啊，真可怜……那小夜呢？那孩子也该出落成大姑娘了。”

“小夜姑娘也死了。”

“啊？小夜也……”

“是的。但植松说那怎么想都很奇怪。他向阿驹问起小夜，阿驹只说小夜死了，却无论如何都不说是何时何地怎么死的。植松说似乎有什么隐情。”

金田一耕助默默地思考了片刻。“对了，植松大叔最后一次见到小夜姑娘是……”

“应该是在那孩子十一二岁的时候。听说是个让人赞不绝口的可爱姑娘，人们甚至会不禁猜想她将来会有多么出众。”出川说道，端着酒杯，颇有深意地盯着金田一耕助的眼睛。

金田一耕助明白出川的意思。出川正在这起案件的相关人员中寻找符合小夜特征的人。如果小夜活着，应该有二十三四岁……而且是个出众的美人……金田一耕助脑中忽然掠过一个身影，但他慌忙将那身影抹掉了。在弄清楚小夜姑娘的生死或者说她的生活经历之前，绝对不应考虑这件事。

“对了，阿驹那时在做什么？丈夫过世，女儿也不在了……”

“不知是在芦屋还是住吉一带，帮一个被强制疏散到乡下的有钱人看房子，植松是这么说的。但不走运的是，植松也不知道具体住址。他问过阿驹，但阿驹并没有明确回答。对于阿驹来说，因为生下了小夜这样没有父亲的孩子，所以不想再和知晓她过去的人来往。植松也察觉到这一点，就没再追问。植辰的葬礼一结束，他们便道别了。因此，在那之后，她是否仍继续为那个有钱人看家，还是说那里也遭到了空袭，她又去了别的地方，植松就完全不清楚了。”

“唉，生命真脆弱啊。要是没有战争，大家也不会这么流落四方。”

确实如此。战争的发生不知对调查工作造成了多大的牵制。

“对了，那个叫阿玉的妾怎么样了？那女人当时知道阿驹的住处吧？”

“是的。但阿玉也只是在植松家住了两三天，便说鸟取那边有亲戚，到那里去了。植松也不清楚她的近况。”

“哦，那么这条线索也就此断了？”

“也不能这么说。从植松那里问到上述情况后，我又到板宿一带植辰曾经的住处附近看了看。幸好，那一带已经基本恢复了战前的样子，附近的居民都已经回来建起了简易房屋。其中很多人都知道植辰和阿玉。我逐个向他们打听阿驹和小夜，还有被军队征去的治雄以及阿玉的事情。但是，暂且不说阿玉，几乎没人知道阿驹母女与治雄的事。”

金田一耕助皱起眉头。“治雄不和他父亲一起住？”

“是的，植松也说了这一点。不管怎么说，那个植辰大叔一直不停地换女人，也不管治雄，治雄小学一毕业就去神户的某地当学徒，几乎不再回父亲那里。阿驹也是，肯定不愿意见到比自己还年轻的妾，也基本不去。正因如此，周围人完全不了解阿驹母女和治雄。但幸运的是，我找到了最近……其实也已经是一年前曾见过阿玉的人。”

“啊，阿玉又从鸟取回来了？”

“是的。那个人……见过阿玉的那个人，说他去年秋天曾在神户的新开地意外见到了阿玉。他们停下来聊了几句，听阿玉说，她在新开地附近一家情人旅馆当女佣，就是现在流行的带有温泉标志的那种旅馆。于是我立刻去了新开地。”

“哎呀，你的工作真有成效。那你知道阿玉的住处了吗？”

“这个嘛，那人也不知道旅馆的名字，说他也许问过阿玉，但后来就忘了。没办法，我就以那人碰到阿玉的地方为中心，把附近的情人旅馆一个不漏地调查了一遍。”

“新开地有很多情人旅馆？”

“金田一先生，你可能不知道，新开地这个地方就像浅草的六区①，而且旁边就是和吉原②规模相当的烟花巷，叫福原。真是个很不得了的地方，那种旅馆到处都是。但也就调查了六七家，就找到了阿玉待过的旅馆。”

“阿玉待过的……她已经不在了？”

“嗯。她一直待到今年三月，然后就去了别处。”

“那旅馆不知道阿玉现在的住处吗？”

“不知道。这也是理所当然的。阿玉是在拿了那家旅馆的东西后逃走的，不可能会告知自己的去向。”

“那还真是不走运。好不容易才找到那里……”老板娘长叹了一口气。

---

①位于东京浅草西南部，初设于明治年间，是有名的娱乐餐饮设施集中区域。

②位于东京浅草北部，原为江户时代形成的红灯区，1958 年立法废止。

出川满不在乎地笑了笑。“不，老板娘，我们的工作就是如此。要是调查渐渐上了轨道，也就没这么辛苦了。今天的进展已经超乎预想了。”

“还真是。我知道你们的工作很了不起。怎么样，吃点儿热的吗？”

“啊，真是有劳了。”

“对了，出川，你没在那里打听到什么吗？关于阿玉认识的人或是别的什么……”

“我也问了，但阿玉在战争时投奔过的人都过世了。而且阿玉在那家旅馆工作期间，没有任何人去找过她。但是最近……前天，有人找上门去，问是不是有个叫阿玉的人在那里……”

“前天？是什么人？”

“是个尼姑。旅馆的人说阿玉已经不在那里，也不知道她现在的行踪。尼姑一听，便非常失望地离开了。但在离开前，尼姑又拜托旅馆的人，说如果知道了阿玉的去向，请告诉阿玉，淡路的妙海尼姑曾来找过她。”

“淡路？”忽然，金田一耕助像被猛击了一下，从矮脚桌上探起身来，“那、那、那出川，那个尼姑究、究、究竟是什么人？”

看到金田一耕助气势汹汹，出川和老板娘都吓了一跳。出川放下酒杯。“金田一先生，那个尼姑怎么了？”

“不，关于那、那、那个之后再说。知道那个尼姑是个多大年纪、什么样的人吗？”

“我大概打听了一下，但我并不觉得那尼姑是多么重要的人……大概五十五六岁，穿得干干净净，但脸色不好……对了，右眼的外眼角有颗小黑痣。”

“啊，那就和阿驹不一样了。阿驹右眼的外眼角也有颗小黑痣，但两人年龄相差太多了。阿驹现在应该四十二三岁……”

“就是她！老板娘，是她！”金田一耕助的声音因兴奋而颤抖，“植松大叔的话，出川不是转述了吗？憔悴不已，已经毫无过去的风姿。阿驹一定因为生活的辛苦和病痛，老得很厉害了。而且，出川。”

“嗯？”

“一月十六日，椿子爵一定是为了拜访这个女人才去淡路的。”

出川惊讶得睁圆了眼睛。“金田一先生，为、为什么……”

金田一耕助重述了一遍阿澄曾观察到的情况，随后说道：“我那时也对阿澄敏锐的观察力深感佩服，但并未全盘同意。可现在听了出川的话，觉得果然与淡路有关。无论如何，我都要去淡路看看。”

“阿澄真说了那样的话？”

“老板娘，那姑娘可真伶俐。只看她说话的样子，就知道她很聪明。对了，出川。”

“嗯？”

“那个尼姑去找阿玉，是前天吧？”

“是的。”

“前天是十月一日。那起案件第一次见报就是那天早上。妙海尼姑读了报纸，想到了什么，才特意从淡路赶去找阿玉商量。”

出川用震惊的目光盯着金田一耕助，随后颤抖着说道：“对了，金田一先生，旅馆的人说那尼姑看起来神情慌乱。”

一瞬间，静得可怕的沉默充满了整个房间。三人互相交换着异样的目光。不一会儿，金田一耕助干咳了几声。“这样一来，必须尽快找到那个尼姑。但除了淡路，不知道更详细的地址吗？”

“我也问了，那人只说她是来自淡路的妙海尼姑，没再告诉旅馆的人更多信息。阿玉一定只听这一点就能明白。”

金田一耕助微笑着转向老板娘。“老板娘，你在这里真是太好了。除了借助你的力量，我们没有别的办法。”

“可我能帮什么？如果能帮忙，我倒是一定会尽全力的。”

“老板娘，你刚才说了，这鲷鱼是请明石的渔夫特意拿来的。你一定和那些人很熟吧？”

“嗯，从我父亲那一代人开始，我们就经常来往。即使在战争中，我家的鱼也不曾缺过。”

“我就是想借你这个面子。那些人当中，一定有人在一月十六日送椿子爵去了淡路。但阿澄也说了，当着警察的面，那些渔夫是不会说实话的。所以我想请老板娘你出面。当然，关于为何调查此事……说出来会很麻烦，另外也请你告诉他们，我们绝不会问及那些秘密交易。”

“我明白了。这样说就容易多了。请都交给我吧，明天白天我一定给你们问清楚。”老板娘一边说，一边用婴儿般浑圆的胖手拍了拍胸脯。

由此，金田一耕助和出川的调查焦点第一次转向了淡路。

第十八章　不伦问答

那天晚上，金田一耕助和出川躺在床上一直聊到很晚。翌日早晨，当金田一耕助睁开眼时，已是九点半多了。防雨拉门依然紧闭，旁边的床如蝉蜕一般，出川已经不知去向。

金田一耕助看了看枕边的手表，吓了一跳。他坐起身，旁边的浅箱子里扔着出川的棉袍和单衣，挂在横木上的西服则不见踪影。出川已经出门了吧？金田一耕助慌忙去开防雨拉门，天气已经在夜间发生了变化，窗外暴雨如注。

“这个……”金田一耕助推开一扇防雨拉门，走到外侧回廊上，呆呆地望着白茫茫的大雨。雨水猛烈地叩响庭院中的石头，远处的树木也都笼罩在一片薄墨色中。当然，淡路岛是无法看见的。

这难道是什么不好的征兆？金田一耕助正歪着脖子思考，昨夜一直没有出现的阿澄向他走来。

“早上好。我来开防雨拉门就好。”

“早上好。天气又变了啊。”

“老板娘说，这天气正好。”

“正好？”

“天气这么糟，渔夫就能来我家旅馆了。”

“啊，是这样。”所以说天气正好啊。金田一耕助再次望向大雨。

“而且广播里也说了，一过中午，雨就会变小，很快就会放晴了。”

“那情况就越来越好了啊。那去明石的是……”

“掌柜的去了。”

“那真是辛苦他了，下这么大雨……出川也一起去了？”

“没有，出川先生去别处了。客人，还是请先洗脸。”

金田一耕助洗了脸，正在吃迟到的早饭，老板娘前来打招呼。

“老板娘，不好意思，掌柜的还为我们去了明石。”

“今天一早就去了。天气正好，渔夫在这种情况下不会出海的。”

“要是能顺利找到线索就好了。”

“就像阿澄说的，如果椿先生真的坐了渔夫的船，掌柜一定会把那个渔夫带来。他虽然年轻，但是个办事很周到的人。”

“你如此照顾我们，真不好意思。”

“看你说的，不过是举手之劳。”

“出川呢？”

“他去神户了，说是要再去打听一下阿玉的事情，或是有没有人知道尼姑的住所。”

“啊，是吗。我还真是睡了个懒觉。”

“你很累吧？而且昨夜还聊到那么晚。吃完饭后，你就好好休息，等着掌柜的和出川先生回来吧。”

“谢谢你。我已经不要紧了。”

老板娘退下后，金田一耕助在桌前坐好，写了两封信。一封给久保银造，一封给矶川警部。

如果诸位读过《本阵杀人事件》和《狱门岛》等书，就应该了解这两个人的情况。久保银造在冈山县的乡下经营果园，是金田一耕助的资助人。矶川警部在冈山县县警本部工作，他和金田一耕助是从本阵杀人事件以来就保持来往的老熟人。

金田一耕助难得来到这里，很想前去拜访两人，但根据目前的调查进度，亲自前去恐怕不太可能，便决定暂且写信打个招呼。

拜托阿澄把信寄出后，金田一耕助点上一支烟，无所事事地望着庭院，尝试将昨天了解到的情况在脑中汇总。

在玉虫伯爵曾经引以为傲的别墅的遗迹上，留下了酷似椿子爵笔迹的文字。看到这一情景，金田一耕助已经明白了椿子爵旅行的目的。他一定是想调查玉虫家，或是妻子的娘家新宫家的相关内幕。

但是，恶魔在此诞生——那句话到底意味着什么？出川认为那是小夜。但小夜并非出生在那里。阿驹也许是在那幢别墅怀上小夜的，可小夜出生是在阿驹和源助结婚后。就算小夜是在那里出生的，为什么子爵会称小夜为恶魔？子爵知道小夜的存在吗？

出川想在这起案件的相关人员中找出谁是小夜。如果说到与小夜年龄相当的人，那就是菊江和阿种了。但即使她们中的一个人是小夜，子爵又为什么称她恶魔？

出川猜测菊江也许就是小夜。而关于小夜父亲的身份，出川有两种看法，一是新宫利彦，二是玉虫伯爵。

“但是，那……”听到如此大胆的看法，金田一耕助也不禁瞪大了眼睛，“那不就成了乱伦吗？和自己外甥的女儿，或是和自己的女儿交往……"

出川若无其事地答道："第一种情况可不能说是完全的乱伦。那种人的想法往往和我们平民不同，那样对他们来说也许更合适。历史上不是常有吗？叔叔和侄女交往，舅母和外甥结婚，或者公公对自己的儿媳妇下手……"

"就算如此，和自己的女儿交往也实在……外国倒是有实例，也有那种和父亲或哥哥私通的厉害女人。可玉虫伯爵难道也……"

"在那种情况下，就不能把菊江看成妾了。你觉得呢？表面上用妾的身份来蒙蔽世人，实际是想把私生女带在身边照顾。"

但金田一耕助并不同意这种看法。像玉虫伯爵那样暴君似的人物，不太可能会有心将女儿留在身边。而且，如果爱女儿爱到想要留住她的地步，就应该不会如此伪装，给女儿带来做妾的坏名声。

"那如果这么想呢，伯爵并不知道菊江就是自己的女儿……"

"你是说只有菊江自己知道吗？"

"嗯，没错，因为知道才接近伯爵。也就是说，菊江已经不再憎恨曾在她出生后抛弃她的伯爵了。"

"但那就意味着，菊江是在知道内情的情况下对父亲以身相许？"

"嗯，没错，所以椿子爵叫她恶魔。"

如果一切如出川所说，那么再也没有比这更恐怖的事了，称菊江为恶魔也不为过。但这件事真的像子爵在遗书中所写，会将椿家的名声拖入泥沼吗？当然，玉虫家也是椿家的亲戚，玉虫家的污名也许会给椿家抹黑。可是，就算椿子爵再胆小怕事，也不应该会因玉虫伯爵的污名而决心自杀。

如果阿种是小夜，情况也相同。就算阿种是新宫子爵或者玉虫伯爵的私生女，也应该与椿家的名誉没多大关系。阿种很同情椿子爵，椿子爵也十分疼爱阿种，即便两人的关系超越了主仆——尽管严谨的椿子爵看起来不会做这种事，即便椿子爵得知了阿种的身世，应该也不会因此自杀。

如果阿种是新宫子爵的孩子，那么椿子爵就等于在和妻子的侄女交往。如果阿种是玉虫伯爵的私生女，那么椿子爵就是在和妻子的表妹交往。无论哪种情况都可以称为乱伦，但知晓内幕应该不会让椿子爵震惊到那种程度，以至于认为椿家会就此名声扫地。更重要的是，阿种虽不难看，但也没有多么漂亮，她儿时人们应该并不会猜测她将来会变成怎样的美人。

“但是，金田一先生，”出川又说道，“根据老板娘的话，那个叫妙海的尼姑应该就是阿驹。而且我也逐渐觉得子爵就是想去见阿驹。如果是那样，阿驹都对子爵说了什么？阿驹并不是被长期雇用的，只在夏天去伯爵的别墅帮忙，应该不知道玉虫家和新宫家那些不可告人的秘密，除了小夜的事……所以，小夜应该就在某处活着，而且给子爵带来了巨大的威胁……”

金田一耕助闻言，随即道出了自己的观点：“也许如此，但植松不是说最后一次见到小夜是在她十一二岁时吗？那么到那时为止，小夜一直住在神户。就算她随后立刻去了东京，也一定还带着关西口音。可无论是菊江还是阿种，都丝毫不带口音。”

“你要是在东京待十年以上，口音也会消失的。如果成年后再去也许很难做到，但一个十一二岁就来到东京的孩子，应该会变得和东京人没什么区别。”

“你说的也没错，但名词的发音是很难改的。像‘蜘蛛’和‘云’，

‘桥’‘筷子’和‘边缘’，这种词语的发音在关东话和关西话里重音是完全相反的。可目前在那个家里，只有三岛东太郎的口音如此。”

“啊，那人是冈山县人……可是若在东京长住下去，口音是会变的。尤其是菊江，她曾在烟花巷待过，也许是应店家的规矩改了口音。”

出川认定菊江就是小夜，但金田一耕助认为还有一点无法解释。

阿驹怀孕时，父亲植辰从玉虫伯爵那里得到了不少钱，手头一下子宽裕起来。这一点是可以肯定的。无论让阿驹怀孕的是玉虫伯爵还是新宫子爵，一个好姑娘因此有了瑕疵，玉虫伯爵于是承担责任，付了一大笔补偿金以撇清关系。可在那之后，植辰仍继续敲诈玉虫伯爵，过着富裕的生活，这一点就无法理解了。

关于阿驹的事，最初的赔偿金应该已经全部解决了。像玉虫伯爵那样的人应该不会犯下什么错误，导致自己一直被敲诈勒索。如果要付小夜的抚养费，玉虫伯爵恐怕会用某种办法将费用直接交到阿驹手中，还会监督那笔费用是否真的用于抚养小夜，绝不会让植辰利用诡计从中私吞。最重要的是，如果玉虫伯爵身怀抚养小夜的责任感，以至于支付抚养费，那么从最初伯爵就应该更亲切地对待阿驹。亲自为阿驹寻找合适的伴侣，安排好她的生活，这对伯爵来说并不困难。

“总之，关于植辰长期敲诈伯爵一事，我无法理解。伯爵应该不会被花匠之流敲诈，除非被对方抓住了致命的弱点。”

“我明白了。”出川对此也没有异议，“如果只发生了小夜这一件事，就算因此被抓住把柄，也不太可能会被敲诈。毕竟这种事在上流社会很常见。”

“是啊，是啊，尤其对象还是玉虫伯爵。但问题在于植辰是否真的敲诈了伯爵。我们还要再找老板娘聊聊，若以此为出发点，有可能会问出不一样的话。最好还是再确认一下这件事。”

“好的，那我明天再去详细问问植松和板宿的人。”

如阿澄所说，临近中午时，雨势渐弱，天空明亮了不少，庭院中一直被笼罩在薄墨般烟雾里的树木也像面纱被揭开一样露出了身姿。小鸟飞落枝头，叽叽喳喳好不热闹。但与此同时，气温反而降了下来，只穿着旅馆提供的单衣和棉袍，金田一耕助感到阵阵寒意，便套上衬衣，穿好上衣和裤裙。

十一点半左右，浑身湿透的出川回来了。

“哎呀，真是辛苦了。下雨时外出很困难吧，我倒是睡了个懒觉。”

“掌柜的还没回来？”

“嗯，肯定费了很大力气去找。对了，你这边怎么样？”

“金田一先生，我这边有点儿奇怪的事……”出川把湿透的上衣和袜子在外侧回廊上晾好，随后在金田一耕助面前盘腿坐下。他看起来神色不安。

“什么意思？”金田一耕助不禁被出川的话吸引，眼神中透着惊惧。

“昨晚得出了那样的结论，于是今天我最先去了植松家，问过情况后又到板宿一带转了转。我是为了确认是否有敲诈一事才去的，现在看起来确有其事。虽然不能确定就是敲诈，但植辰确实有金钱来源，无论植松还是板宿的人都这么说。赌博输得精光、债主来讨债时，植辰总会气焰嚣张地说：‘别唠叨！我在东京有摇钱树呢！’他会消失四五天，随后便带着不知从哪里拿来的钱，把赌债全都还清。板宿的人都羡慕他有福气，但谁也不知道那棵摇钱树究竟在哪儿，真实身份又是什么。只有植松早就隐隐约约感觉那人可能是玉虫伯爵。”

“但植辰为什么能从玉虫伯爵那里……”

“一定是因为小夜。除此以外，植辰应该没有任何理由能从玉虫伯爵那里拿钱。植松知道的也只有这些。”

金田一耕助略作思考。“植松认为小夜的父亲是谁，新宫子爵还是玉虫伯爵？”

“不，植松也不知道。他只听说阿驹在玉虫伯爵的别墅帮忙期间被人任意摆布，和被强奸没什么差别，并由此怀上了小夜，但阿驹和植辰都不肯说出父亲是谁。就算被源助扯着头发来回拖拽，阿驹在小夜生父一事上也从不松口，真不知道是顽固还是太过谨慎，阿驹一直保守着秘密。”

金田一耕助一直在默默思考，此时却忽然开口道：“那你所谓奇怪的事……”

出川探了探身。“从植松的住处前往板宿一带途中，因为顺道，我就去看了看玉虫伯爵别墅的遗迹。我想看看你说过的石灯笼上的字，可字已经消失了。”

“消失了？”金田一耕助不禁瞪圆了眼睛。

“嗯，不知是谁用石头或别的什么把字磨掉了。你昨夜提到写有字的地方，就是石灯笼放灯芯的部分，被磨得花白。”

金田一耕助一时间一语不发，目不转睛地盯着出川，但很快便说道：“昨天我和阿澄去过那处遗迹后，某个人也去了那里，磨掉了石灯笼上的字？”

“只能这么认为，而且应该不是毫无关系的孩子搞的恶作剧。”

“那就可能是这起案件的某个相关人员……”

出川一脸沉重地点点头。“当事人自己应该不会来，大概是某人接到了当事人的命令来的。还有一件奇怪的事。”

“什么？”

“在板宿一带调查结束后，我立刻去了神户的新开地。阿玉曾经待过的旅馆叫‘港 · HOUSE’，我又去那里打听了阿玉和妙海尼姑的消息。虽然没问出什么新的东西，但在我去那里的一个小时前，有个男人前去打听阿玉的事。”

金田一耕助默默地望着出川，一股莫名的不安涌上心头。

“那人也不死心地问了很多问题，结果没得到什么有用的消息，便回去了。在别的情况下，我也许会当成耳边风。但既然发生了石灯笼的字被磨去一事，我实在很在意，便打听了那人的模样……”

“然后呢？”

“我越来越不安，就给旅馆的人看了这个……”出川稍稍起身，从正在晾晒的上衣口袋里取出椿子爵的照片，“我问他们是不是这个人……”他盯着金田一耕助的眼睛，声音沙哑，就像在窃窃私语，“今早来的人戴眼镜，唇边留着胡子，但长相确实和照片上的人很像……”

金田一耕助目不转睛地与出川对视。一股乌贼墨汁般浊黑的思绪在他体内扩散，无法名状的战栗贯穿他的背脊。椿子爵果然活着？

不久，掌柜把要找的渔夫从明石带了回来。那时，天已经完全晴了。

第十九章　淡路岛山

雨已经完全停了，但阴云仍低垂天边，明石港铅色的海面上海浪汹涌。

明石港坐北朝南，形状就像半开口的荷包。港口深处，用损毁的船只筑成的两座长十米的栈桥漂浮在脏兮兮的海面上。通往岩屋的播淡汽船和环游淡路的丸正汽船各使用一座栈桥。

在栈桥底部，无数被雨浇透的舢板像摇篮一样在海浪中起伏。尽管景象如此破败，港口的入海处仍有一座漂亮的灯塔。灯塔对面便是水墨画般笼罩在烟雾中的淡路岛。

明石市区东部在战争中幸免，古老的住宅保存完好，但西部却完全被烧毁，到处都是临时建筑。“须磨明石”这一地名带给人们的优雅感在这里已经荡然无存。

两家汽船公司共有的候船室位于两座栈桥中间，也属于应急的临时建筑，散发出一股污水沟一样的臭气。在候船室内外，二十个男女乘客露出虚脱般的呆滞表情，等待渡船的到来。

金田一耕助没进候船室。他在栈桥上踱步，陷入了沉思。出川站在候船室外，心不在焉地看着贴在那里的汽船公司海报和时刻表。

掌柜从明石带回的渔夫名叫芳村作造，年龄在五十岁上下，一头花白的头发剪得很短。

作造声称，尽管记不清具体日期，但在一月中旬时，确实有一个颇具绅士风度的男人从位于明石港西边渔夫聚集的新滨町乘渔船前往淡路的长滨。那个绅士脸色十分阴沉，最初几乎一言不发，但在问过渔夫如何到釜口村后，逐渐打开了话匣子。

“釜口村？这个名字没错吗？”金田一耕助追问道。

作造使劲儿点点头。“没错。因为我侄女嫁到了那里，我经常去。”

金田一耕助和出川看了彼此一眼。“那你是怎么告诉那人的？”

“从长滨走到岩屋，然后再坐开往洲本的巴士，在小井下车，那里就是釜口村的入口。”

“那人没说要去釜口村的什么地方吗？”出川问道。

“没有。”

“作造先生，有件奇怪的事想问你。釜口村有尼姑庵一类的地方吗？”

“嗯，当然有，但一半建筑已毁，过去很长时间都没人住。不过从去年还是前年开始，有尼姑在那里住下了，听说名叫妙海。”

金田一耕助和出川再次对视。不会错了，椿子爵就是去找妙海尼姑的。

“作造先生，你还记得那人说的其他话吗？”

“嗯，我告诉他怎么去釜口村后，他便问我从长滨到小井需要多长时间。我说从长滨走到岩屋需要二十分钟，在岩屋等巴士需要二十分钟，从岩屋到小井需要四十分钟，总共约一小时二十分钟，但也许按一个半小时算更好。他考虑了一会儿，便说：‘不好意思，我四点之前会回到长滨，能来接我吗？’因此——”

“请稍等。你让那人搭你的船是在什么时候？”

“刚过十点吧。”

“那到达长滨是在……”

“应该在十一点前。那天难得风平浪静，从我们村子到长滨用了三十分钟。”

如果十一点到达长滨，随后花一个半小时到达小井，然后再用三十分钟抵达尼姑庵，那么椿子爵一点就能见到妙海尼姑。就算还要花两小时返回长滨，两人也有一个小时的说话时间，已经足够谈及很多事了。

“作造先生，你四点左右去接那人了？”

“去了。毕竟他还送了我谢礼。”

“那人来了吗？”

“嗯，我三点半到达长滨等待，结果他回来的时间比我预计的早。回到明石时，我把船停在了播淡汽船使用的栈桥下。那时大约四点半。”

从港口到山阳电车明石站大约十分钟，乘电车从明石到须磨寺大约三十分钟，然后从须磨寺站步行回到旅馆大约十分钟。如果一切属实，那么椿子爵就是在五点左右回到旅馆的，这和阿澄的话完全一致。

最后，出川拿出椿子爵的照片给作造看。作造断言道：“就是这个人没错。”

这样，椿子爵去淡路拜访妙海尼姑一事就没有疑问了，但他究竟问到了什么消息？根据作造的话，四点左右回到长滨时，椿子爵的脸色“就像遇到了幽灵一样”，非常糟。

天气终于好转，低垂的阴云逐渐散去，云层间处处露出蓝天的影子。一直阴郁的铅色海面也明亮起来。

不久，渡船拖着长长的白浪驶入港口，候船室中的人也纷纷来到栈桥上。

渡船名为千鸟丸，吨位约七十。进入港口后，船身转了个弯，稳稳停靠在栈桥边。从岩屋到明石的客人大约有三十人。等他们下船后，栈桥上的人蜂拥上船。金田一耕助和出川排在最后。

两人并未进入船舱，而是倚着甲板上的栏杆眺望大海。

随后，又有五六个人慌忙从栈桥上跑来。待他们全部登船后，千鸟丸出发了。

出川靠着甲板的栏杆望向栈桥，猛地用胳膊肘捅了一下金田一耕助的侧腹。“金田一先生，有件事很奇怪。”

“什么？”

“候船室前站着三个人，都是我们的同行。”

金田一耕助看向陆地，三个穿着西服的男人正在问一个刚下千鸟丸的客人。客人是个穿西服的中年男人，手里提着皮箱。

“能看出来吗？”

“看眼神就能明白。上船前，他们就一直盯着我，似乎认为我不是普通客人。他们确实是在追查案子，但究竟在查什么呢？”

“不是在监视黑市交易吗？”

“不，要是监视黑市交易，就会检查行李。刚才他们也拦住一个穿西服的男人问了什么，但并未搜查行李。”

金田一耕助仔细一看，发现被拦住的男人从口袋里拿出了什么给那三人看，但三人并未检查行李就把他放走了。男人惊慌失措地经过货运批发店门口，快步向市区走去。而那三人则进入了空无一人的候船室，似乎要继续等待下一班船的到来。

“还真有点儿奇怪。”

“是啊。淡路岛一定发生了什么，因此才如此警戒。”

金田一耕助和出川看着对方，一时间陷入沉默。两人就像商量好一样，同时颤抖起来。这并非是因为寒冷的海风钻入了身体。

“难道……”

“我也这么想……”

出川随即闭上嘴，默默看着海面，但随即使劲儿摇了摇头，看了看手表，似乎为了重新集中精神。手表的指针刚刚过两点。

“金田一先生，今晚也许不得不住在淡路了。”

“是吗？”

“渡船两点半到达岩屋，下船后就有巴士，到小井大约四十分钟，然后寻找尼姑庵需要三十分钟，到那里时大概已经三点四十分，甚至四点。但是，从洲本出发的巴士末班车是六点，到达小井时大约六点五十分，而从岩屋开往洲本的末班巴士通过小井的时间更早。无论如何，我们也要在六点五十分赶到巴士停车场。如果能赶上，就可以在七点半到达岩屋，继而乘上末班渡船。可一旦没赶上……”

“我明白了。我们四点到达尼姑庵，为了赶上六点五十的巴士，我们必须在六点二十分左右离开尼姑庵。在那期间，我们只有两小时二十分钟。”

“没错。而且是在妙海就在尼姑庵的情况下。如果赶上她外出化缘，时间就太紧张了。椿子爵用一个小时问明了情况，但我们又会如何呢？”

“是啊。那样一来，一旦没赶上六点五十的巴士，我们就要住在釜口村。但那里有能让我们住的地方吗？”金田一耕助有些没底。

“我不知道釜口村的情况，但它前面有个叫假屋的小镇，距小井不到四公里，走路也只需一个小时。只要到那里，就会有客栈之类的地方。”

“那今晚就像香客一样，住到那里吗？”金田一耕助低声笑道。就在这时，船体猛烈地晃了一下，两人打了个踉跄，慌忙靠住栏杆。开往别府的汽船正在横穿海峡，千鸟丸受到那艘汽船余波的影响，大幅度摇晃起来，但很快便恢复正常，在引擎单调的突突声中划破海面，向淡路驶去。

回过神来，千鸟丸已经驶过了海峡的一半，淡路岛的山峦越来越近。云层缝隙逐渐扩大，清爽的秋日晴空进入眼帘。望向海面，水流编织出像条纹玛瑙一样美丽的纹路。也许是雨过天晴的缘故，海面上出现了点点渔船，成群的海鸥在空中飞翔。

但是金田一耕助对眼前的景色视若无睹。刚才与出川的交谈带来的不安正在他脑中迅速扩散。那个将石灯笼上的字磨掉的人，以及去港 · HOUSE 打听阿玉消息的人，也许就在岛上。

磨掉石灯笼上的字也许是附近孩子的恶作剧，拜访阿玉的也可能只是她某个无关紧要的熟人。同时，警察在明石港查案的行为可能也与他们两人的行程毫无关系……金田一耕助强迫自己这么想，但心中的不安依旧难以消散。

金田一耕助摘下帽子，使劲儿挠了挠乱蓬蓬的头发。海风吹起一头乱发，吹起衣袖，吹起裤裙的边角。出川的胳膊支在栏杆上，手托脸颊，不停咬着指甲。淡路岛已经近在眼前。

不一会儿，船速变慢，千鸟丸驶入岩屋港的防波堤。背靠低矮山丘的岩屋是个飘带状的狭长小镇，同时也是渔港，数条渔船并排停在狭窄的沙滩上。

岩屋港只有一座栈桥，桥上站着五六个人。千鸟丸将在那里停留三十分钟，随后再次驶返明石。

登上栈桥，一辆巴士正停在通向洲本的路旁，上面坐了四五个人。旁边的候船室外站着两个人，目不转睛地盯着金田一耕助，似乎是便衣警察。

大部分从渡船下来的乘客都上了巴士。金田一耕助和出川也赶忙上车，坐到后排座位上。这时他们才注意到，紧邻栈桥右边的建筑上挂着“兵库县国家警察岩屋警察局”的牌子。巴士一发出即将发车的信号，一个巡查部长、一个便衣警察以及一个看起来像医生的人慌忙飞奔而来跳上车。巴士载上这三人后，立刻就出发了。

金田一耕助和出川再次看向彼此。

医生找了个空位子坐下，但巡查部长和便衣警察就站在驾驶席边，低声讨论什么。

巴士驶离岩屋镇，沿着海岸线一路向南。道路左侧是沙滩，对面便是大海。视线转向右边，则会看到路旁排满了民宅，都是同时从事渔业与农业的住户。民宅后方就是山麓平缓的山丘，山丘上的农田层层叠叠，甘薯枝叶茂盛。

忽然，出川站了起来。“金田一先生，我很在意，稍微去问问。”他拨开站立的乘客，走到驾驶席边，摘下帽子和巡查部长搭话。金田一耕助听不见他的声音，但可以看到他从口袋中取出什么给对方看了看，似乎是证件一类的东西。巡查部长露出些许吃惊的神色。

随后，出川、巡查部长和便衣警察三人热烈地讨论起来。从金田一耕助的角度可以看到，出川的脸色越来越难看。他不禁感到像吞下铅块一样沉重。

果然如此吗?!

聊了一会儿，出川终于看向金田一耕助，抬了抬下巴，那表情就像作造所说，宛若看到了幽灵。

金田一耕助一靠近，便听到出川沙哑的声音透出颤抖。“先生，已经不行了。果然是那样。有人先下手了。”

“先下手？你是说被杀了？”金田一耕助的声音同样沙哑。

“是的，被勒死了。”

金田一耕助瞬间闭上了眼睛。一种超越现实的恐惧从他体内盘旋升起，脑海中忽然响起《恶魔吹着笛子来》的旋律，渐响渐强，仿佛怨灵正在哭泣。

出川简单介绍了金田一耕助，巡查部长和便衣警察露出不可思议的神情。但巡查部长还是讲述了事情的详情。

岩屋警察局收到妙海尼姑被杀的报告是在雨势变小的十一点左右。当时，村里的一个姑娘拿着蔬菜去尼姑庵拜访。妙海尼姑正在教村里的姑娘针线活，姑娘们都特别在意她。

尼姑庵的遮雨门全都关上了。那姑娘试着推了推入口的门，门开了，姑娘走进尼姑庵，并未看见尼姑。但她发现尼姑的鞋子整齐地摆在土间[①]里，觉得有些奇怪，便打开壁柜，结果看到被子中露出了尼姑的脚。

“真是场大骚动。但昨天晚上六点，确实有一位客人乘巴士从洲本方向前来，在停车场旁边的烟铺打听过尼姑庵的情况。目前，那人是唯一的嫌疑人，大家都很紧张，但恐怕已经晚了。如果是从本州岛来的，应该早就逃跑了。”巡查部长的普通话很标准。

“有证据证明那人是从本州岛来的？”

“嗯，那班巴士是五点从洲本出发的。神户开往洲本的船两点半离开神户，到达洲本正好五点。巴士与渡船相衔接，那人应该是乘船来的。”

“那人长什么样？”

“是个四十岁左右、穿西装的男人，其他细节现在还不清楚。目前正在寻找巴士的司机和售票员。”

“对了，关于那个尼姑，听说她叫妙海，那本名呢？”

巡查部长拿出记事本看了看。“本名是堀井驹子，四十岁左右，其他情况还不太了解。”

金田一耕助绝望地闭上眼睛，使劲儿摇了两三下头。如果不这么做，就要变得恍惚失常了。

堀井是阿驹婚后的姓。

---

①日本传统民宅内连接屋内外的空间，以三合土等材料铺地。古时多作为作坊或厨房使用，近现代以来渐与玄关等同。

第二十章　刺客

巴士于下午三点二十分左右抵达小井。

透过巴士的窗户向外看，警察们骑着自行车来回奔走，空气中浮动着不安。

巴士在停车场停下。一个警察下了自行车，靠近巴士，和站在司机旁边的巡查部长小声说着什么。

小井是个常见的半农业半渔业的小村落，不到十户人家住在路两边。靠近海岸一侧的人家屋后是正在晾晒的渔网，而靠近山麓的人家则背靠平缓的山坡，小山近在眼前。

小山名叫朝雾山，发生案件的尼姑庵就被环抱在山坳中。这一片地区是岩屋警局管辖范围的最南端。

众人下了巴士。有人三三两两从附近的人家中走出，站在屋檐下向巴士张望。其中走出一个警察，和巡查部长耳语了几句，便带着众人走向旁边一户人家。

这户人家的屋檐上挂着香烟的招牌，但当时还不能自由销售香烟，只有少量杂货和厨房用具摆在微暗的土间里，巴士卷起的灰尘在上面形成了一层浮土。

众人向店内走去。一头红褐色卷发的老板娘似乎正在喂孩子吃奶，她一边合上胸前的衣服，一边惊恐地走上前来。

“就是这位老板娘。昨天那人从巴士下来后，就是向她打听了尼姑的事。”

老板娘显得惴惴不安，仿佛妙海尼姑被杀是她的责任。尽管如此，她还是按要求讲述了当时的经过。

昨天傍晚五点五十分左右，巴士刚刚通过这里，就有一个穿西装的男人走进店来，询问妙海尼姑的住处。老板娘指路后，男人没有道谢便匆匆离开了，看起来非常着急。

“后来你就没再见过那人了？”巡查部长问道。

“不，大约一个小时后，那人又来到店里……”

是来问从洲本出发的末班巴士是否已经经过这里。

“我看了看钟，已经七点十分了。要是在平常，从洲本开过来的末班车早已通过，但昨天不知为什么晚点了。我正说着，巴士就来了，那人便上车离开了。”

“那人究竟找没找到妙海尼姑，他没说吧？”

“不，我问过他。他说尼姑庵没人，第二天会再去。”

“从这里到尼姑庵，往返究竟要花多长时间？”出川插话道。

“一个小时足够了。就算途中稍微走错了……”

如果那人五点五十分抵达这里，七点十分返回，那么其间前往尼姑庵行凶的时间足够充分。

“对了，老板娘，关于那人的说话方式，听起来像上流社会的人吧？”

听到出川的提问，老板娘立刻干脆地答道：“他是关东来的人，声音很低，但口齿清晰。”

“老板娘，那人莫非很像这个人？”

看到出川拿出照片，以巡查部长为首的本地警察们不禁吊起眉梢。

老板娘盯着照片看了又看。“昨晚那人戴着帽子和眼镜，还留着胡子，我也看不太清他的长相，但和这人很像。”

金田一耕助和出川不禁面面相觑。戴眼镜，留胡子，而且和照片上的人很像……那难道不是今天早上出现在神户港 · HOUSE 的人吗?

金田一耕助感觉一股寒气爬上背脊。

本地的警察们纷纷露出不可思议的神情，目光在照片和彼此脸上来回移动。出川转向他们。“关于这一点，我稍后再解释。现在赶紧去现场吧。”

离开街道，平缓的山坡立刻出现在眼前。坡道连绵起伏，田野间干活儿的人一看到金田一耕助一行人，立刻停下手中的农活儿看向他们，还有人跟了上来。在都市里并不罕见的杀人案到了宁静的乡下，便成了当地的大事，小小的村落中弥漫着恐慌。

走了约二十五分钟，一行人终于来到尼姑庵旁。尼姑庵坐落于远离村落的山坳中，旁边的山坡上布满白色墓石。在尼姑庵背面利用谷地修筑的小蓄水池里，枯萎的莲叶萧瑟地映在水面。

说是尼姑庵，其实只是间宽三米多的木板平房，既没有围墙，也没有栅栏，凄凉地面对片片墓地。如此的条件和环境，难怪从住房困难的战争时期到战后都没人住。

很多人把尼姑庵团团围住。

站在最前面的地方巡警一边驱赶看热闹的人，一边打开很难开合的格子窗。透过窗子，可以看到房内狭小的土间。从土间望去，四叠半空间一览无余。所谓屋子，也就只有这四叠半大小。

尸体就放在那中间，头朝北，枕边坐着三个男人。一个是从岩屋乘巴士抵达小井后率先赶来的医生。与医生小声交谈的是本地的医生。在离两人稍远的位置，坐着一个姿势僵硬的白眉和尚。

“怎么回事，医生？”巡查部长一边脱鞋一边问道。

“详细情况要等解剖结果出来才能得知，但死因是绞杀，这一点确定无疑。”

“行凶时间是……”

“那也要看解剖结果……但是，刚才也和这里的医生聊过了，应该不是今天，而是昨夜，或是天刚黑的时候。但还是不能断定……”

众人进入房间，狭小的空间立刻被塞得满满的。坐在角落的和尚似乎想要回避，打开拉门走到外廊上。

金田一耕助站在众人背后，战战兢兢地窥视死者的脸。

死者光秃秃的头显得很小，与身体有些不成比例，但安静的面容就像人偶一样精致玲珑，可以想象年轻时一定很漂亮。不过无论怎么看，都不像只有四十岁的人。

也许是因为身材瘦小、容易显老，再加上命运多舛，生活的艰辛加速了这个女人的衰老，就算港·HOUSE的人认为她有五十五六岁也不奇怪。

枕边线香飘起的烟让金田一耕助鼻子发痒。线香的香气和山谷间秋天的气息化作感伤的波纹，在他胸中缓缓荡开。

如果这个女人没去玉虫伯爵的别墅帮忙，一定会有不一样的人生。那个夏日发生的事就像恶魔一样撕碎了她的生活。在玉虫伯爵的别墅里，她遭到强奸一样的蹂躏，由此怀孕，并生下女儿小夜。这件事不仅让她随后的人生陷入黑暗，还夺走了她的生命。

金田一耕助胸口升起一股莫名的焦躁与愤怒。但夺走这女人生命的真的只是这件事吗？不，不，绝对不止如此。这女人一定与更大的秘密有关，并且因为那秘密而丧命。可是，那秘密究竟是……

金田一耕助看着女人光秃秃的头，焦躁与愤怒不觉间再次涌上心头。

就算风险再大，凶手都要将这女人灭口，背后肯定隐藏着重大秘密。在那小小的脑袋里，这个女人究竟藏起了什么秘密呢？

“我就回去了。尸体怎么办？”岩屋来的医生一边收拾包一边起身。

“应该正有人开车往这里赶。还是运到岩屋解剖吧。”

“哦，那之后再说。”

“关于现场照片……”出川问道。

“刚才已经拍了。”

“我可以翻翻那里吗？”

“请。”

当地警察们的眼中闪烁着好奇的目光，注视着出川的一举一动。出川注意到的是壁柜前那摞整齐的报纸。妙海尼姑看起来一丝不苟，处理旧报纸也是先对折两次，然后按日期顺序码放，日期最早的放在最下面。出川从最上面开始依次翻看，但很快便转向当地的巡警。

“这个尼姑平时都看什么报？”

巡警拉开拉门，问了问围在走廊外的当地人，随后答道：“听说是K报。”

“嗯，这里基本只有K报。对了，金田一先生。”出川回头看向金田一耕助，“只有十月一日那天有七种神户、大阪一带的报纸，二日和三日也有三种报纸。”

两人默默地对视了一会儿。

说到十月一日，那是椿家的杀人案初次见报的日子。那天，妙海尼姑为了拜访阿玉，特意去了神户的港 · HOUSE。恐怕就在那时，她买了能买到的所有报纸。然后，在大前天，因为只看一份报纸不放心，她便买了附近能买到的报纸。由此可见妙海尼姑是多么在意一号以来的报纸，这恐怕就是因为椿家的案件。

金田一耕助再次感到被人抢先了一步，很不甘心，心头像压着铅块一样沉重。

“对了，刚才有位和尚在这里，是什么人？”金田一耕助环视房间问道。

“是邻村法乘寺的住持，叫慈道。他一直很照顾妙海尼姑，让妙海尼姑住到这里的也是他。”

金田一耕助和出川看了看彼此。“哦，是吗，那你能叫他过来吗？”

一直因怕麻烦、坐在外廊的慈道听到招呼，立刻进入房间。医生们已经走了，尸体枕边勉强能坐下慈道、金田一耕助和出川三人。当地的警察们坐在土间，好奇地注视着三人。

“住持大人，这到底怎么回事……”金田一耕助低下乱蓬蓬的头，

“其实，我们也是为拜访这位……这位已经成佛的人，特意从东京赶来的，结果来晚了一步，就变成这样了，真遗憾。关于这位尼姑，我们有话想问住持大人您……”

“从东京特意赶来？”慈道挑起白眉。他看起来已年过六十，但只有眉毛变白，身体很富态，气色极佳。“那你们很熟悉妙海吧？”

“不，并非如此。我们只是想，如果能见到她，或许就能解决我们眼下面临的难题……”

“什么难题？”

金田一耕助略一犹豫。“是杀人案。我们认为妙海或许知道那起案件的秘密……”

土间那边传来一阵骚动。慈道也白眉高吊。“你怎么称呼？”

“我是金田一耕助。这位是从警视厅出差到此的刑警出川。”

慈道一双大眼睛目不转睛地盯着金田一耕助。“金田一先生，且先不管你的看法，在我看来，妙海正是因为知道椿子爵家杀人案的凶手是谁才被杀的。”

听到椿子爵家的杀人案，土间的骚动更大了。众人紧张地凝视着坐在枕边的三人。

金田一耕助也探出身子。“住持大人，您知道那件事啊。我也是这么想的。若非如此，那也太偶然了。凶手知道我们为了调查来到这里，于是先我们一步，或是亲自前来，或是派来刺客，封了妙海的口。”

土间弥漫的紧张气氛越来越浓。瞬间的安静使得沉重的呼吸和干咳声听起来更加刺耳。

金田一耕助再次向前探身。“住持大人，您怎么知道这一案件与椿家的杀人案有关？妙海告诉您的吗？”

慈道点了点头。“前天，也就是二号的午前，妙海拿着很多报纸去找我，说她对某起案件有线索，还给我看了报纸，就是椿家的案件。前些日子，妙海决定去找神户的熟人谈谈案子，但没能见到那人，便到我那里去了。”

“那……那妙海说什么了吗？关于凶手……”

“到现在我还觉得很遗憾，妙海最终还是没说出任何关键点。”

“啊！”金田一耕助唇间发出呻吟声。已经觉得要抓住希望了，一切却忽然消失殆尽。

“我也有罪。妙海的话太突然，我半信半疑，没再多问她几句。而且妙海很惊恐，一直语无伦次，似乎还没有下定决心说出真相。后来她说冷静下来后会再来找我，便回去了……现在看来真是遗憾，要是那时问出来就好了。”慈道叹了口气，但忽然像是想起了什么，“但我当时听妙海说了一件非常意外的事，是妙海与椿家的关系。这也许可供参考。”

“哦，哦……”金田一耕助边与出川对视边凑过身子。

“我第一次听说时也吓了一跳。妙海的俗名叫阿驹，还有个叫小夜的女儿。”

“嗯，这点我们知道。”

“是吗，那你们知道小夜的父亲是谁吗？”

“不，还不知道，我们正为此发愁。小夜是谁的……”

“新宫，你们知道吧？报纸上也登出了名字。小夜是阿驹和那人生的孩子。”

金田一耕助猛地看向出川。强奸阿驹并让她怀孕的是新宫子爵？

“因此妙海非常害怕。她说椿家的杀人案还没结束，接下来新宫一定会被杀。”

金田一耕助不禁和出川面面相觑。英语中的“不知所措”是“He has a bee in his head”，正如字面所言，此时金田一耕助的脑中正有蜜蜂嗡嗡飞个不停。

“但是，住持大人，新宫如果是小夜的父亲，为什么会被杀呢？”

“我也不知道。那时妙海的话支离破碎，但现在看来，那大概是因为妙海仍在犹豫是否要说出关键之处。”

“住持大人，您知道小夜姑娘吗？”这次是出川提问。

“知道，见过一次。”

“什么时候？在哪里？”

“大概是昭和十八年或十九年，在住吉的猿内，你们大概不知道那里。说到这个，就必须讲到我和妙海认识的经过……”

慈道的讲述如下：

慈道原本是位于大阪和神户间住吉地区的大寺庙真言寺的住持，在昭和十七年时让位给了弟子，自己回到故乡淡路隐居。但在那之后，他也经常到住吉去。真言寺有一户大檀家姓沟口，沟口家非常崇拜隐居的慈道。他每次来访，必定会在沟口家住一两晚。那时，阿驹就在沟口家做女佣。

“那时她常说自己罪孽深重，只要我一去，她就总找我说话，想从佛祖之道中寻找生存之道。她非常热心，又很真诚，我也特别关照她。那时，阿驹的丈夫已死，只剩阿驹一人，女儿则在别人家帮佣。有一次，那女儿来找阿驹，正好赶上我住在沟口家。真是个漂亮的姑娘，那时大概二十岁。”

“那姑娘后来怎么样了，您知道吗？”出川声音亢奋，身体颤抖，放在膝头的双拳也痉挛不止。

“死了。真可怜，是自杀。”

“自杀？什、什么时候？”

“什么时候啊……淡路和住吉离得很远，我也不知道详情。对了，那里有牌位。”慈道打开枕边的小佛龛，取出一个黑漆牌位，“慈云妙性大姉[①]……啊，就是这个。俗名堀井小夜子，昭和十九年八月二十七日亡……”

出川一把抢过牌位，死死地盯着背面刻的文字。“那……小夜已经死了吗？”他的声音显得非常失望。这也是理所当然的，他的“小夜等于菊江”一说由此彻底粉碎。

“但是，住持大人，小夜为什么自杀？”

慈道眼中闪动着锐利的光芒。“我完全不知道。连小夜死了这件事，我都是在她死后很久才得知的。但根据前天妙海来找我时说走嘴的话，小夜自杀和这次椿家的杀人案有某种关联。那时我还想，到底是什么事……”

“住持大人，小夜真的死了吧？”出川依旧拿着牌位，一脸仍未放弃的表情。

慈道皱了皱白眉。“既然有牌位，肯定不假。如果需要，你可以去问问住吉的沟口家，那家人也许知道更详细的情况。阿驹之所以下决心出家，想必小夜自杀是最大的原因……”

出川随即记下了沟口家的地址。“对了，住持大人，还有一点想

---

①日本佛教用语，附于法名之后，用来称呼女性佛教徒。

问您，妙海没说过今年春天椿子爵造访的事吗？”

“说过。这我也是前天才听说的。妙海一直十分在意，说那时把一切都告诉椿子爵实在太草率了。”

金田一耕助脑中的蜜蜂在激烈飞舞，不止一只，而是几只乃至几十只蜜蜂在横冲直撞。

妙海究竟告诉了椿子爵什么，又是因为知道了什么秘密而被杀？

金田一耕助和出川又问了慈道很多问题，但再没问出特别之处。出川询问除了慈道以外，妙海是否曾向别人讲述相关事情，但慈道否定说：“连我都没有告知的事情，应该不会透露给别人。”

尽管如此，为防万一，出川还是到村中转了一圈，但并没有得到比慈道的话更有用的信息。

这样一来，当金田一耕助和出川回到岩屋时，已经过了八点。去往明石的渡轮当然没有了，就算不愿意，两人也只能住在岩屋。但两人在岩屋了解到了如下事实：

在小井打听妙海尼姑消息的人，果然是从神户乘船来到洲本的。那人能赶上从洲本开出的末班巴士，是因为巴士在出发后出现故障，晚了二十分钟。但他也因此没能赶上从岩屋出发的渡轮，在岩屋住了一晚。他在今天早上六点离开旅馆，乘渡轮前往明石。旅馆的登记册上写有他东京的住址和姓名，但显然是乱写的，金田一耕助也这么认为。

“但还是有个问题，出川。”金田一耕助声音忧郁，“那家伙昨天两点半乘坐渡轮，从神户来到洲本。我看了时刻表，十点也有一班船，按说乘那班船对他的计划更有利，那样就可以不用冒险在淡路住一晚了。但他还是没坐那班船，这点难道不值得我们深思吗？”

"什么意思？"

"可见上午十点时，那家伙还没到神户。他是坐之后的火车到达神户的，这意味着他是和我们乘坐同一班次，从东京来的。"

出川猛地瞪大了眼睛。"那么，在那趟车上……"

"我觉得很有可能。那家伙知道我们最终会找到妙海，便和我们乘同一趟车西行，趁我们在须磨寺手足无措的时候，直接到淡路杀了妙海。然后，他今天一大早就逃离淡路岛，到月见山抹掉石灯笼上的文字，再去神户的港 · HOUSE。难道不是这样吗？"

"去港 · HOUSE 是为了……"

"应该是要对阿玉做同样的事。阿玉要是在，就把她叫出来……"

出川的眼睛睁得更大了。"金田一先生！"他呼吸急促，"如果是这样，我们就不能在这里磨蹭了！万一阿玉……"

"嗯，没错，所以我一直很焦躁。但是，阿玉已经不在港·HOUSE了，这对我们来说很幸运。那家伙也不可能那么快就找到阿玉的住处。这次到底谁能先找到阿玉呢……这将成为这起案件的关键所在。"

"好！那就明天坐最早的渡轮去明石吧。"

但事情并非这么顺利。两人和岩屋警方的商谈着实费了些工夫，乘上渡轮时，已经过了十点。

出川从明石直接前往神户，而金田一耕助则在须磨寺与出川分开，回了趟三春园。就在他正要跨进三春园的门槛时，老板娘从里面飞奔出来。"金田一先生，有客人，一直在等您……"

"客人？是哪位？"

"县警本部来的警察。"

"什么？"

金田一耕助慌忙进入房间，一个年约四十的男人立刻坐直道：“你是金田一先生吗？出川去哪儿了？”

“出川去神户了。你是……”

男人递过写有县警本部职衔的名片。是位警部补。

“今天早上，我们接到了东京警视厅的电话，说希望你们立刻和他们联络……”

“从东京……那、那到底有什么事？”

警部补环视四周，放低声音道：“东京椿子爵的宅邸又发生了杀人案。”

金田一耕助一言不发地睁大了眼睛，喉咙就像火烧一样。“那被杀的是……”

“听说是新宫利彦。因此要把这边的调查工作交给出川，当然，我们也会帮忙……总之他们传话，让你尽快回去。”

金田一耕助脑中蜜蜂仍在狂舞。

新宫利彦被杀。妙海已经预言了这件事，为什么她会知道？

脑中的蜜蜂变成了数十只，继而成百上千地增长，仿佛雷声齐鸣，金田一耕助就像劣质酒喝多了一样难受不已。

第二十一章　风神出现

十月四日是玉虫前伯爵被杀后的第六天。那天刚刚入夜，位于麻布六本木的椿家宅邸空荡荡的。众人确实都有事要外出，或者说，是各自都认为有事要外出。根据后来的调查，如果没有人说谎，那就是被别人巧妙地骗了出去。

那天晚饭时，坐在矮桌旁的新宫利彦环视宽敞的起居室，像往常一样，用浑浊的声音慢慢说道："哎呀，今晚真安静啊。大家都怎么了？"

自从玉虫伯爵死于非命后，烁子动不动就害怕，因此除了三岛东太郎和阿种这样的用人，住在椿家宅邸内的人都会聚集到起居室吃饭。但在那晚，烁子的乳母信乃、主治医生目贺博士和玉虫伯爵的妾菊江没有露面。

"他们都出门了。"美祢子似乎很生气，冷冷地答道。她一听到舅舅慢悠悠的沙哑嗓音就会变得焦躁不安、脾气暴躁起来。

"出门了？一起吗？"

“那可不是。舅舅，您不知道吗？”

“什么？”

“菊江小姐去了东京剧场。昨天您不是在这里问过她为什么高兴吗，她说幸好不是明天的票。”

“是啊，我真忘了。可为什么不能是明天？”新宫利彦就像废人一样，眼神空洞地望向美祢子。他依旧脸色苍白，无精打采。看着他松弛的嘴角，美祢子越来越烦躁。

“您还真是忘了。明天不是玉虫大舅公的头七吗？菊江小姐无论如何也不会放下头七不管去看戏的。”

“啊，是这样。”

听着新宫利彦迟缓的回答，美祢子更加心烦意乱了。“您总是这样，只考虑自己快乐，其他什么事都不懂。”

“美祢子！”这时，如女王般闪耀夺目地坐在上座的烁子用一如既往的娇媚声音责怪道，“可不能对舅舅那么无礼。华子嫂嫂。”

“嗯？”

“还请原谅。这姑娘究竟像谁，怎么就那么不文雅呢。”

“没关系。”这样的事经常发生，华子十分平静，已经不再理会，“大家都像美祢子说的……”

“舅妈，对不起。”美祢子似乎也感到内疚，“我怎么会这样？只要一跟舅舅说话，就会变得特别焦躁。”

“肯定是因为性格不合。”

华子的脸上蒙上一层悲伤，但新宫利彦毫不在意。“烁子，信乃呢？”

“信乃去成城了，哥哥。”烁子说出“哥哥”二字的语气就像女学生一样娇媚。每次听到，美祢子都会感到毛骨悚然，一阵恶寒爬上背脊。仅凭这一点，美祢子就很不喜欢舅舅。

“成城是指及川家吗？”

及川是炑子母亲的祖父，正是他把这座宅邸让给炑子的。

“嗯，没错，哥哥。及川家的舅舅刚才发来电报，希望信乃去一趟，信乃就赶紧出门了。”

“及川家……到底什么事？”

“谁知道呢。但信乃一直深受及川家的舅母信任，肯定是被拜托做什么。”

“如果能转告他们给我带点儿零花钱就好了，哈哈哈。”新宫利彦嗓音沙哑，发出贪婪的笑声，“那蛤蟆仙人呢？”

“哥哥真是的，说什么蛤蟆仙人……”炑子似乎也怒上心头，满脸通红地瞪着哥哥。

新宫利彦有些慌张。“啊，对不起，对不起，目贺博士去干什么了？已经从家里搬走了吗？”

似乎是对蛤蟆仙人一语感到生气，炑子并未回答。美祢子在旁边接道：“目贺博士今晚有聚会，已经去横滨了。他说最晚十点回来。”

“聚会？他之前不是说聚会在后天吗？”

“刚才接到电话，聚会临时改到了今天。于是目贺博士就慌忙出去了。”美祢子的语气就像在背诵。

新宫利彦忽然皱起一对粗眉。“嗯，这个也出去，那个也出去。一彦，你今晚也要和美祢子一起出去吧？”

“嗯。”一彦回答得很简洁。

"去哪里？"

一彦低着头，一言不发。

"是去看电影吧？你们这么悠闲，真好啊。"

新宫利彦话中带刺，美祢子似乎再也无法忍耐，尖声说道："不是的，舅舅，可不是什么悠闲的事。一彦表哥要为工作的事去拜托别人。"

"工作的事？"

"嗯，是的。一彦表哥一直在找工作，幸好教我打字的老师说他有好工作可以介绍，所以今晚我要把一彦表哥介绍给老师。"美祢子的声音因愤怒而颤抖。

新宫利彦似乎有些震惊，一脸呆滞地来回看着美祢子和一彦，随后猛地转向华子。"华子，你知道这件事吗？"

"嗯，知道。这是件好事，我很赞成。"华子显得从容不迫，但尾音依然有些发抖。

"哈哈哈，是吗。一彦，你要工作吗？到底能挣多少？你给我尽量要高价！"

"老公，这么卑鄙的事……"

"怎么了？你给我闭嘴！一彦，你要是去那边，顺便也帮我问问，有没有什么都不用做就能挣工资的工作。"

"你！你！"

"怎么了？什么你、你的。你有说话的权利吗？你父亲不是那个样子吗？自己的女婿那么困难，却不肯出钱帮忙。我根本不想和你这样的女人结婚！那时有那么多人来说媒，如果和其他女人结婚，根本不会有现在这种局面！"

华子猛地挺起胸，直视丈夫的脸。她脸色苍白，血气尽退，但一挺起胸膛，便显出身材高大的女人特有的威风凛凛。她目光复杂，既不是轻蔑，也不是怜悯。

一彦依旧低着头，肩头不停颤抖。他额头上冒出黏糊糊的油汗，手在矮桌下方不停握紧又张开。

“舅舅！”美祢子在一旁尖声叫道，声音中充满憎恶，“舅舅才是，把舅妈的财产全部据为己有，还要说这种话，合适吗?！”

“什么！”

面对妻子凌厉的目光，新宫利彦正张口结舌。听到美祢子的话，他立刻将憎恨的目光转向美祢子。“使用妻子的财产难道不是丈夫理所当然的权利吗？就此说来，美祢子你才是强盗！”

“你说什么？”

“就是强盗。本该给我的财产全都被你妈妈得到了。如果你妈妈死了，财产就是你的。一旦如此，就和你抢走我的财产没什么两样。”

“老公！老公！”再也无法忍耐的华子插话道，“你怎么能说这么失礼的话！……美祢子，请原谅，你舅舅最近一直很焦躁。老公，今晚我一定会设法处理，你别这么着急……”

美祢子的眼角因愤怒而紧绷，但她已经不想再和如此卑鄙的舅舅争论了。她满怀愤恨与蔑视地瞥了一眼新宫利彦的额头，从矮桌旁站起身。“一彦表哥，该走了。已经七点了。”

“啊。”一彦无力地起身，像是想起了什么，“母亲，我走了。”说着，他手扶矮桌低了低头，但并未和父亲打招呼，追在美祢子身后出了起居室。

新宫利彦似乎忘了刚刚和美祢子争论时自己的丑态，若无其事地说道：“华子，你说真的？今晚一定能处理是指……”

“嗯，我一定会想办法解决的。”

“你行吗？”

“我觉得应该能行。”

“要是‘应该能行’，可就麻烦了。你一定得给我想办法。”

“我知道。”

“那你赶紧去，晚了就麻烦了。”

“好的，但是……”

“怎么了？”新宫利彦的声音再次尖厉起来。

“秌子会很恐慌的……信乃和目贺博士都出去了，三岛也还没回来。”

“保护秌子这种事，我来就行了。三岛去哪儿了？”

“正在为明天的头七到处奔走。毕竟现在很多东西都很难买到。”

“哦，那很快就会回来吧？阿种也在，不用担心。你赶紧去！”

只要一要外出，唠唠叨叨的丈夫就会变得着急起来。华子边叹气边站了起来。她本想忍住，但叹息还是不经意流出。

七点刚过，华子离开了家门。于是，留在椿家宅邸中的只剩下新宫利彦、秌子兄妹和女佣阿种。

当然，警方并未放松警戒，一直在暗中监视椿家，但那只是形式上的监视，毫无紧张感可言。

八点半左右，三岛东太郎背着大背包回来了。在便门外监视的警察疑惑地目送他进入宅内。

看到三岛东太郎从后门进入，正在收拾厨房的阿种招呼道：“哎呀，你回来了。累了吧？”

“嗯，真是累死了。车上真挤。”

“真的，现在这种年代，要是有什么事还真麻烦。但准备得差不多了吧？”

“嗯，算是吧，虽然说不上奢华。啊，肚子饿扁了。”

“哎呀，还没吃饭？我马上准备，你等一下。”

用人和学徒们吃饭的地方位于那间宽敞的起居室的隔壁。三岛东太郎放下背包，扑通一声盘腿坐下。“怎么回事？安静得让人发毛。大家都睡了？”

“大家都出门了，我心里真没底。”

“为什么？”

“整整一个小时，这么宽敞的房子里只有我、夫人和新宫先生三个人。我害怕得不得了……”

“哈哈哈，阿种你真胆小。家里虽然只有三个人，外面可是有警察在监视，没关系的。”

“警察还在？”

“嗯，我背着大包回来的时候，警察一直用奇怪的目光盯着我呢，真让人不舒服。对了，大家都去哪儿了？”

阿种端来晚饭。“来，请用。”随后，她说出了每个人的去向，还没忘描述一番刚才发生在起居室的争执。

“哦？”三岛东太郎一边快速吃着茶泡饭一边睁圆了眼睛，“新宫先生现在遇到麻烦了？”

“是啊。家里被烧得分文不剩，而且什么都不做，游手好闲倒比之前变本加厉。在家里被烧之前，不动产什么的，就已经全都赔光了……夫人拥有的财产相当可观，可也被新宫先生花光了。但新宫先生却还责怪夫人娘家不给钱，一个劲儿地发牢骚，真叫人不恨不行。简直是懒汉的典型，那个人……”

正在这时，呼叫的铃声尖锐地响起，似乎为了阻止阿种继续说下去。阿种看了看挂在墙上的信号灯。“哎呀，是玄关，好像有人回来了。”

回来的是信乃。阿种打开玄关门，信乃满脸惊恐地问：“阿种，我外出期间家里没发生什么怪事吧？”

信乃声音颤抖。阿种觉得很奇怪。“没有，没什么……”

“烁子小姐没事吧？没什么意外吧？”

“嗯，夫人看起来心情不错。”

“是吗？”信乃慌忙抬脚进屋，但忽然像想起了什么似的，回头说道，“十分抱歉，请你在这里稍等一会儿。如果不去确认夫人的情况，我实在不放心。”

“我知道了。”玄关外传来声音。

“哎呀，是哪位在外面？”

“门外有位警察先生，我让他跟来了。阿种，你也一起来。我不知为什么特别害怕……”

“信乃婆婆，有什么不对劲儿吗？”

平时总是不慌不忙的信乃反常地害怕起来，阿种见状，也不禁感到双膝打战。

“先别管了，快跟我一起来……”

信乃连外套也没脱，沿长长的走廊跑了起来，阿种紧随其后。两人来到烁子的房门前，屋内传来烁子一如既往的娇柔声音：“谁？阿种？”

“啊，烁子小姐。”信乃忽然无力地叹了口气，打开拉门，看到烁子正坐在桌旁练书法。烁子虽是这种女人，但字写得很漂亮，无聊的时候总会练书法。

“是信乃啊，比预想的回来得早呢。及川舅母有什么事？”

“烁子小姐，真是奇怪。及川夫人说她根本没拍过电报。”

“啊？”

听到阿种的声音，信乃回过头。“阿种，你可以走了。对了，你去告诉警察先生，就说没有任何异常。”

“好的。”

“等一下，阿种。”

听到烁子招呼，本已站起的阿种再次跪下。

“菊江回来后你让她来我这里，我想问她演出的情况。真可惜，我明明有票的……”

“我明白了。”

阿种正要关上拉门，视线中猛地映入了里屋的双人床铺，不禁脸红起来。烁子和目贺博士最近已经公然像夫妇一样生活在一起了。

走出玄关让警察离开后，阿种正要关门，菊江回来了。

“阿种，怎么了？刚才从这里离开的不是警察吗？”

“嗯，但没发生什么……对了，菊江夫人，烁子夫人正在等您。她想知道演出的情况。”

“今天的演出一点儿也不好玩。菊五郎看起来毫无精神。”

听到又有脚步声传来，阿种打开刚关好的门。这次是目贺博士回来了。博士看起来心情很不好，像蛤蟆仙人一样的脸越发青黑可怕。

“哎呀，医生，这是怎么了？看起来很不高兴啊。”

博士锐利的目光瞥向菊江。“怎么可能高兴！完全被人耍了。”

“什么？”

“我到了横滨，才知道聚会还是在后天。我气得不得了，回来的路上顺便去友田那里发了一通火，结果友田那家伙说他根本没打过电话。”

“啊？”阿种脑中猛地一阵轰鸣。把信乃叫走的是假电报，叫走目贺博士的电话也是假的。

博士似乎忽然想到了什么。“阿种，刚才家里没发生什么吗？”

“没，没有……”

“那就好。不过真可恶！一肚子火！”

“算了算了，医生，赶紧进屋吧。只要看看夫人的脸，气就全消了。”

看着菊江抓住博士的胳膊走向屋内，阿种叹了口气。

阿种并不喜欢菊江。不仅不喜欢，还很讨厌她，但又不得不承认她很有魅力。只要有菊江在，家里就会一下子明亮起来。

回到女佣和学徒休息的地方，阿种说起了奇怪的电话一事。三岛东太郎也惊讶地瞪圆了眼睛。“阿种，刚才真的什么都没发生吗？”

“嗯，所以很奇怪啊。我很害怕。三岛先生，你能帮我看看门是否锁好了吗？”

“好。”

门锁没有任何异常。十点过后，美祢子和一彦也回来了，阿种在玄关处说起刚才的情况，两人也都非常吃惊。

“没发生什么怪事吗？”

“没有。因此我才更觉得害怕……”

美祢子一脸严肃地思考了片刻，晃了晃肩膀说道：“就这样吧，明天再考虑这件事。今天已经晚了，一彦，你赶紧回屋吧。阿种，大家都回来了？那就把门锁好，你也休息吧。我也马上去睡，不和妈妈打招呼了。”

阿种再次检查了一遍门锁，正准备回屋休息，后门传来了敲门声。阿种吓了一跳。“哪位？”她声音颤抖地问道。

“是我，华子。”

“哎呀，夫人，怎么了？”阿种慌忙系上已经解开的腰带，打开后门，脸色苍白，表情僵硬。

“阿种，我丈夫没来这里吗？”

“没有，不在您那边吗？”

“不在。他在这里待到几点？”

“您走以后，新宫先生到烁子夫人屋中聊了十五分钟左右，就回您那边了……”

“哦，那他没说要出去？”

“要不我去问问烁子夫人？”

“不用了，也许一会儿就回来了。打扰了，晚安。”

“晚安。”阿种关上后门，心猛地一沉。从华子的脸色看，筹钱一事肯定不太顺利，真不知还会被丈夫怎么挖苦。

阿种躺了下来，却怎么也睡不着，辗转反侧了好久。忽然，她猛地坐起身。

女人尖锐的惨叫声突然传来，随之而来的是男人粗暴的骂声和咚咚的扭打声，其间还夹杂着女人撕心裂肺的哭声。

是夫人的房间！

阿种慌忙在睡衣外披上一件衣服。这时，她听到有人跑过走廊，继而冲进烁子的房间。似乎是信乃。咚咚的扭打声消失了，但男人的咒骂和女人的哭泣还在持续。

阿种提心吊胆地来到烁子屋前，三岛东太郎也从对面赶来了。

“怎么了？”

“谁知道怎么回事。”

两人仔细一听——

“这个娘们儿！这个娘们儿！”气喘吁吁的声音来自目贺。

“医生，哎呀，医生，别那么粗暴……无论如何都不会有那种事……”

信乃似乎在调解，而烁子正像婴儿般嘤嘤哭泣。

“不！不！肯定有！肯定没错！这个贱女人肯定和别人串通好了，把我和你都骗了出去。然后、然后，趁我们出去……”

“医生，医生，这种事要是让用人和学徒们听到该怎么办？您肯定是误会了，请原谅夫人吧。”

就在这时，阿种和三岛东太郎忽然被人从身后推开。两人惊恐地回过头去，美祢子正脸色苍白地站在那里，不知是何时来的。她眼中闪烁着愤怒的目光。

美祢子根本没看两人，猛地打开拉门。

房间里只有里屋点着灯，透过半开的拉门，可以看到目贺正揪着烁子的头发，狠狠地往床铺上按。博士穿着毛巾质地的睡衣，烁子穿着华丽的和服长衬衣。两人都衣冠不整，脸朝下哭泣的烁子那匀称的肩头几乎完全裸露在衬衣外面。信乃站在拉门的阴影里，其他人都看不见她。

“怎么回事这是？”美祢子站在走廊上，声音冰冷。

目贺闻声，猛地看向门口。信乃也从拉门的阴影里探出头来，慌忙同目贺博士耳语了几句，随后快步走出来，拉上了里屋的拉门。

“没什么。美祢子，医生今晚心情不好，他被假电话骗了……好了，请回去休息吧，接下来的事我会处理的……”

美祢子的目光中燃烧着怒火。她瞪了信乃一会儿，猛然转过身，什么都没说就小跑着离开了。

信乃正要关上拉门，随即注意到了阿种和三岛东太郎。“你们也在？真是的，什么也没发生，赶紧回去休息吧，去休息。”

“对不起。”

和三岛东太郎分开后，阿种回到房间，时间已接近十二点。

一个小时后，椿家宅邸里的人们再次被那不祥的旋律打破了美梦。

《恶魔吹着笛子来》。那诅咒般的笛声。

美祢子那时还没睡着。

晚饭时与舅舅之间丑陋的争执、一彦谋职不顺、刚才看见的母亲那凄惨的丑态……无论哪件事都足以夺走美祢子的安眠。美祢子因愤怒而颤抖，因绝望而呻吟，因悲伤而哭泣。

十九岁的美祢子终于知道了女性身体的秘密。她最近终于注意到母亲的身体每时每刻都像火焰一样熊熊燃烧。为了熄灭那欲望之火，就必须要有目贺那样油光锃亮的男人存在。

美祢子感到不可思议。那个既傲慢又挑剔，总以贵族身份自夸的玉虫伯爵为什么会心平气和地让自己的外甥女任目贺这样的野蛮人蹂躏？将全部的爱奉献给母亲的信乃，为什么不能保护母亲远离目贺这样的人？

但是现在，一切都已了然。

一切都是因为母亲那倍于常人的欲望。母亲缺乏抑制欲望的理性，因此常常需要镇静剂。如果不给她合适的镇静剂，真不知道她会闹出什么样的丑闻。正因为害怕这一点，玉虫伯爵和信乃才能容忍。而且目贺对母亲来说是最有效的，对椿家也毫无害处，玉虫伯爵和信乃便也就此默认了。

真下流，真下流，真下流……美祢子咬着枕头呜咽起来，抽泣声一直传到深夜的阴暗中。但就在这时，她就像被人打了一下，猛地从枕头上抬起头。

长笛的声音！

肯定没错。那诅咒般的《恶魔吹着笛子来》的微弱旋律正从远处传来，不由得让人发狂。

美祢子不再哭了。今天把信乃和目贺骗出门的不可思议的假电报和假电话忽然掠过她脑中。

果然发生了什么！

美祢子打开灯，慌忙在睡衣外披上长袍。刚冲到走廊上，她就碰到了阿种。

“小姐，小姐，那个，那笛声……”

“我也听到了，可到底是从哪里……”

“我也不知道，但听起来像是从院子里……”

就在此时，笛声忽然变成了恶魔的高声吼叫。阿种像树叶一样哆嗦不止，使劲儿捂住耳朵。

正如阿种所说，笛声确实来自庭院。美祢子正要打开木板套窗，阿种连忙紧紧拉住她的手。阿种的手冰凉。

“不行，不行！小姐，打开木板套窗的话……”

“好了，阿种，你放开！”

“要是恶魔跳进来……”

两人正在争执，不知哪里的木板套窗打开的声音传进了两人的耳中，随后传来信乃的呼喊：“阿种，阿种！”

“阿种，你去我母亲那里。我到院子里看看。”美祢子哗啦一声拉开木板套窗，笛声猛地高亢起来。美祢子和阿种都像遭了迎面一击，不禁往后退了两三步。

室外漆黑一片，连星星都看不见。美祢子赶忙回屋拿来手电筒。

这时，菊江也来了。“美祢子，怎、怎么回事？那笛声……”连她也脸色苍白，声音微颤。她身穿华丽的长衬衣，披着和服外套，显得娇艳动人。

“我也不知道怎么回事，但肯定发生了什么。去看看吧。”

在这种时候，美祢子也忘了对菊江的反感，反而觉得菊江散发出的娇艳气质十分可靠。

两人赤脚来到庭院，听到洋楼一侧传来窗户打开的声音，似乎有人跳入院中。

“谁？”美祢子怯怯地问道。

“是我。”三岛东太郎的声音响起，三人很快在院中碰面。三岛东太郎穿着毛线夹克和长裤，也光着脚。

来到烁子的房间前，三人看到信乃和阿种正架着烁子。烁子凝固般一动不动。

“目贺博士呢？”

菊江一问，信乃就伸手指了指，似乎在说“那边”。她恐怕已经说不出话了。

那充满诅咒的《恶魔吹着笛子来》的旋律依旧在疯狂地持续。

三人穿过日式庭院，钻过栅栏门。在对面狭长的温室前，一束手电筒的光在移动。靠近一看，原来是华子和一彦。两人看起来都像是刚起床飞奔到这里，额头紧紧贴在温室玻璃上，正在向内窥视。

“夫人，怎么了？”

听到背后传来菊江的声音，华子猛然回过头，脸色比白蜡烛还要苍白。“我、我也不知道怎么了，但笛声是从温室里……”

不用华子说，大家都已明白，那疯狂的笛声正从温室里传出。三人向温室里看了看，温室中有一束手电筒的光正在闪烁。

“谁？那是……”美祢子用压抑的声音问道。

“是目贺先生。”一彦简短地答道，咽了口唾沫。

就在这时，目贺拧开了开关，温室里一下子亮了起来，众人这才知道笛声是从哪里来的。

温室里有两盏电灯，其中一个灯泡已被摘走，取而代之的是一根绝缘电线。垂下的电线一端与放在架子上的电唱机连在一起，电唱机的盖子开着，那张不祥的唱片正一边发出疯狂的旋律一边旋转。

众人目瞪口呆地盯着旋转的唱片，心想唱片是否正发出最后的悲鸣，旋律却忽然终止了。

恶魔吹完笛子了。

诅咒似乎已经解除，众人如释重负地看向目贺，发现他正蹲在地上看着什么。但那地方被整齐的食虫兰和高山植物遮住了，什么也看不见。

“医生，医生，怎么了？”

听到玻璃外传来美祢子的喊叫，博士慢吞吞地站起来，蛤蟆仙人一样的脸转向美祢子。“新宫先生死了，大概是他杀，额头被这个打破了。”

蛤蟆仙人用毛巾质地的睡衣袖子捏起的，是去年夏天失窃以来不知去向的风神像。

即使隔着玻璃，被血浸湿的雕像也清晰可见。美祢子瞬间感觉寒气从赤裸的脚底传遍了全身。

这就是金田一耕助不在东京期间发生的案件。

第二十二章　戒指

“那么，新宫先生被杀是在四号晚上七点到八点之间？”金田一耕助烦恼不已地注视着眼前桌上的风神像，语气无精打采。

六号上午十一点，椿家宅邸的会客室。

前一天早上，在须磨寺的旅馆听说发生凶案后，金田一耕助便将之后的调查拜托给出川，乘当晚的火车赶到神户，又连夜赶回东京，早上一到便直奔椿家宅邸。

之前的行程一直很不安定，前一晚在火车上也没能睡着，金田一耕助身心俱疲。他的眼睛灼热而又浑浊，几乎已经睁不开了，胡子拉碴的脸庞消瘦而憔悴，脑中似乎糊了一层薄膜。

“对，没错。”等等力警部焦躁不安地在桌子旁踱步，“从七点到八点间……更准确地说，应该是在七点半左右。”

“为什么能这么准确？”

“是这样的。四号晚上，家里只有秌子夫人、女佣阿种和被害的新宫先生三人，其他人都出门了。刚才也提到了这一点，菊江去东京剧场看戏了，三岛东太郎去购置昨天头七的用品，这两个人都是早上就出门了。信乃和目贺博士是在晚饭前出去的，美祢子和一彦则是在晚饭后立刻出的门。最后一个出门的华子是在七点五分左右离开的。看华子走后，新宫先生和秌子夫人去了夫人的房间。两人聊了十五到二十分钟，新宫先生便离开房间，回到了自己的住处。那时大约是七点二十分到二十五分。你也知道，新宫先生住的别栋位于整个宅邸的一角，要回那里必须经过温室。五号凌晨一点多发现新宫先生的尸体时，他的着装和从秌子夫人房间出来时一样，而且他的住处也没有他回去过的痕迹。因此，新宫先生应该是在七点半左右离开这里，在回别栋的途中被拉进温室，随后被杀。”

“死因是绞杀？”

“是的。凶手先用风神像把他打昏，随后用温室里的棕绳勒死了他。”

警部皱起脸，但金田一耕助的声音依旧毫无感情。“但是，那还真奇怪啊。”

“什么？”

“如果说是七点半，那时天刚刚黑。就算家里没人，夫人和阿种也应该还没睡，按说可以听到动静。”

“谁知道呢。”警部依旧在屋中走来走去，“不止夫人和阿种，外面还有三个警察在监视。尽管如此，谁都没听到什么响动。我说，金田一先生。”他忽然停下脚步，俯视金田一耕助的脸，“玉虫伯爵那时不也一样吗？虽说屋里装了隔音设施，但发生那么激烈的打斗，伯爵不可能不出声，却没有人注意到。可见……”

“什么？”

“可见……”警部似乎很生气，锐利的目光直盯着金田一耕助的眼睛，“无论是玉虫伯爵还是新宫子爵，只要凶手出现在他们面前，他们就像被蛇盯上的青蛙一样，吓得全身发软，连声音都发不出来，束手就擒，直到最终被杀。也许这种想法很蠢，但我是这么想的。”

金田一耕助原本慵懒浑浊的瞳孔中霎时燃起兴奋的火焰。“我明白了。警部你正在考虑这样的人会是谁。能在玉虫伯爵和新宫子爵面前拥有如此神秘力量的凶手……”

“椿子爵！”警部立刻断言道，语气斩钉截铁。

“椿子爵？”金田一耕助重复了一遍，“但玉虫伯爵和新宫先生不是很蔑视椿子爵吗？”

“他们以前的确如此。正因如此，假如椿子爵现在还活着，那两个人该会受到多么大的冲击！椿子爵冷不防地出现在面前……总之，我觉得除了椿子爵，没人拥有这么强大的力量。”

“这样啊。”默默思考了片刻，金田一耕助应和道。随后，他似乎想起了什么。“对了，究竟是谁用假电话和假电报把目贺先生和信乃骗出去的？”

“电话还不知道。最初是阿种接的，似乎是用公用电话打来的。目贺先生也说最近电话里杂音很大，当时听不清究竟是谁的声音。但肯定是个男人。”

“目贺先生的聚会按计划是今天吧？知道这件事的有……”

“听说家里人都知道。最近，包括新宫先生家，所有人都在这边吃晚饭。三号晚上，目贺博士在吃饭时说了这件事。”

“电话是傍晚几点打来的？”

“四点半左右。说是聚会改为六点在横滨举行，目贺博士很着急地出了门。过了半个小时，到了五点，信乃便收到了电报。”

“也是阿种接收的吗？”

“不，那时新宫先生正好出门回来，在门口碰到了配送员，收下后转交给了阿种。”

“哦，那信乃也就赶紧出去了。”金田一耕助默默地咬着指甲，思考片刻后说道，“真奇怪。”

“怎么了？”

“听了你刚才的话，我觉得那家伙应该知道四号那天菊江去看戏，三岛去采购，都要很晚才回来。而且还知道美祢子和一彦也要在晚饭后为找工作的事外出。这样，妨碍他的只剩目贺博士和信乃，于是利用假电话和假电报把两人支了出去……是这样吧？”

“对，就是这样。但这有什么奇怪的？”

“那家伙为什么要费这么大工夫，把所有人都从这里支出去呢？”

警部睁大了眼睛。“这还用说，当然是为了杀新宫先生……”

“不是的，所以我才觉得奇怪。如果要杀新宫先生，就算不费这么大工夫，应该也有很多机会。如果必须把新宫先生周围的人都清理出去，不是应该先支走华子夫人吗？可是根据刚才的话，华子夫人不得不外出是因为新宫先生的命令。”

警部的眼睛再一次瞪圆了。“金田一先生，你在想什么？新宫先生可是被害人，他被杀了啊。”

“的确如此。我并没想什么，只是觉得很奇怪。对了，华子夫人外出是为了筹钱？”

“没错。”

“新宫先生手头那么拮据？”

“当然。新宫先生负债的性质很恶劣……而且还必须遮掩自己的欺诈行为。如果迟了，就会被起诉。一旦被告上法庭，他必然会败诉。因此他现在如果不凑钱私了，一定会被逼到身败名裂。”

听到新宫利彦有欺诈行为，金田一耕助并不特别惊讶。“这样啊。因此他让夫人去帮他凑钱。凑到了吗？”

“没有，似乎没成功。”警部满不在乎地回答道。忽然，他似乎注意到了什么，呼吸急促起来。“金田一先生！你难道认为华子夫人因为筹钱失败，所以……”

“不、不、不！”金田一耕助慌忙打断警部的话，“我没那么想。警部，无论谁是凶手，这起案件的动机都没那么简单。我只是在追究尚不明白的地方。明明要杀新宫先生，却不叫出华子，反而叫出信乃。目贺博士是男人，可能会成为杀人的障碍，但信乃为什么也是障碍？那女人总是跟在秌子夫人身边，应该不会对杀新宫先生造成什么障碍。”

等等力警部猛地皱起眉头。“金田一先生，你在说那件事吧？四号晚上阿种和三岛偷听到的目贺博士的话……他说秌子夫人和别人商量好了，将他和信乃骗了出去，然后趁那时……他是这么骂的。”

金田一耕助静静地点了点头。“嗯，这点也很不可思议。目贺博士为什么会有这种幻想？而且他想说秌子夫人趁大家不在时干什么？警部，目贺博士对此是怎么解释的？”

“目贺博士说他不记得自己说过这种话。他还说，如果当时真说了，那也是因为心烦意乱而不由得迁怒于人，信口胡说的。”

“心烦意乱是指……”

“他被假电话骗出去了，所以气得不得了。”

“但是，炼子夫人因此……”金田一耕助似乎想要追问到底，却忽然变换了话题，“不，这一点先暂且说到这里。再回到电报上吧。发送电报的邮局查明了吧？”

“嗯，是成城的砧邮局，受理那封电报的工作人员也已经查明，他也还记得发电报一事。但关于拍电报的是什么人，他并没有什么印象。可他说如果再次看到那人，也许能回想起来，于是昨天午后，我们把他带到这里，给他看了椿子爵的照片，还让他见了家里所有的人，但他说都不是。因此直到现在，我们还没得到任何关于电报的线索。”

“这样啊。”金田一耕助一言不发地咬着指甲，垂下眼帘思考了片刻，随即抬起脸，“对了，听说五号凌晨一点左右，大家听到的笛声也是来自唱片的。能说说当时的情况吗？”

“关于这一点，不如到现场看看怎么样？尸体昨天早上已经运走解剖了，但其他东西都还保持原样。”

金田一耕助默默点了点头，无精打采地站起身。就在这时，一辆车停在屋外，解剖完毕的新宫利彦的尸体运回来了。与纷纷从家中冲到屋外的人们不同，警部和金田一耕助来到庭院里，向温室走去。

温室里有一个警察，正在逐一查看排列在架子上的珍稀植物。警部和金田一耕助走下台阶，打开门，弯腰钻进温室。

警察向两人敬礼后站到一旁，但依旧好奇地打量着从天花板垂下的花盆。

“尸体就躺在那边，脖子上绕着棕绳。”警部指了指温室内的土间，随后又指向入口左边的架子，“看，那边是电唱机，开关在那里。”他最后指了指门旁的柱子。

入口左边的架子上放着一台旧电唱机，一根绝缘电线插在两盏电灯中的一盏上。

“凶手将电唱机接上电线，将对面的电灯开关切断，然后再打开电唱机，最后按下柱子上的开关。这样一来，唱片便开始转动，笛声就会从黑暗中流出。”

“传出笛声时，凶手应该就在这里吧？”

“也可能不在。总开关在椿家宅内。只要切断总开关，即使这里的开关处于开启状态，电唱机也不会运转。如果提前布置好，并在适当的时候打开总开关，电唱机就会响。因此也有可能是椿家宅内的某人足不出户，直接操纵这套装置。如果不是这样，那就是像你所说，有人来这里打开了开关。”

金田一耕助猛地睁大了眼睛，慢慢挠了挠头。“哦，这样啊。那没人知道总开关是开是关吗？”

“当然，那种细节很难注意到。总开关一般都会打开，我们调查时也是如此。”

“对了，这台电唱机是……”

“大家都说不知道，因为不是家里的东西。肯定是凶手从外面拿进来的，我觉得应该顺着这条线索调查。就目前的情况看，凶手非常自信。嗯？什么？”

听到背后的警察冷不防惊叫，警部和金田一耕助一起转过身。警察一脸兴奋。“警、警部，有个奇怪的东西！那里有个像戒指的东西……”

“什么？戒指？”

在从天花板垂下的无数花盆中，有一个直径约十四厘米，里面种着数株同一种类的植物，每株植物长长的藤蔓前端都吊着一个袋子。袋子直径约两厘米，深约四五厘米，袋口都有盖子，有开有闭。

根据挂在旁边的说明卡片，这是一种叫猪笼草的食虫植物。警察注意到的是其中一个袋子。

警部也看过去，浓眉高吊，随即把手指伸入袋中，捏出一枚镶有巨大钻石的金戒指。

金田一耕助见状似乎吓了一跳，在旁边仔细看着，说道："啊，这、这是……"

"金田一先生，你还记得这个吗？"

"记得。占卜那天晚上，我记得这枚戒指就在秌子夫人的手上闪闪发光。警察先生，不好意思，能把美祢子叫来吗？"

美祢子很快就来了。看到戒指，她似乎大吃一惊，断言是母亲的戒指，并确定直到四号晚饭时，这枚戒指都还戴在母亲手上。

"那、那、那你母亲……"金田一耕助兴奋得胡乱挠着乱蓬蓬的头发，"这枚戒指不见了，你母亲没慌吗？"

"没有，一点儿都没……"

"但据说你母亲是宝石狂，对任何宝石都很迷恋。如果戒指丢了……"

"肯定会造成大恐慌的。但我完全没听说这件事，到底怎么回事？"

美祢子一脸莫名其妙，金田一耕助却忽然兴奋地大喊："警部！警部！请再叫他过来一下，那个受理电报的、砧邮局的工作人员……昨天在这个家里的，应该只有一个人他没有见到。"

警部也大惊失色。"是谁？金田一先生，到底是谁？"

"新宫利彦。"

第二十三章　手指

发假电报的人就是新宫利彦，这一点很快得到了确认。

砧邮局的工作人员不久便被叫来。看了新宫利彦的模样后，他立刻想起了发报人的样子，断定就是此人。而且根据给椿家送电报的人回忆，电报送来的时间是三点左右，那时出来收电报的正是新宫利彦。

由此推测，新宫利彦于那天早上前往成城发出电报，随后迅速回到家中，一直在门口附近等待，恐怕是担心信乃过早看到电报。

既然发假电报的是新宫利彦，那么自然会考虑到假电话是否也是他打的。这方面尚无确切证据，但从时间上看也并非不可能。

新宫利彦自己收好发给信乃的电报，便立刻外出，在四点半左右给目贺博士打了电话。看到博士慌忙出门后，他五点左右回到家中，假装刚收到电报，并转交给了信乃。

但是新宫利彦为何要如此大费周折，把目贺博士和信乃从家中支出去呢？

“警部，那是因为，”金田一耕助露出懒洋洋的目光，“新宫先生知道，在那天的那个时刻，除了目贺博士、信乃和华子夫人，其他人都会外出。会妨碍他的这三个人中，华子是他妻子，怎么都能找到借口把她指使出去。真正麻烦的是目贺博士和信乃，因此才会用那种方法把两个人支出去。”

“但那又有什么必要……”

“警部，我觉得这可以从你刚才的话里想象出来。”

“什么？”

“新宫先生被金钱问题逼迫得无路可退，无论如何都必须立刻凑齐一笔钱，但却无处筹款，除了依靠妹妹烁子……”

警部睁圆了眼睛。“那新宫先生是为了创造说服妹妹的机会，才把信乃和目贺博士支出去的？”

“嗯，如果不是这样，就无法说明猪笼草里为什么有钻戒。如果烁子夫人丢了那枚戒指，或者是被谁偷走了，肯定会造成大骚动。美祢子也说了。”

“没错。”

“尽管如此，直到戒指被发现，烁子夫人都没有将此事告诉任何人，连美祢子都不知道。烁子夫人肯定是在知情的情况下让戒指离手的。她是把戒指给了某人。那人到底是谁？考虑到这里，我立刻想到了为筹钱绞尽脑汁的新宫先生。新宫先生成功说服了妹妹，但烁子也没有现金，不得已才把戒指摘下来给了对方。不，也许是新宫先生说戒指也可以。随后，顺利拿到戒指的新宫先生离开了，在回别栋的途中被凶手引入温室杀害。我也不知道凶手是从一开始就知道新宫先生拿着戒指，还是后来才注意到，但总之他把它藏到了猪笼草的袋子里。如果不这么考虑，就无法解释戒指为何在那里了。”

警部把手背在身后，一直在椿家的会客室里踱步。秋季的白天很短，会客室里已经亮起灯。新宫利彦的尸体已经送回，椿家今晚将举行守夜仪式，进出的人流不断。

“但是，金田一先生，”警部忽然停下脚步，再次看向金田一耕助，“也许就像你说的，不，肯定如此。但是为何要费那么多工夫把目贺博士和信乃支走？就算劝说的对象是妹妹，一旦被人看见或听见要钱的一幕，心里肯定不痛快。但只要把炑子夫人叫到别的房间，或者让目贺博士和信乃暂时离开不就行了吗？根本不用那么费事。”

“警部，”金田一耕助微微一笑，“那是因为你不太了解新宫先生，也不太了解信乃和目贺博士对新宫先生的看法。新宫先生这个人，只要有机会，就想从炑子夫人那里要钱。而炑子夫人又是那种人，一旦被哥哥央求，就不可能说不。给新宫先生钱就等于竹篮打水，无论给多少，都会被用在毫无意义的地方并迅速花光，炑子夫人有再多财产都不够。因此，姑且不论目贺博士，信乃每时每刻都很警惕，绝不让新宫先生接近炑子。”

等等力警部点了点头，但仍感觉这样的解释不够，心头仍有疑虑。

金田一耕助似乎也有同样的感受，默默思忖了一会儿，随即转向警部。“警部，总之无论是谁以什么样的理由发了电报，问题还是会回到谁杀了新宫先生这一点上。相关人员的在场证明怎么样？四号晚上外出的人都去了哪儿？”

“既有清楚的，也有不太明确的……”警部叹了口气，“总之先说说大家自称去的地方。菊江去了东京剧场，三岛东太郎去采购，目贺博士去了横滨，信乃去了成城，华子为筹钱回了娘家，美祢子和一彦去了教打字的老师家。但是在推定的案发时间，即七点半左右，问及是否尚未回家，谁都没有给出不容置疑的答案。也许有人曾偷偷回来过一次，后来又偷偷出去了。”

“但是那晚有警察在外面监视吧？如果有人出入……”

“可这宅子这么宽敞，你也知道，围墙已经在战争中受损，各处都只进行了应急修理，随后就弃置不管了，应该有很多可以潜入的空当。”

“那就调查一下，看看最近是否有人员出入的痕迹。”

“那可太难了。玉虫伯爵案件发生时，报社的记者们不是从那种地方蜂拥而入吗？那一片到处都是脚印。如果只有那些还好，可就在昨天，当我们反应过来时，报社记者已经从一早起就把那里踩得乱七八糟了。这真是我们的大失误。”

警部满面愁容，金田一耕助安慰道：“算了算了，这样也省得再调查了。那么，从时间上看，大家在七点三十分都有可能在家吧？”

“是的。菊江可能没把演出看完，三岛东太郎可能早就买完东西回来了。目贺博士将近六点时到达横滨的会场，结果发现被骗，勃然大怒，立刻就离开了。信乃去成城的及川家是在六点刚过的时候，一知道被骗了，就立刻担心起家里的情况，很快便回来了。与以上情况相对，华子是八点多去的位于中野的娘家，美祢子和一彦到达位于目黑的打字老师家也是八点多，因此这三个人都可能是在杀了新宫先生后才出门的。一切都是因为交通不便。电车总是不来，或者挤不上去，只要以此为理由，我们就无法深究那二三十分钟的误差。”

警部夸张地叹了口气。

金田一耕助默默地思考片刻，随后投来疲惫的眼神。“警部，刚才你说杀了玉虫伯爵和新宫先生的肯定是椿子爵。的确，椿子爵或者酷似椿子爵的人一直徘徊在这一系列案件背后，但是，先不说玉虫伯爵的案子，四号晚上新宫先生的案件是否与之有关……有人见到酷似椿子爵的人吗？”

警部一脸阴郁地摇了摇头，举动中含着怒气。

金田一耕助叹了口气。“在我看来，警部，那人四号晚上并不在东京。因为他四号早晨还在神户。”

警部惊讶地挑了挑眉毛，以探询的目光俯视着金田一耕助。金田一耕助默默点了点头。“没错。四号早上九点半左右，那人出现在神户某处。就算之后他立刻坐上火车，按照最近的火车运行情况，真不知晚上七点半能不能到达这里。不，我倒是觉得他为了寻找某个女人，还继续在神户到处奔走。”

“请继续说，金田一先生。”警部声音急迫，“这是那边调查的结果吧？我们已经收到报告，说那边也发生了杀人案，也和椿子爵或者是酷似椿子爵的人有关。”

金田一耕助点了点头，随后简要通报了从神户到淡路的调查结果。每听一句，等等力警部的惊讶就更深一层。说明结束后，金田一耕助说道：“我觉得出川会带来更详细的报告，我能说的就是以上内容。简单来说，新宫先生过去曾在玉虫伯爵的别墅内侵犯了阿驹，并使她怀孕。那件事的影响一直延续到如今的案子中，但并不仅仅如此。除此之外，应该还有更大的秘密，只是目前尚未查明。只要弄清楚……”

金田一耕助眼中一度闪烁起热烈的目光，但又忽然恢复了原状。“但是，警部，在出川发来更详细的报告之前，暂且先忘了那件事吧。现在继续调查戒指的详情如何？如果问问烁子夫人……”

警部点点头，叫来部下，命令他把炑子夫人请来。部下离开后，金田一耕助陷入椅中，呆呆地凝视桌子上面，那里放着在温室里发现的风神像。

风神像和玉虫伯爵遇害时出现在现场的雷神像是一对，大小差不多，但这样放在桌子上，不知怎么总不太稳，大概是因为底座下部被切掉过一小部分。金田一耕助对这点充满兴趣。

是谁将底座下部切掉了薄薄一片？而且还把薄片再次粘回底座下方，那里可以看到些许胶的痕迹。被切掉的是一个直径约九厘米、厚一点五厘米的圆盘。究竟是谁，又是为了什么目的切下这样的一片，切下后又再次粘回去？而且在温室里发现风神像时，为什么只有那一部分被取下来了？金田一耕助对此事异常感兴趣。

这时，信乃代替炑子来到会客室。“炑子小姐身体不舒服，我替她来了。”表明原因后，信乃用鹰隼般的目光在警部和金田一耕助身上来回扫视。

等等力警部皱起眉头。“那可就难办了。信乃，如果不能听当事人亲口讲述……”

“不，炑子小姐不能来这里。她不适合面对这种场面。”信乃十分顽固。实际上，如果想把炑子叫来这里，炑子恐怕会上演一出震动宅邸内外的大恐慌。

想到这里，警部露出死心的表情苦笑道：“你来也行。你知道夫人的戒指在温室被发现了吗？”

“嗯，已经从美祢子那里听说了。”

“关于这件事，夫人怎么说？是丢了，还是给了别人？”

信乃毫不犹豫地答道：“炑子小姐说她把戒指给了新宫先生。事实也是如此。”

“什么时候给的？”

听到金田一耕助从一旁插话，信乃瞪了他一眼。“听说是在四号晚上，大家全都出门后……炑子小姐从起居室回到自己的房间后，新宫先生便跟了过来，死乞白赖地求炑子小姐……因为是兄妹，炑子小姐很同情新宫先生的境况，因此就把戒指给他了。”

“四号晚上你从成城回来的时候，注意到夫人手上的戒指没了吗？”

信乃稍一犹豫。“哦，那时还没有，直到第二天早上，就是昨天早上才注意到。我随即追问炑子小姐，这才知道戒指已经给新宫先生了。”

“那就是在发现新宫先生的尸体之后了。你那时为什么没说戒指的事呢？说戒指应该在新宫先生身上……”

“那是……那是……”信乃露出为难的表情，但立刻辩解道，“那是因为我当时吓坏了。而且我们都已经养成了尽量保持沉默的习惯。毕竟从今年春天开始发生了太多事……”

信乃的话大部分听起来都很真实，但她保持沉默的原因应该不止如此。事情涉及那么值钱的戒指，她为什么打算一言不发蒙混过去呢？

“对了，”这次插话的是警部，“用假电报把你骗出去的人应该就是新宫先生，对此你怎么看？”

信乃的眼睛眨都不眨。“我的想法很简单。听说炑子小姐被新宫先生勒索了戒指……不，给了新宫先生戒指，我们就认为那封电报是新宫先生发出的。”

等等力警部瞥了金田一耕助一眼。“为什么？”

“要说为什么，因为那很像新宫先生干的。那人就是那么卑劣，只要有机会就扑到烁子小姐面前勒索钱财，因此我们……我和目贺先生的目光片刻都不能离开烁子小姐。如果烁子小姐按新宫先生的话做，那么无论有多少财产也不够。”

这些话和金田一耕助的想法基本一致，因此可以肯定信乃没有说谎。但是他总觉得有些不对劲。就像臼齿间塞了什么，或是隔靴搔痒，总感觉焦躁不安。

这个女人还没完全坦白，但让她坦白肯定比让公鸡下蛋还要难。

“真是非常感谢。你能转达目贺先生，让他来一趟吗？”

信乃又瞪了金田一耕助一眼。“我事先声明，目贺先生也认为假电报和假电话是新宫先生干的。我们讨论了一番，都认为事实肯定如此。”随后，她端起架势，威风凛凛地走出了会客室。

等了好一会儿，目贺姗姗来迟，恐怕是与信乃商量过了。他那蛤蟆仙人一样的脸上像往常一样浮现出无所谓的微笑。“有什么事？如果是关于假电报和假电话，我的回答大致和信乃相同。”

金田一耕助露出疲惫的目光。“不，我们想问你的不是那个问题。听说那天晚上你和夫人就寝后发生了激烈的争吵，那时你说的话……你和别人串通好了，把我和信乃都支了出去，然后趁机……你应该是这么说的。你究竟想说留在家中的夫人做了什么？”

被金田一耕助一直盯着，蛤蟆仙人毫不畏惧的脸上忽然露出不安的神色。金田一耕助见状，知道这个问题命中了核心。但是对方也有一套，立刻恢复了微笑，似乎把别人都当成傻瓜。“哈哈哈，我还以为是什么呢。我已经说了好几次，我不记得是否说过那种话。如果说了，也应该是在这种情形下说出的——我其实不想说戒指的事，刚才一直都瞒着。我是就寝后发现戒指没了的，便赶紧追问，结果那女人的回答越来越奇怪。我在意识到新宫先生拿走了戒指的同时，也察觉那通假电话肯定是新宫先生打的，因此不知不觉就发起火来……无论如何，那假电话太让我生气了。”

“但那样应该不会说出夫人和别人串通好了之类的话，不是吗？”

蛤蟆仙人的脸上再次掠过一丝不安，但立刻被一阵大笑驱散。“所以我才说自己也不记得说了什么。肯定是因为一肚子火，乱发了一通脾气。如果你们也被骗，挤上如今的电车一直坐到横滨，你们看看自己会有多生气！”

“夫人的戒指被新宫先生拿走抵债让你那么生气？”

蛤蟆仙人似乎又吓了一跳，打量着金田一耕助的脸色。

“这么说也许有些失礼，但你就那么在意夫人的财产越来越少吗？”

目贺似乎松了口气，露出阴郁的微笑。“你是想问我对于炢子的财产有多在意吧？无论是谁，都肯定会觉得有钱比贫穷好。但不管怎么说，我都属于不太在乎金钱的人。正因如此，我才被玉虫伯爵相中。”

“什么意思？”

“你们也许一直认为，我是用暴力征服那女人，让她和我一起生活的。但事实绝非如此。这是伯爵做的媒，我们正式举行过仪式，只不过十分隐秘，因此绝不是私通。椿先生的一周年忌日后，我们准备正式对外公布。”

“那仪式是什么时候……”

“椿先生的尸体被发现后的第一周，是伯爵劝我举行的。那女人一直那个样子，必须要有个正式的配偶。像我这种没什么欲望并且身强力壮的人正好。哈哈哈！”

金田一耕助不禁抓住桌子的一端。

母亲的身体每时每刻都像火焰一样熊熊燃烧。为了熄灭那欲望之火，就必须要有目贺博士那样油光锃亮的男人……美祢子前天的想法是对的。而现在，金田一耕助也清楚地知道了这一点。

目贺如数交代后离开了，金田一耕助和等等力警部很快陷入战栗，连话也说不出来了。一股来历不明的妖气正弥漫至屋里的每个角落，同时也黏糊糊地粘在身上。也许这正是蛤蟆仙人的毒气。

尽管如此，根据他的坦白，揭开秘密的进程又前进了几大步。暂且不论这是不是解开这一系列恐怖案件之谜的钥匙，至少它已经成为照亮椿子爵和秌子夫人夫妇生活秘密的火把。

玉虫伯爵不停咒骂椿子爵的性无能，但同时又表示，即使椿子爵不是性无能者，也没有能力完全满足秌子夫人。这使得夫妇二人的关系逐渐冷淡，进而导致极其偏袒、宠爱外甥女的玉虫伯爵心生不满。他认为，作为秌子夫人的配偶，椿子爵太过普通。

可怜的椿子爵！可怜的秌子夫人！

“啊，都在啊。”忽然，娇滴滴的招呼声传来，金田一耕助和警部就像被弹了一下，回过头去。菊江正面露夸张的笑容，站在会客室门口。

“太安静了，还以为谁都不在呢。我想接下来该轮到我了，所以一直在等。”

“是吗，那真是感谢……请进吧。”

“可以吗？”

“当然，当然，请，请。”金田一耕助兴冲冲地示意菊江坐下。

最近，菊江在这个家中的存在成了件很微妙的事。玉虫伯爵已经离世，对这个家来说，她已经成了毫无关系的普通人。尽管如此，家中的人们并未对她特别冷淡，这也许是因为贵族的大方，但更主要的是，大家都认为这个女人的存在很有必要。

实际上，如果没有这个女人那种不在乎外界反应的态度，以及风情万种的风姿，家中的众人也许已经被案件的重压摧垮，早就窒息了。

在目前的情况下，金田一耕助强烈感受到了这一点。

“怎么了，先生？脸色可真沉重啊。调查又触礁了吗？”菊江故意无视露出一脸不快的警部，转而戏弄起金田一耕助来。

“哈哈哈，从一开始就触礁了啊。一次又一次。”金田一耕助似乎恢复了不少活力，俏皮话脱口而出，“对了，正好说到这里，我正想问问你呢。”

“哦，什么事？如果是四号晚上的不在场证明，我已经说了很多遍，都要反胃了。”

“不，不是那件事，是关于烁子夫人的戒指。”

警部不可思议地看着金田一耕助。根据信乃和目贺的陈述，戒指的事应该已经大致弄清了。

“啊，那戒指果然是新宫先生从夫人那里勒索的……不，那个，是夫人给新宫先生的吧？”

“果然？”金田一耕助再次看向菊江，“什么意思？你注意到戒指没了？”

“嗯，没错。”

“什么时候？”

“那天晚上，四号晚上……我从东京剧场回来后去了夫人的房间。

就在那时，我发现夫人手上的戒指没了。”

“这样啊。果然是女人。”

“哎呀，这话怎么讲？”

“因为目贺博士和信乃直到很久后才发现……”

“啊！”菊江忽然睁大了眼睛，“他们那么说吗？真奇怪啊。”

“为什么？”

“因为他们也注意到了啊。不，应该说是他们暗示我的。那时我在谈论演出，目贺先生和信乃不断露出奇怪的目光。我最初不知道怎么回事，但看到两人轮流看向夫人的手指，我才注意到。真为难啊，这种事应该不能说出来吧？”

警部猛然露出好奇的神色。他第一次意识到金田一耕助是多么巧妙地套出了对方的真话。

“没关系，这事无关紧要。对了，你注意到夫人手上没有戒指后，便立刻想到是被新宫先生勒索了，是吗？”

“嗯，因为目贺先生和信乃都一脸不高兴，再加上发生了假电报和假电话的事。我觉得确实很像新宫先生干的……”

“哎呀哎呀，那新宫先生还真是被家里人完全看透了啊。”

“是啊。先生，你知道玉虫大人为什么来这个家吗？大人的家确实被烧了，但也不是没有其他地方可去。尽管如此，他还是来到这里。这都是为了监督新宫先生。”

金田一耕助不禁睁大双眼。“那……那么新宫先生这个人可以说是臭名远扬啊。”

“是啊。家里一被烧，新宫先生就立刻寄住到这里了。大人非常担心，总说如果让那家伙待在烁子身边，肯定会乱用烁子的财产。

不久，大人自己的家也被烧毁，于是便趁机搬到这里。那时，新宫一家还住在我目前安身的那间日式平房里，但大人占用了那里，新宫一家便搬到别栋去了。”

金田一耕助心里不知不觉掀起狂澜。玉虫伯爵为何如此警惕自己的外甥？

有原因！其中一定有原因！

“对了，我还想问一件事。”

“问多少都行。”

“也没太多。是关于目贺先生的。他由玉虫伯爵做媒，和烁子夫人结婚……据说秘密举行了婚礼。你知道吗？”

“知道啊。但美祢子似乎不知道。”

“你是听玉虫大人说的吧？”

“嗯。”菊江也脸红起来，“因为无论怎么说都太快了，一周前才刚刚发现椿子爵的遗体啊。目贺先生开始频繁在这里留宿，而且还是在夫人的房间里……毕竟是在发生了那样的骚动之后。真是不体面。于是我就跟大人提到了这件事，结果大人说没关系，他们已经秘密举行了婚礼。我听了目瞪口呆。当时我想了很久，觉得生活在这种世界的人的想法真是我这种平民理解不了的……”

菊江的语气暗含讽刺与轻蔑。

这时，金田一耕助感觉似乎被什么撞了一下，他第一次发觉这个女人风情的外表下意外地隐藏着传统的一面。“对了，还有……问这种事也许很失礼，你的左手小指是怎么回事？”

菊江惊讶地看了一眼金田一耕助，但很快便出声笑道：“真是的，先生，还以为你要问什么，原来是这个……”她故意竖起缺了半截的左手小指，发出一阵冷笑。“这是我自己切断的。为了一个好人……我是说真的。我难道连一个好人都不能遇到吗？虽然现在看起来很傻，但那时我确实沉溺其中，根本没觉得疼。可是后来被姐姐她们骂了一顿，玉虫伯爵那老头，不，玉虫伯爵大人也总是缠着我问‘是为谁切断的，是为谁切断的’，简直妒火中烧。呵呵呵，真是场大骚动。”

“到底是为了谁？”

“我都说了啊，是为了一个好人。被部队征去、即将前往战场时，那人来跟我告别。我哭了一整晚，最后切下手指送给了他。很传统吧？但先生你为什么要问这件事？难道你认为因为我被抢走了，那人就杀了玉虫大人泄愤吗？那可弄错对象了。那人很可怜，到前线不久就战死了。简直就像为了死才去的，随风飘逝啊。”

“哎呀，真是不好意思。”看到菊江脸上意外地泛起红潮，变得激动起来，金田一耕助投以安慰的目光，“我想问的不是这点。这个家中有两个人的手指都短了一截……真是不可思议。”

“你是指三岛先生。”菊江目光闪动，似乎想要读出金田一耕助表情背后的含义，“他和我可不一样。我算是恶作剧，而他是为国家失去手指的。”

“三岛哪几根手指没有了？”

“半根中指，还有三分之二的无名指。但为什么会问这种事？”

金田一耕助闻言，若无其事地说道：“我一直在想，无论是你还是三岛，就算缺了一两根手指，是否也能在黑暗中使用打字机。”

第二十四章　a=x，b=x，∴ a=b

从新宫利彦被杀，到椿家发生第三起杀人案并以此为契机揭开所有秘密、迅速破案之前，又经过了数日的“休整”。

虽说是“休整”，却并不意味着一切全部停止。表面虽然平静，但在极其细微的动向中，破案的可能性正在慢慢萌芽。

接下来就要试着捕捉“休整”期间发生的两三件事。这些事当时看起来微不足道，但事后想起来，正是解决案件的重要节点。

那天，离开椿子爵家后，金田一耕助陷入沉思。警部问起他正在想什么。

“对了，警部，天银堂案件后来怎么样？”

“那件事自然也在调查。虽然没让我负责，但我如今又被这边的案子纠缠住了。现在想赶紧把两边都解决，但无论哪边都很难。”警部眉头笼上阴云。

金田一耕助似乎仍对什么有所顾虑，但很快便下定决心说道：“天银堂案件发生时，很多人都被列入嫌疑人名单了吧？因为和那张画像很像……椿子爵也是其中之一……”

“没错。其中也有些人被指证就是凶手，但都没有决定性证据，也就不了了之了。”

“那些人后来都怎么样了？还在监视他们吗？”

“要是那样就好了，但实际上根本不可能……不管怎么说，预算不够，人手也不足……虽然这样说像是为逃避责任找的借口……”警部一脸阴沉。

“警部，这么办怎么样，重新调查一下那些嫌疑人……不用追溯到一月，只需要调查椿家案发以后的行踪就好……”

警部吃惊地看着金田一耕助。“金田一先生，你什么意思？”

金田一耕助露出一脸坏笑。“警部，你可别嘲笑我，我现在正被一种妄想占据着头脑，是极其基本的代数定理。你应该知道吧，如果 a=x，b=x，那么 a=b。”

“那又怎么了？”

“椿子爵酷似作为 x 的画像，但是，与那画像相似的还有不少人。这样一来，与凶手画像 x 酷似的椿子爵应该也很像同样与画像相似的人物 b。”

“金田一先生！”警部忽然大喘气道，“那、那么你是说在这起案件背后时隐时现的酷似椿子爵的人，就在那些嫌疑人当中吗？”

“不，这还不能断定。最重要的是，那究竟是真正的椿子爵，还是别人伪装的，直到现在都还不清楚。如果是伪装的，那么又是谁在操纵这个替身，这么一想，问题就会变得有趣起来。因为替身可不是那么好找的。可是在椿子爵一案中有张凶手画像，这十分理想。警部，有人为了掩饰罪行，开始在日本寻找酷似椿子爵的人，那张画像也许起到了一定的作用。呵呵呵。”

警部不禁双拳紧握，一股无名怒火从他体内升起。

金田一耕助继续说道：“对了，与代数计算不同，椿子爵并不等于x，只是很像x而已。这样一来，无论人物b是x，还是仅仅与x相似，椿子爵都不等于b，而只是与b相似。至少，两人间有共同点或相似之处。b这样的人去假扮椿子爵，应该会比其他相似的人更像椿子爵。而且只是露一下脸而已。”

“那么，此案的凶手在天银堂案件的嫌疑人中物色出最像椿子爵的人，让他作为椿子爵的替身？”

“没错。每当发现与那张画像相似的人，报纸上总会刊登那些人的住所和姓名。因此根据警视厅和报纸的信息，也许就可以物色椿子爵的替身，凶手便借此脱身。”

“但是，金田一先生，那只耳环该怎么解释？那是天银堂案件的凶手……”

“所以说，警部，”金田一耕助忽然露出严肃的表情，“我觉得侦破此案的同时，就可以一并侦破天银堂案件。作为a的椿子爵不等于x，只是和x相似。但b不仅相似，而且就等于x，就是x本身。如果不是这样，凶手……此案的凶手就算找到再好的替身，也很难让对方协助杀人。但那人不仅协助杀人，还亲自去淡路岛了结他人性命。b，也就是x，他犯下天银堂一案的确凿证据被这起案件的凶手所掌握，因此不得不答应帮忙。”

等等力警部无法控制的战栗感几次从背脊划过。

天银堂案件的凶手与椿家案件的凶手……不用说，两人都是“世纪凶手”。这样惨无人道的两人若牵扯在一起……

等等力警部感觉一团浊黑的雾气猛地在眼前扩散。“好！那就再次调查天银堂案件的嫌疑人吧。”

金田一耕助与警部就此分开。第二天，警视厅就送来了出川的报告。

根据报告，阿驹，即妙海尼姑，她的女儿小夜果然已经过世。关于这件事，出川已经向阿驹曾短期寄住、位于住吉的沟口家确认过，应该没错。

当时，小夜被神户的大型造船厂雇用，却在昭和十九年八月二十七日服用氰化钾自杀了。原因无人知晓，但根据死后的解剖，小夜那时已经怀孕四个月。

小夜没有其他亲戚，因此遗体被母亲阿驹寄住的沟口家领了回去，举行了简单的葬礼。此事确凿无疑。

但是，小夜究竟为何自杀，腹中孩子的父亲又是谁，连沟口家也不知道，直到现在还真相未明。

总之，出川表示，只要调查一有结果，他就会立刻报告。另外，关于植辰之妾阿玉的消息，现在虽然也还不清楚，但一有情况也会及时通报……

金田一耕助不由得产生了强烈的兴趣。

让小夜怀孕的人究竟是谁？她为什么要自杀？

这也许无法一语概括，但怀孕中的女人比任何人都强，这是历来的规律。保护胎儿的母性本能使得再柔弱的女人也会变强。为了保护胎儿，女人能够跨越任何困境，这应该是上天对女人的赐予。

虽然不知道小夜的性格，但能够斩断自己的性命，把胎儿从一片黑暗埋葬至另一片黑暗，一定是迫于无奈。究竟是出于什么原因？

那天午后，等等力警部给金田一耕助打来电话，听起来十分兴奋。他声称，在调查过的数名天银堂案件的嫌疑人中，有一个人在这两三天内杳无音讯。那人叫饭尾丰三郎，曾被认为嫌疑最大。

“总之，目前正在全力搜索那人的下落。”说着，警部又强调道，“其实，我的一些部下至今都确信饭尾就是凶手。那家伙当时嫌疑重大，之所以能顺利从我们手中脱身，没有决定性证据是原因之一，但更大的原因是我们在调查他的过程中收到了有关椿子爵的密告。在调查转向椿子爵后，我们发现椿子爵那边更可疑，便把注意力都集中在他身上，饭尾也就此成功脱身。”随后，警部的声音忽然低沉下来，“说起来，饭尾很像椿子爵。当时我们调查的都是与画像相似的人，大家自然都有某处和椿子爵相像，因此并未特别在意。现在想想，那家伙是最像椿子爵的。只要好好装扮一番……”

“我祈祷调查能够成功。另外，还有句也许不必要的叮嘱，请别忘了与出川联络，关注京阪神那边的进展。”

第二天，金田一耕助到椿家拜访了美祢子。他也没有什么特别的事，只是觉得美祢子这姑娘很可怜，想要安慰安慰她。

幸运的是，新宫利彦的葬礼已经告一段落，椿家正处于短暂的休息状态。美祢子依旧脸色阴沉，但不知是因为接了什么话茬，美祢子透露了一件事。这在金田一耕助心中留下了深刻的印象。

“事后想起来，这是父亲失踪前的事，因此我总觉得像是遗言，非常在意。父亲说了很奇怪的话，是关于我和一彦表哥的……”

“你和一彦？”

“是的。”美祢子涨红了脸，“父亲似乎误解了我和一彦表哥。他拐弯抹角地说我绝对不能和一彦表哥结婚。”

“因为你们是表兄妹……”

“没错。而且……”美祢子稍作停顿，但很快便坚决地说道，“有更深层的原因。因为我母亲的双亲，我的外祖父和外祖母就是表兄妹。我外祖母的双亲，我的曾外祖父和曾外祖母也是表兄妹。代代都是近亲结婚，结果就生出了我母亲……不，生出了那样的人。父亲应该很在意这点。但他明知我和一彦表哥的感情，为何还要担心？我对一彦表哥没有兄妹以外的感情，一彦表哥也是如此。父亲应该知道得很清楚，为什么还担心那种事？而且还说得那么隐晦……”

“怎么隐晦了？”

“父亲并没有说出一彦表哥的名字，只是说我不能和目前家中的任何人结婚。而且他看起来十分担心……但是现在这栋房子中，说起在年龄上可能成为我丈夫的年轻人，可不止一彦表哥一人。”

第二十五章　重音问题

金田一耕助正躺在床上看书。如果不摆出一副无礼男人的样子躺下读，书的内容就无法进入脑中。他读的是歌德的《威廉·麦斯特的学习时代》，不用说，是从美祢子那里借来的。

前天拜访美祢子时，听到椿子爵失踪前不久对美祢子暗示般的忠告，金田一耕助心中一动。美祢子也说，因为是父亲失踪前的话，所以在她看来就是遗言。椿子爵应该正是借此暗示了谜底。

懦弱的椿子爵不敢直率地说出真相，便采取了拐弯抹角的方式。

例如那张《恶魔吹着笛子来》的唱片，充满暗示的题目与别具意味的旋律也许正包含着某种提示。这样一来，难道不能认为椿子爵失踪前的言行都暗含深意吗？

就连夹有遗书的《威廉·迈斯特的学习时代》也应该蕴藏着椿子爵无法言说的暗示。美祢子读这本书就是源于父亲的推荐。椿子爵把这本书推荐给美祢子，真的只是要让美祢子欣赏文学作品吗，还是有别的理由？

因此，从美祢子手里借来《威廉·迈斯特的学习时代》的上、中、下三卷后，金田一耕助从前天晚上开始读，但这着实是件无聊的工作。

现在的金田一耕助对于读完这部巨著十分缺乏耐性。而且他的读法并不是文学鉴赏，而是要看其中是否有内容与子爵留下的暗示有关，完全没有领略小说的趣味性。这已经变成了单纯的脑力劳动，从昨晚开始，那些活字就如罐头般把他的大脑挤得满满当当，不停刺痛着他的神经。

尽管如此，他还是靠惯性继续读。在悠闲地躺着看书的同时，他一直因心中的疙瘩烦恼。

自己现在的所作所为难道不是让神经疲劳的无谓努力吗？在此期间，难道就不会再发生重大事件吗？自从在淡路被占先以来，金田一耕助一直感受到威胁。面对无论怎么读都读不完的《威廉·麦斯特的学习时代》，他感受到了自己无法控制的愤怒与焦躁。

事实上，金田一耕助一直在伸长脖子等待。今天已经是十月十日，掐指一算，今天应该会有消息。想到这里，他愈发不安。

下午三点，他等待已久的东西终于来了。

“金田一先生，您的信。”

听到女佣的声音，金田一耕助跳了起来。他抢过两封信，眼中瞬间闪出光芒。一封来自出川，另一封则来自就职于冈山县县警本部的矶川警部。

前文已经略有提及，金田一耕助住在须磨市的三春园时，曾给冈山的矶川警部写了封信。他最近伸长脖子等待的就是这封信的回复。

金田一耕助连忙撕开信封，一口气读完了整封信。读着读着，因看书而疲劳的眼睛开始闪闪发光，呼吸也有些急促。读了两三遍后，他又摊开出川的信，眼睛开始逐渐感受到异常的灼热。他拿信的左手因兴奋而哆嗦不止，用力抓头发的右手指尖则越动越快。

出川终于找到了植辰的小妾阿玉，并从她口中问出了重要事实。

金田一耕助来回阅读两封信，随后把他们并排放在膝头，露出一副想要咬碎什么的表情，陷入沉思。但不一会儿，远处响起电话铃声，急促的脚步声从走廊传来。

“金田一先生，您的电话。”

“是谁？”

“是等等力警部，不知为什么显得非常紧张……”

难道又出事了？金田一耕助慌忙来到电话间，结果等等力警部只说让他去位于芝区的增上寺，就挂断了电话。但从严肃的语气中可以听出，肯定又发生了什么棘手的事情。

金田一耕助看了看钟，正值三点半。

今夜也许会有风暴，天空被如流动的墨水般的黑暗笼罩，狂风卷起沙尘。金田一耕助一路顶风赶往增上寺，到达时已经将近五点。在惨淡的暮色中，风越来越急。

进入增上寺，警察们都匆忙地走来走去，不少记者混在看热闹的人群中，神情也异常紧张。

金田一耕助快步向前，看见等等力警部从对面的人群中独自走出，正向他招手。那是一片开阔的区域，在增上寺内显得特别荒凉。一年前，那里曾发生过凶残的变态杀人案。金田一耕助一靠近，警部便一脸严肃地用下巴示意被人群包围的草丛。金田一耕助朝那里看了看，发现高高的杂草中倒着一个只穿短裤的男人。他拨开人群，向前走了一步，立刻感到一阵恶心，几乎就要呕吐出来，不禁扭过脸去。

那实在是一具无法形容的恐怖的尸体。无论是脸还是四肢，到处都已撕裂，内脏流出，惨不忍睹，让人毛骨悚然。最可怕的是那张脸。不知是故意还是偶然，尸体遭到毁容，已几乎无法识别，成了惨不忍睹的肉块。

“这是谁？”金田一耕助用沙哑的声音问道。

警部露出为难的表情。“现在还不能确定。但也许正是我们正在拼命寻找的那个人。”声音沉痛至极。

“正在拼命寻找的人……”金田一耕助似乎吓了一跳，忽然瞪大双眼，倒吸一口凉气，“是饭尾丰三郎？”

“没错。像这样毁容这么严重，衣服也被剥掉，目前还不能判断身份。但很可能就是那个人。而且如果真的如我们想象，这就是饭尾……”警部充血的眼中浮现出骇人的怒火。

金田一耕助也在考虑同样的事，不由得毛骨悚然。

“但是，如果不清楚长相，就算是那个人，也很难证明啊。”

“不，这倒不会。饭尾这个人有前科。若真是他，只要比对指纹就行。幸运的是尸体的手指保存完好。”

“那么……”

此时，医生已验完尸，起身向警部走来。“如果不解剖，恐怕还是无法确认，但大概已经死了两天。死因是绞杀，是被用绳子之类的东西勒死的。”

“对了，关于尸体的面部，是野狗咬的吗？”警部问道。

“不。野狗也许咬过，但有迹象表明，在那之前，应该已经被故意毁容了。如果让别人看出死者的身份，对凶手来说不是很糟吗？”

金田一耕助仍旧胆战心惊地扭着脸，目光避开那惨不忍睹的尸体。“警部，到底是谁发现的？”

“是野狗。野狗把原本埋在这片草丛中的尸体拽出来啃食，结果被经过的人发现了。”

随后，警部转向医生。“医生，如果已经死了两天，那行凶的日子就应该是前天，即八号吗？”

“嗯，大概是前天晚上。总之，如果解剖看看，我觉得会知道得更准确一些。”

看到接替医生的鉴定人员采集了死者的指纹，警部和金田一耕助离开了案发现场。风越来越猛烈，迎面吹来的沙尘让两人几乎抬不起头。被吹散的纸屑在一片昏暗中上下翻飞，大颗雨滴啪嗒啪嗒落下。

“警部，我有话想说。”

“哦。”

“这个。”

看到金田一耕助从怀中取出什么，警部开口道：“先上车吧。站在外面什么都做不成。”

两人逃进车内，瓢泼大雨随即落下。车里没有别人。

“这天气真要命。”

“今晚看起来会有暴风雨啊。”

两人观望了一会儿窗外的狂风暴雨，警部很快便转向金田一耕助。“对了，你要说的是……”

“是这个。请读一下。”

看到金田一耕助拿出的信封上寄信人的名字，等等力警部不可思议地皱起眉头，但立刻抽出信纸，开始若无其事地浏览。然而读了没两三行，他便惊恐地颤抖起来，猛地转向金田一耕助，疑惑地凝视着他的脸，但又立刻低头盯着信纸，开始读后面的部分。

关于让等等力警部如此吃惊的矶川警部的信，在此仅介绍重点：

……关于你问到的三岛东太郎的事，我把调查结果简单报告如下：

一、昭和十七年，冈山县立第X中学的教导主任叫三岛省吾，他和妻子胜子有一个儿子叫东太郎。此为已确认的事实。

二、三岛省吾和椿子爵是密友，根据三岛省吾过去同事的说法，此事也属实。

三、三岛省吾在昭和十八年死于脑溢血，妻子胜子也于昭和十九年的冈山市大空袭中死亡。

四、在此之前，独生子东太郎在当兵期间患病，已在广岛的陆军医院病逝。

三人都死于战争时期，调查也很难说毫无漏洞，但大体上应该与事实相符。因此如果现在仍有名为三岛东太郎的人存在，那应该是另一个同名同姓的人，或是假扮他的人，还请你仔细查明……

“什么啊，那、那么三岛东太郎是个冒牌货？”警部面红耳赤，露出哼哈二将一样的表情，血管惊人地膨胀起来。

“似乎如此。应该不是另一个同名同姓的人吧。因为他自己说他是与椿子爵交情深厚的冈山县初中老师的儿子。”

警部盯着金田一耕助的侧脸，目光似乎要在他脸上穿出洞来。“金田一先生，”他声音沙哑，“你怎么知道那家伙是冒牌货？这封信看起来像是在回答你的问题。”

“哎呀，那是……”金田一耕助慢慢挠了挠头，“是从重音上。”

“重音？”

“没错。我们曾在温室前碰到那人，那时他说兰花上都是蜘蛛。随后在回屋的路上，他还说过从这边的桥过去更快。问题就在‘蜘蛛’和‘桥’这两个词的重音上。那人的发音与东京的发音完全相反。警部你也知道吧，蜘蛛和云，桥、筷子和边缘，木炭和角落，这些词的重音在东京和近畿地区完全相反……”

“我知道。但那人是在中国地区出生的，所以……”

“可是，警部，”金田一耕助悠闲地抓了抓头发，“蜘蛛和云，桥、筷子和边缘，木炭和角落……这些词的重音与东京不同的只有近畿地区。这是和我同姓的一位语言学家说的。从兵库县向西，一进入冈山县，这些词的重音用法就又和东京相同了。”

警部蓦地瞪圆了双眼。“真的吗……”

“没错。”金田一耕助依旧挠着乱蓬蓬的头发，“我有出生于冈山县的朋友，所以知道这一点，他们的发音都和东京人一样。因此，现在自称三岛东太郎的人如果真的生在那里长在那里，那他在说蜘蛛和桥等词时，重音用法应该和东京人一样。可是事实并非如此。所以我那时问他是否在阪神地区住过，结果他说从来没有。如此一来，我从那时起就看穿了那人是在说谎。俗话说口音代表故乡，那人似乎不知道兵库县与冈山县方言中的重音不同。”

警部咬牙切齿地瞪着金田一耕助的侧脸。就在这时，一个全身湿透的刑警来到车旁，似乎是来寻求指示。

车外风雨大作，增上寺已经完全处于瓢泼大雨中。

刚才像蚂蚁一样成群的看热闹的人已经散去，留在暴雨中的只有警察和记者，偶尔有相机的闪光灯闪过，像闪电一样划破惨淡的黑暗风暴。此时，急救车来到现场，正准备把尸体运走。

警部坐在车内面向那个刑警，发出相关指示后，随即转向金田一耕助。“那么……”他说着深吸了一口气，“如果那人不是三岛东太郎，他究竟是谁？为什么要冒名进入椿家？”

“警部，你还没读出川的报告吗？”

“出川的报告……没，还没有……他又来报告什么了吗？”

金田一耕助从怀中取出刚才收到的报告。“是用复写纸写的，所以我想会不会也寄给了警视厅一份……如果你还没读，那应该是你出门后才寄到的。总之请看看吧。”

警部一把夺过信封，慌忙拿出信纸，急不可耐地阅读起来。

出川的报告很长，此处只能尽量概括要点。植辰的妾阿玉离开神户的温泉旅馆后，来到大阪天王寺区最低级的色情旅馆做皮条客，同时因为年龄并不大，便也出卖自己的肉体。

出川究竟是如何找到她的，这与本故事没有直接关系，暂且忍痛割爱不予叙述。在找到阿玉时，她已身患恶性病，直不起身，困在旅馆中无所事事。

出川煞费苦心从阿玉那里打听来的事实大致如下：

让小夜怀孕的人应该是植辰的儿子治雄。

治雄自幼离家，受雇于神户的商家，几乎从不去看望与阿玉同居的父亲，却经常出入小夜的母亲阿驹的住处。

阿驹和治雄是同父异母的姐弟，年龄差距很大，简直就像母子。而阿驹的女儿小夜则和治雄同岁。

从植辰一方的血缘关系看，治雄和小夜是舅舅和外甥女的关系。但阿驹和治雄非一母所生，而且由于年龄的关系，治雄和小夜很难产生舅舅和外甥女之间的感情，不知什么时候就变成了恋爱关系。

小夜是在昭和十九年八月自杀的，治雄被征召入伍则是那年六月。因此小夜在自杀时怀有四个月身孕一事从时间上并无不合理之处。

小夜为何自杀？阿玉也不知道。

也许是因为阿驹知道小夜怀孕、对象还是治雄后太过惊讶，对小夜大加斥责。阿驹是个很传统的洁癖者，对于舅舅和外甥女发生关系一事，她不可能像年轻人那样想得那么简单，因此责备了小夜，结果导致小夜自杀……阿驹就是这样的女人。这是阿玉的看法。

另外，关于小夜的对象就是治雄这一猜测，阿玉还有一个理由。

去年夏天，刚刚复员的治雄出乎意料地拜访了还在神户的温泉旅馆当女佣的阿玉。

治雄一上来就问小夜的情况。一听说她自杀了，治雄吃惊万分，立刻表现出一副茫然无措的样子。得知小夜自杀时已经怀有四个月身孕后，治雄的目光几乎变得疯狂。他一脸恐惧地追问小夜自杀的原因，但阿玉答不出来，她也不清楚具体情况。

于是阿玉说，最好去问问阿驹，并将被疏散到淡路的阿驹的住处告诉了治雄。治雄将住址写在记事本上后，应该去了阿驹的住处。

但在那之后，阿玉既没见过阿驹，也没见过治雄，因此对详情一无所知。

出川的报告大致如此，但在报告最后，又补上了几句让警部不禁惊叫出声的话：

> 在那之后，阿玉再也没见过治雄，因此完全不知道治雄现在在哪里，在做什么。另外，前面也说过，治雄几乎没去看望过植辰，所以阿玉也不太了解治雄的性格和人品。她只知道一点，即治雄复员后，身体有一个非常醒目的特征。因为在战争中负伤，治雄失去了右手的两根手指。

最后一句话就像毒箭一样贯穿了警部的大脑。

“治雄！治雄……那、那么现在自称三岛东太郎的人其实就是植辰的儿子？”

金田一耕助目光黯淡地点点头。

暴风雨疯狂咆哮，车子不时发出不明所以的声响。救护车载着尸体，正摇摇晃晃地准备离开。这时，落汤鸡般的驾驶员跑了过来。

“对不起，请问要去哪儿？”

“麻布六本木。”警部毫不犹豫地答道，随后看了看金田一耕助。

金田一耕助默默地点了点头。

“但是，金田一先生，那人为什么要冒名进入椿家？”

“我也不知道。但不可思议的是，那人选择了椿子爵故友的儿子作为冒名顶替的对象。植辰的儿子应该不知道椿子爵的故友。那么，难道不是椿子爵让那人顶替自己故友的儿子吗？”

“什么……”警部重重喘了口气，“但椿子爵为何……不，更重要的是，椿子爵究竟在这些事件中扮演了什么角色？”

“警部，我也还不明白，仅仅知道阿玉没有说出全部。肯定还有更深层的秘密……”说到这里，金田一耕助安静下来，陷入沉默。

第二十六章　烁子为何惊讶

金田一耕助和等等力警部乘坐的车驶出增上寺时，暴风雨的猛烈达到了极致，几乎要把人和住宅全都吹跑。后来得知，昭和二十二年秋天的台风是几十年一遇的大风暴，给途经的关东南部地区带来的灾害至今还是人们谈论的话题。暂且不论这点，金田一耕助和等等力警部到达椿家时还不到六点，但椿家已经完全被浊黑的暴风雨包裹。天气原因导致的停电让椿家巨大的建筑物毫无光亮，在台风的席卷中沉寂无声，让人猛地胸中一紧，不祥之感涌上心头。

来到玄关，等等力警部用力敲了敲门。不一会儿，两人便隔着玻璃看到烛光闪烁着接近。门很快开了，来人不是阿种，而是美祢子。也许是烛光映照的关系，美祢子的脸依旧像女巫一样阴沉而扭曲。

就在金田一耕助想要说什么的时候，蜡烛被风吹灭了。

“快进来。我要关门了。”

听到美祢子催促，金田一耕助和警部跳入漆黑的玄关。就在那一瞬间，两人都发出了很大的声响，差点儿就摔倒在地。脚下似乎绊到了什么。

“哎呀，对不起，一不小心……”美祢子边道歉边慌忙点亮蜡烛。

借着烛光看向四周，可以看到玄关的土间里高高地堆着各种旅行箱和手提皮箱。“怎、怎么了？这是……”警部目露疑惑，金田一耕助也好奇地看向美祢子。

“啊，那个，有点儿……”

这时，会客室那边传来声音：“美祢子，怎么了，刚才的声音……”声音浑浊不清，是目贺，似乎已经有点儿醉了。

“什么事也没有。有客人来了。”

“我知道有客人。是谁？”

“是警部和金田一先生。”美祢子生气地答道。但目贺并未回应。

“请进。不过，还有什么事……”

“哎呀，这个，有点儿……”警部一边使眼色，一边进入用夜灯照明的微暗的会客室。那里也有很多已经整理好的旅行箱和手提皮箱。赤裸上身的目贺正在其中，一边擦汗一边和一彦不停打包。

“怎么了？这是……要搬家吗？”金田一耕助惊讶地问道。

“不。”目贺用脏兮兮的手帕擦着猪头般的胖脑袋，“烁子那女人不想待在这个家里了，要暂时逃到镰仓的别墅区。因此现在才乱成一团。”

“大家都要搬去吗？”

“不，不是都去，只有烁子、信乃老太太和女佣阿种去。我会在两边来回跑。我要是不常去，烁子那女人会寂寞的，哈哈哈。”因满头大汗而显得更加油光锃亮的蛤蟆仙人发出蛤蟆叫般奇怪的笑声。

油光闪闪的胸口，一撮胸毛被汗浸透，显得格外猥琐。

“但如果只有那么几个人出行，真的需要这么多行李吗？”金田一耕助追问道，目光在室内堆积的行李上反复打量。

“母亲一直都喜欢铺张的场面。”美祢子像往常一样生气，但声音中带着歉意。一彦默默地收拾着行李。

“但这可不行。这、这种事是绝对禁止的。”等等力警部冷不防开口道，声音因愤怒而颤抖，“我已经说过多少遍了，目前谁都不能离开这个家。请死心吧。”

“想死心也不可能。秌子已经离开了。”

“什、什、什么？”

“算了算了，警部，我也很清楚我们现在的立场。如果离开，会给你们造成麻烦。所以我也阻止过，为了让秌子听进去，连嘴皮子都磨破了。但是，警部，对秌子来说，法律是不管用的。警部你也明白吧，那女人是生活在法律之外的。”

“什么时候离开的？”警部终于抑制住了怒火。

“就在刚才，但也有两个小时了。趁着天气还可以，暴风雨还没变强时走的。”

“离开的有秌子夫人、信乃和……”

“女佣阿种也去了。”

“去镰仓是指……”

警部正在记事本上写下美祢子说出的地址，三岛东太郎提着手提皮箱进来了。“目贺博士，手提皮箱……啊，欢迎，完全不知道你们来了。”

看到警部和金田一耕助站在昏暗的光线中，三岛东太郎似乎吓了一跳，慌忙低头致意，系上敞开的衬衫的扣子。

“那就都准备齐了。对了，三岛，”目贺伸了个懒腰，一边用手背捶腰一边说道，“打包的工作稍后再说。这边不是还有很多吗。正好警部和金田一先生大驾光临，而且这么热可真受不了。”

确实很热。封闭的房间就像桑拿房，就算一动不动，毛孔也会渗出汗来。而且气压不断降低，众人都感觉呼吸困难。

“哦，那我就去拿杯子了。”

三岛东太郎一离开，目贺便说道：“我去洗手。一彦，你呢？”

“哦。”一彦也随后走出房间。

“美祢子小姐，能借电话一用吗？”

“请。”

美祢子和等等力警部离开后，屋中只剩下金田一耕助一人，他茫然打量着堆积如山的箱子。

秌子夫人今日如此突然地离开，似乎包含着某种不祥的预兆。就算能理解逃离这个家的秌子夫人的心情，还是不明白她为何非得在这样的暴风雨中离开。虽然夫人那么孩子气，但就不能等到暴风雨过后吗？

金田一耕助胸中掀起一阵汹涌的波澜，就像摇撼窗户的暴风雨一样。

“哎呀，金田一先生，你一个人？”忽然有人打招呼，金田一耕助猛地回过头。在夜灯的昏暗光线中，菊江正捧着银盆站在那里，只剩半根的左手小指给人一种毛骨悚然的感觉。“哎呀，真是没礼貌，你怎么一直盯着我看？”

“啊，不，对不起。我正在想事情……”

“哎呀，真抱歉。忽然打招呼吓了你一跳吧。警部呢？”

“去打电话了。”

“那很快就会回来了吧？对不起，能把那张桌子往这边推推吗？”

在菊江放到桌上的银盆里，三明治如小山般堆积。“还没吃饭吧？请允许我们也在这里一起吃，起居室比这里更糟糕呢。看我这样子，”菊江双手展开半截围裙下的连衣裙，一边让金田一耕助看一边说道，“烁子夫人那个人就像公主殿下，什么事都简单处理……令人无法忍受。”

“烁子夫人突然决定去镰仓的吗？”

“也不是很突然。从四五天前开始……你看，新宫先生已经过世了。一发生那件事，夫人就说想去镰仓，大家轮流表示反对，但那边说可以接受，因此也就去了。”

“但也不必非在这种暴风雨的日子出发不可啊。”

“是啊，有点儿奇怪呢。”

“奇怪？”

菊江斜瞥了一眼金田一耕助。“呵呵呵，真讨厌，你这种人无论什么细节都不会放过。烁子夫人确实预定今天出发，但暴风雨这么猛烈——不，出发时还没这么糟糕，但广播里说情况会越来越恶劣，大家便都出面阻止，夫人也一时犹豫起来。因此大家都集中到这里，目贺先生喝威士忌，其他人则喝茶。后来，夫人忽然……”

“忽然……怎么了？”

“忽然大叫起来……哎呀，对不起，我偷懒了……”

进来的是华子和美祢子。两人都拿着装有盘子和杯子的盆。大盘子里堆满了蔬菜色拉和香肠。

“哎呀，这真是……很丰盛啊。”

“不，真是没什么好吃的。现在这种年代……还没来得及打招呼，你都来了这么久了。”

华子依旧安静且彬彬有礼，但与新宫利彦在世时相比，她的神情似乎开朗了许多。这一点没有逃过金田一耕助的眼睛。

“能有这么多吃的，全都靠三岛。要是没有他，我们就毫无办法了。可是……”菊江压低了声音，“那个人为什么……目贺先生……”

听到这别有含义的说法，金田一耕助惊讶地再次看向菊江。

“啊，要是说蛤蟆仙人，就在这里。”就在这时，半裸的目贺博士一边努力装出戏谑的语气，一边迈着罗圈腿蹒跚走进屋内。

以前这种时候，菊江都会很快转换话题，但今天不知为何，她的表情有些僵硬，往后退了一步。正往桌上摆盘子的美祢子和华子也交换了一下目光，一语不发，动作却生硬起来。

一定发生了什么！金田一耕助胸中猛地一热，目光在油光满面的蛤蟆仙人和脸色苍白的女人们之间来回移动。

目贺目光闪闪地环视众人。“哈哈哈，怎么了？大家在东张西望什么？开始吃饭吧。警部呢？”

“警部在打电话。”

“啊，是吗。那三岛呢？怎么还不快把杯子拿来？”目贺一边发牢骚，一边拿起威士忌和酒杯，自顾自地倒上酒喝了起来。

华子在杯中倒入红茶。“金田一先生，请随意。”

“吃相不雅，需要用手抓哦。”

“啊，好的。”

这时，三岛东太郎和一彦进来了。

“杯子来了。金田一先生，你也喝一杯如何？”

“不，我还是喝红茶……可以吗？那就来一杯……”

“三岛，你呢？不需要吗？哈哈哈，你在客人面前还真老实啊。刚才明明喝了那么多。对了，警部真慢啊。”

话音刚落，警部一脸不高兴地回来了。

“警部，怎么了？”

“哦，刚才横须贺线通不了车了。”

“嗯？”众人不约而同看向警部。

“不知是山崩还是什么，暂时没希望恢复通车了。”

“那炑子夫人……”华子担心地皱起眉头。

“夫人应该没事。夫人出门是……”

“刚过四点。”

“那就没关系。停止运营是在六点多的时候。似乎是户塚一带的山崖崩塌了。”

“警部，如果电车通了，你打算干什么？”

“当然是打算让人去把夫人接回来。这种时候随便离开这里，真的让我们很为难。”警部显得很不愉快。

“算了算了，警部，这也是没办法。炑子既不是逃走也不是藏起来。喝一杯怎么样？”

接过目贺递来的玻璃杯，警部心不在焉地喝了起来。三岛东太郎就站在警部的视线前方，一个劲儿地猛嚼三明治。忽然，警部被威士忌呛到了，他慌忙拿开杯子，剧烈地咳嗽起来。不久，他止住咳嗽，面向三岛东太郎想要说什么，可立刻被金田一耕助插进话来：“对了，菊江，请继续告诉我，炑子夫人为什么忽然大叫起来？”

“嗯？”警部似乎吓了一跳，转向金田一耕助。看到警部的反应，金田一耕助简短地复述了刚才的对话。

“我现在正想问烁子夫人为什么会忽然大叫起来。菊江，能请你说说当时的情形吗？”

菊江脸色苍白地环视众人，随后眉梢微挑。“嗯，我会说的。但我也不知道烁子夫人为什么那么惊讶，也不知她在害怕什么。”

“烁子夫人那、那么害怕吗？”

“非常害怕。在我看来如此，但不知华子夫人和美祢子做何感想。”

“我也从没见过母亲那么害怕。”美祢子立刻断言道，随后用刺探的目光看着目贺。

“这样啊，我明白了。”金田一耕助咯吱咯吱地挠着头发，“那请详细说说当时的情形。究竟是什么事让烁子夫人那么害怕？”

“烁子夫人曾一度放弃今天出发，因此大家都聚在这里喝茶。那是在三点半左右。烁子夫人那时就坐在那边的沙发……”菊江指着位于房间中央、略微靠近窗户的沙发，“和信乃一起坐在那沙发上。我们则随意坐在各处。可是烁子夫人忽然，也就是转眼间，发出巨大的叫喊声。我吓了一跳，往夫人那边一看，夫人仿佛被什么附体一般，直盯着目贺博士。”

“哎呀，怎么会看着我……”

“先生，请稍等。先听菊江说。然后呢？”

“我也不知道夫人究竟在看什么，但至少她的目光是朝向目贺先生的。夫人的样子太奇怪，一瞬间我们都屏住呼吸，盯着夫人。结果夫人忽然大叫起来，随即把头埋进信乃怀中……那时，她一边将手伸到背后指向目贺先生，一边说‘信乃、信乃、有恶魔……’。”

“我也清楚地听到了。”美祢子再次断言。

“这样啊。那接下来……”

“接下来就像疯子一样，说什么‘我一分钟都不想再待在这里，信乃，快带我去镰仓……’。无论大家怎么阻止，她都听不进去，就像逃亡一样出发了。”

整个房间陷入一片寂静。尽管窗外狂风大作，屋内依旧鸦雀无声，人们仿佛连骨头都已僵住。“原来如此。夫人今天在这间屋子里发现了恶魔。”

“我也这么认为。”

“夫人发现的恶魔是指目贺先生吗？”

“关于这点……我也不太清楚……”

目贺猛地哼了一声，似乎想要叫喊，但金田一耕助抢先一步打断了他的意图。“不，请等等。目贺先生，那时你坐在哪里？烁子夫人看到的也许是别的东西。不好意思，你能坐回那时的位子吗？”

目贺露出困惑的神色，但还是立刻走向沙发对面左侧的角落，随后一转身。“我那时就站在这里品尝威士忌。正好就是这个样子，赤裸着上身……”

“烁子夫人就坐在这里？”金田一耕助在沙发上坐下，看向目贺。他立刻注意到，在距目贺背后不远的地方有一扇镶着镜子的红木屏风，镜中映出目贺肥厚的后背。当然，镜中并非只有目贺的后背。稍一变换视线的角度，屋子的右半部分便一览无余。金田一耕助不禁吓了一跳。

“多问一句，那时大家一个不差都集中在这里吗？”

“嗯，大家都……一起去镰仓的阿种也……”

“那么，不好意思，大家能按当时的位置坐好吗？警部，请你代替信乃。”众人都一脸不解，但还是各自就座。华子和美祢子隔桌对坐在沙发前，菊江坐在桌子对面的右侧，一彦站在华子身后，三岛东太郎则站在沙发右侧背后，背对窗户。

“阿种就站在那里。”菊江边说边指向三岛东太郎身前不远的位置。

金田一耕助再次从烁子的位置看向镜子。但令他立刻感到失望的是，只要稍微变换视角，就能看到所有人。华子和美祢子是斜后方，一彦是侧面，菊江是斜前方，三岛东太郎几乎是正面……

金田一耕助失望地缓缓摇头，起身走向窗边，稍稍打开窗，但又慌忙关上。窗户似乎有被风吹落的危险。

金田一耕助茫然呆立了一会儿，忽然回头望向警部。“没办法，就这么干吧！警部，外面有一辆车吧？那么……”他快速清点屋内的人数。“请再找两辆车来。然后再叫两三个，不，四五个警察……”

“怎、怎么了，金田一先生？”

“现在大家一起去镰仓。这些人当中肯定有恶魔，烁子夫人已经发现了。必须趁热打铁，让烁子夫人说出谁是恶魔。”

警部像风一样飞奔出屋去打电话。

“但这家里……”

看到华子坐立不安，金田一耕助赶紧安慰道：“没关系，会有警察看守的。”其他人都一言不发，似乎已经麻痹的脸毫无表情。

对于金田一耕助，不，对于所有人来说，这一夜的冒险恐怕终生难忘。那是恐怖与战栗的三个小时。在越来越猛烈的狂风暴雨中，三辆车不顾生死地向镰仓驶去。事后回想起来，三辆车没有发生事故，平安到达目的地，简直就是奇迹。

金田一耕助、等等力警部和美祢子乘坐的头车到达位于北镰仓的别墅时，已经十点多了。那一带也因停电一片漆黑。门铃无法按响，金田一耕助咚咚地敲了敲玄关的格子门窗，阿种很快挥动着手电筒开了门。一看到金田一耕助，她猛地瞪大双眼。随后，她又看到了警部和美祢子，不由得张大了嘴，两手颤抖着发出无声的喊叫。

“阿、阿种，怎、怎么了？”金田一耕助慌忙抱住头晕眼花即将倒下的阿种，脑海中迅速闪过一丝不祥的预感，“夫人怎么了？”

“恶魔……”

“嗯？什么？”

“吹了笛子。然后夫人……”

“怎么了？”

“已经过世了。吃了目贺先生调配的药……”

第二十七章　密室再现

一夜台风过后，迎来十月十一日的黎明。

位于麻布六本木的椿家宅邸从一早开始就如颁布了戒严令一般戒备森严。通过报纸得知又有惨剧发生，看热闹的人陆续赶了过来，好奇地围住了宅邸。试图从被台风摧毁的围墙的缝隙钻入宅邸的记者不断与警察上演小规模冲突。

晚上七点。

秌子夫人的遗体已在镰仓解剖完毕。相关人员一起回到东京，椿家宅邸周边的空气越发紧张，警官们的走动忽然频繁起来。

所有人都已经厌倦不堪。这种事不能一再发生，比这更过分的惨剧不能再有了。警方必须尽早了结案件，保住威信。因此在今晚，必须要采取一些措施，但是……

就在夫人的遗体被运入宅邸内部时，金田一耕助赶到了。今早，在横须贺线恢复运营后不久，他就先别人一步回到了东京。他十分疲劳，双眼充血，但瞳孔中散发出异样的光芒，似乎已经掌握了什么。

金田一耕助在会客室里碰到了警部。警部把他拉到房间一角，压低声音耳语道："金田一先生，出川又发来报告了。"

"我知道。我也收到了。"

"小夜自杀的原因是……"

"关于此事，我也正在考虑……"

两人默默地快速交换眼神。忽然，金田一耕助身体一震。

出川的报告如下：

在上次发出报告后，出川继续留在神户，为了查明小夜自杀的原因而多方奔走，最近终于获知以下事实。

小夜在自杀前一天曾去拜访好友 M，当时对 M 发了一通牢骚，但事后想起来，那时小夜似乎是去告别的，还说了很奇怪的话——

"我陷入了畜生道。"

畜生道……这种传统的、充满草双纸[①]风格的话语中的含义，M 实在无法理解。但是那时小夜的脸色给她留下了非常深刻的印象。

"畜生道……金田一先生，这是什么意思？是指与舅舅治雄发生关系一事吗？"

"但小夜不是早已知情吗？而且畜生道一词一般都用于比这更过分的近亲相奸……"

两人再次默默对视。等等力警部的目光深处有什么在燃烧。

金田一耕助猛地移开视线，缓缓挠了挠头。"警部，炼子夫人的解剖结果……"

① 日本江户时代（1603－1868）兴起的一种通俗读物，以图画为主，配以简单的说明文字。

“又是氰化钾，和很多案子一样。是掺在目贺博士调配的强心剂中的。总之氰化钾这种东西泛滥无度，实在难以对付。这也是战争造成的惨剧。”警部神色黯淡地眨了眨眼，“金田一先生，如果下决心问问三岛东太郎……”

“总之趁今晚……但还是请稍等一会儿。警部，我拜托你准备的那间屋子准备好了吗？”

“现在正在准备……应该快了。”

就在这时，一个警察进屋与警部耳语了几句。警部点点头，匆匆走出会客室。会客室里只剩下金田一耕助一人。他精疲力竭地陷入沙发。

环顾四周，打好包的箱子和昨夜一样高高堆起。这些东西已经没有必要再送到镰仓了，只是之前把目贺和三岛东太郎耍得汗流浃背而已。

金田一耕助呆呆地环视如山的行李，再次思索起昨夜的事。

回想起来，烁子夫人的人生真是草草收场。

因为害怕而在昨天四点逃离这个家的烁子夫人与信乃和阿种一起跑到了北镰仓的别墅。三人在六点前到达时，宽敞的别墅已被暴风雨和黑暗包围。但当时北镰仓一带还没停电，这在烁子夫人命断别墅一案中起到了关键作用。

惊恐不已的烁子夫人在信乃和阿种的搀扶下进入西式卧室。信乃拧开墙上的开关，但电灯并没有亮，取而代之，漆黑一片的屋中传来那首充满诅咒的《恶魔吹着笛子来》的旋律。

这一幕起到了决定性的效果。屋外风雨咆哮，而且又正值烁子害怕之时，忽然听到伸手不见五指的屋中响起那段能让血液冻结的旋律，烁子的魂魄也许在那一瞬间便因震惊而死去了。

信乃和阿种一时身体僵硬得无法动弹。信乃凭经验立刻看破了凶手的计谋。她摸索着进入屋内，扭开枕边台灯的开关。灯随即亮了，旋律的来源也立刻明了。

信乃从床下拖出一台小型电唱机。在电唱机的转盘上，恶魔的唱片正在旋转。信乃按停电唱机，拿出唱片扔到地上。唱片摔得粉碎。就在此时，烁子在阿种怀中失去了意识。

如果信乃和阿种把救治烁子的工作交给医生，也许就能防止悲剧发生。但因为暴风雨，医生不知能不能来，而且信乃也怕别人看见烁子当时的样子。信乃让烁子服下目贺早就为此调配好的药片，但她做梦也没想到，这会夺走烁子的生命。药片里掺了氰化钾，烁子在极度的憋闷与强烈的痉挛中停止了呼吸，就在因恐惧而发狂的信乃和阿种怀中……

窗外的暴风雨越来越猛烈。

究竟是谁设置了电唱机，又是谁在目贺调配的药片里加入了氰化钾？金田一耕助已经不再考虑这些了。在烁子前往别墅之前，椿家的人曾轮流到那里帮忙准备，谁都有机会设置电唱机。而且只要是住在椿家的人，就有可能把目贺配制的药片替换成加入氰化钾的药片。凶手一直都在利用这种每个人都可能得到的时机。

比这更重要的是，烁子昨天在这间屋里看到了什么，又是在谁身上发现了恶魔。

金田一耕助似乎想起了什么，他环视屋内，随后站起身来，在成堆的箱子间走来走去。最后，他停在镶有镜子的屏风前陷入思考。

昨天，烁子夫人害怕的是目贺吗？还是镜中映出的某个人的影像？烁子夫人在镜中发现的究竟是什么？

金田一耕助转过身，再次环视房间。不，不是再次，而是一次又一次环视。他边咬指甲边挠头，一只穿着拖鞋的脚不停摇晃。

忽然，他的视线定格在某一点上。一瞬间，无论是抓挠乱发的手，还是哆嗦晃动的脚，都像冻住一样停了下来，睁大的瞳孔中燃起烈焰。

金田一耕助的目光牢牢钉在百叶窗上。

"恶魔……"他大口喘气，一度停止动作的手指开始激烈地抓挠头发，简直就像要把头发拔下来一样。

此时，金田一耕助觉得自己终于明白了烁子夫人想要说的话。

正想着，一个警察快步走了进来。"金田一先生，那边准备好了……"

"是吗。"金田一耕助如梦方醒，惊讶地眨了眨眼睛，"警部呢？"

"正在那边等您。大家也都集中到那里了。"

"是吗，那么……"金田一耕助整理好裤裙的下摆，跟在警察后面穿过长长的走廊。自案发以来，金田一耕助眼中从未流露出过如此非同寻常的亢奋。他很清楚地意识到，这起恐怖的案件终于已近尾声。

金田一耕助被带到的正是拉开一系列杀人案帷幕的地方——那间有隔音装置的工作室。那天夜里在沙子占卜现场的人全都聚在那里。当然，在那之后去世的玉虫伯爵、新宫利彦和烁子夫人已经不在了。众人被大量便衣警察包围，不安地看着屋内，每个人的脸上都露出疲惫的神色。

"金田一先生，这样就行了吧？"屋内传来警部的声音。

金田一耕助分开人群，来到房门前，默默环视屋内。

黑色布帘围成一个八叠大小的空间，自家充电的夜灯从天花板上垂下。与那晚不同的是，今晚电灯把屋内照得格外明亮。在夜灯下方，十把椅子围在一张大圆桌旁。圆桌上摆着沙子占卜用的大盘子。盘中盛满了新沙，表面光滑平整。离圆桌不远的台子上摆着风神和雷神的雕像。

金田一耕助仔细环视屋内，随后转向站在旁边的美祢子。“美祢子小姐，那天晚上……玉虫伯爵过世的那天晚上，这里就是这样吧？或者还有什么不同？”

美祢子苍白的脸上神色惊惧，她小心翼翼地环视屋内的每处摆设，微微点了点头，但忽然又摇头道：“啊，那个不一样。”

“哪个？”

“看，那个台子上放着风神像吧？那天晚上那里只有雷神像。玉虫大舅公就是被雷神像打的……”

金田一耕助微微一笑。“可是，美祢子小姐，那天晚上在屋里的可是风神像。但那时风神像没有被夜灯的光线照到，而且两尊雕像极为相似，所以谁都没注意到。应该不会有人特意去注意那种地方吧。”

美祢子疑惑地看着金田一耕助。“但风神像去年被小偷偷走了……”

“哦？难道不是一直在这里吗？小偷一度把风神像和雷神像都偷走了，但后来扔在了庭院里的某个地方。后来雷神像被发现，但风神像被扔在了谁也没注意到的地方。凶手发现风神像后，便利用它实施了那晚的计划。”

美祢子依旧一脸怀疑，似乎想要说什么，但还是沉默下来。接替美祢子开口的是菊江。“金田一先生，接下来究竟要干什么？是要再现那一晚的情景，从而让凶手陷入恐慌，交代罪行吗？”语气依旧戏谑，但声音已经变得沙哑。她是个聪明伶俐的女人，从金田一耕助今晚的态度中，她肯定嗅出了与往常不一样的气息。

金田一耕助笑道：“确实想要如此……”

“但是，凶手能就此轻易折服吗？”说着，菊江故意动作夸张地与刚才一直站在她身边的目贺拉开距离。目贺眼露凶光。

“哎呀。”金田一耕助依旧笑呵呵的，“凶手是否坦白无所谓。最重要的是，我想再现那晚的火焰太鼓，也就是恶魔的徽章是如何出现在沙子上面的，还有那血腥的杀人是如何在密室中完成的。”

“再现当时的手法？”蛤蟆仙人眼神亮闪闪的，露出嘲讽的神色。华子和一彦就像吞了铅一样神情痛苦而沉重。站在稍远处的三岛东太郎和阿种则各自表情不同。信乃依旧露出鹰隼般的目光，郑重其事地站得笔直。

“对，对，正是如此。所有手法都像骗小孩的把戏，这起密室杀人案也一样，真相实在不值一提。但就算如此，这也不是谁都能办到的。”

金田一耕助边说边迈入屋中。大家的目光都紧随着他。

金田一耕助站到圆桌和风神像之间，转身面对屋门，露出些许扫兴的神色。“说句实话，我很想在这里摆摆样子，请各位按那天晚上的位置坐好，关上电灯，重新进行一次沙子占卜。但今晚还有别的事非做不可，所以就简单一些，请大家看仔细。”说着，金田一耕助拿起旁边台子上的风神像，像盖章一样朝沙子表面按下。拿开的瞬间，众人的眼睛猛地瞪圆了。沙子表面清清楚楚地出现了与那晚相同的火焰太鼓的图案。

目贺忽然哧哧地笑了起来。“原来如此，这还真是骗小孩的把戏。这么说来，那晚的火焰太鼓也是像盖章一般印出来的。新宫夫人，难道不是吗？”他故意无视身旁的菊江和美祢子，对远处的华子说道。

“啊，是这样。”

谁都没有反对目贺和华子的说法。

“我明白了，金田一先生。”菊江咽了口唾沫，“那天晚上，火焰太鼓为什么会出现在沙盆上面。但仅仅如此，还是无法说明玉虫大人为何会被杀啊。”

“没错，因此我正想说，我将和警部一起演示，请各位看好。”

“什么？和我？”警部惊得直眨眼睛。

“没错。说是演示，其实很简单，只要按我说的做就好。”金田一耕助看向门口，“沙盆上出现火焰太鼓时，究竟发生了什么，大家都还记得吧？《恶魔吹着笛子来》……大家都听到了那旋律吧？那是凶手想要逐渐给此案受害人造成压迫感的一种手段。但同时，凶手也需要通过火焰太鼓分散大家的注意力。因为凶手必须趁那时将风神像换成雷神像。那么，雷神像究竟放在哪里呢？”金田一耕助大模大样地走出房间，指了指门外摆放的大花瓶，“那晚我进入房间前，曾无意将帽子搭在了花瓶上，大家都还记得吧？但帽子内侧被花瓶上的浮雕钩住了，取下来时费了很大力气。然而讽刺的是，当时雷神像就藏在这个花瓶中。”他环视众人，“凶手利用那张唱片把我们支出房间后，便慌忙想从花瓶中取出雷神像。但不走运的是，我的破帽子被钩住了，他怎么也拿不出来。如果强行取下帽子，恐怕会把帽子内侧钩坏。而且时间紧迫，风神像和雷神像的交换不得不延后进行。就在那时，唱片引起的骚动告一段落，我回来好不容易拿走了帽子，雷神像也终于可以被取出来。但随后……”

“玉虫大人成了障碍啊。”菊江柔声插嘴道。

“没错。因火焰太鼓感到巨大恐慌的玉虫大人始终守在这里，一直没有离开的迹象。凶手因此放弃了，一度回到自己的房间。但无论如何，他都想在天亮前替换风神像和雷神像。所以到了深夜，等大家都睡着了，他便悄悄来到这间屋子前。那时这里的灯应该已经关了，凶手于是认为玉虫大人肯定已经离开，便从花瓶里取出雷神像，拿在背后进入屋内……”说着，金田一耕助从花瓶中取出雷神像，拿在背后，踮着脚走入屋中。“谁料玉虫大人还在那里。大人也许已经醉倒了，或是关了电灯陷入沉思……总之，大人感到有人偷偷潜入屋内，觉得奇怪，便冷不防开了灯……”金田一耕助转向警部，“警部，你现在就是玉虫大人，我是凶手。看到电灯忽然亮了，凶手惊讶地看着玉虫大人，玉虫大人也看着凶手和他拿着的东西。大人很聪明，只看了一眼，就察觉了刚才火焰太鼓的手法，便质问凶手。就在这时，凶手扑到玉虫大人面前……”

金田一耕助提起裤裙的下摆，向前一跃，用右手握着的雷神像打向等等力警部。随后，他把警部仰面压倒在沙盆上，用左手掐住警部的喉咙，右手上的雷神像则数次向警部的头部打去。

这看起来真是一场滑稽的表演。关于这场表演，警部事先没有得到任何通知，他惊慌失措地连连眨眼，但还是配合着金田一耕助的动作。

金田一耕助的手依旧按在警部的喉咙上。“就是这样，沙盆上一片混乱，周围溅得都是血。特别是玉虫大人的鼻子出了血，所以血量看起来比实际受伤的出血量要多。被压在沙盆上的玉虫大人一边拼命挣扎，一边问道：‘你是谁？究竟要干什么？’警部，你现在可是玉虫大人。”

“啊，嗯……”听到金田一耕助的催促，被仰面压在沙盆上的警部说道，“你是谁？究竟要干什么？”

“凶手闻言，在大人耳边悄悄说了句话。”说着，金田一耕助靠近警部耳边，“我、我是……”金田一耕助低声耳语了一句。

这时，最值得一看的应该就是警部的脸色了。他猛地推开金田一耕助，像被什么击中了，站起身来。“什、什、什么？金、金、金田一先生，那、那、那是真的吗？”警部已经不是在演戏了。他简直就像往地狱的入口窥视了一眼，恐惧与震惊让他面部扭曲，眼珠几乎要从眼眶里迸出来。

金田一耕助则从容不迫地掸掉袖子上的沙子。“我觉得应该是——真的。然后，警部，那晚的玉虫大人也像刚才的你一样震惊与恐惧，一定也质问了同样的话。”

众人陷入沉默。金田一耕助悄悄和警部说了什么？警部又为何那么惊讶？因不安而凝固的空气使得众人表情僵硬。这也许是因为大家无法猜测金田一耕助耳语的内容，但可能也有人已经猜出那句话了。

终于，菊江开口了，语气依旧带着戏谑，声音沙哑。“金田一先生，你究竟跟警部说了什么咒语？”

“哎呀。”金田一耕助向警部使了个眼色，“还是暂时保密吧。从警部现在的表情你们应该明白那句话有多可怕了吧？尤其当事人还是玉虫大人。”

“金田一先生……”美祢子怯生生地搭话道。她的眼睛越瞪越大，苍白的脸上浮现出凄凉的神情。“那句话，是那个吗？让椿家的名誉陷入泥沼……”

“哦，也、也、也许是。”金田一耕助避开美祢子凝视的目光，生硬地清了清嗓子，“到此为止，那晚发生的惨剧的第一幕就结束了。玉虫大人伤得很重，尤其是鼻血四溅，屋中显得极其悲惨。但是大人那时应该还没死，还很有精神。”

“但他为什么不叫人来？”蛤蟆仙人发出蛤蟆叫般的声音。

“难道是因为那句话？”菊江聪明地指出。

“嗯，没错。叫来别人，告知一切，这对大人来说很难开口。因此大人便一时妥协了。不，也许说那家伙和大人达成了协议更为合适。随后，那家伙把大人留在这里，自己离开了房间。当然，他那时已经把风神像和雷神像调换好了。被留下来的大人关上房门，搭上门扣，插上门闩，随后又拉好帘子。不，也许房门在打斗中一直关着，帘子也是拉好的，否则声音应该就会传出去，何况帘子上还溅到了血。总之，仔细收拾好后，大人独自留了下来，恐怕是因为受到了过大的冲击，需要时间来整理心绪。而且这么浑身是血地……”金田一耕助用下巴向菊江那边示意，“回到那边，大人恐怕也有所顾忌。这样一来，大人便留在了封闭的房间中。此时，凶手心中忽生一计。”

说到这里，金田一耕助再次大摇大摆地走出房间，把放花瓶的台子搬到屋门正面。“那时，这扇门已经关得严严实实的，而且门扣搭好，门闩已插，可以说是双重密封。当然，帘子也已经拉上了。凶手站上台子，从换气窗向里窥视。”金田一耕助说着登上台子，一边窥视屋内一边说道，“随后，凶手恐怕说了这样的话：‘大人，我还有句话想说，请听一下……’警部，你现在可是玉虫大人。”

“啊，哦，是吗。”警部略一环视四周，就近拿过一把椅子放到屋门内侧，站了上去，“金田一先生，这样可以吗？”

“可以，可以。请顺便把玻璃窗打开。”

警部把换气窗上的两扇玻璃窗分别向左右打开。金田一耕助从台子上俯视众人。“这样，凶手就和玉虫大人隔着换气窗相见了。就像你们看到的，换气窗很扁，头伸不进去，但胳膊没问题。而且大家应该都还记得，那天晚上大人正好围着围巾。凶手把嘴贴近大人的耳朵，装作要悄悄说什么的样子，双手忽然抓住围巾的两头……”说到这里，金田一耕助也不禁咽了口唾沫。“胜负恐怕就是这么简单。玉虫大人虽然健壮，但毕竟上了年纪，而且刚刚受到惊吓，估计连声音都没出就气绝身亡了。凶手竭尽全力把大人向后推，大人不知是磕到了椅子还是什么的一角，后脑受了重伤。就这样，血腥的密室犯罪完成了。”

金田一耕助从台子上下来，众人一语不发。令人毛骨悚然的沉默再次弥漫开来。

又是菊江打破了沉默。“但是，金田一先生，沙盆上火焰太鼓图案的血迹又是怎么回事？是凶手离开房间时按下的吗？当着大人的面……”

金田一耕助闻言很高兴地挠着乱蓬蓬的头发说：“你真是聪明。其他人都疏忽了的地方，你却记得很清楚。正是如此。刚才我说的是那晚惨剧的第二幕。在那之后还有一幕。”

金田一耕助进入房间，拿起风神像，把底座朝向众人。不用说，那里雕刻着火焰太鼓的图案。他伸手一摆弄，一片厚约一点五厘米的圆片忽然掉了下来。

金田一耕助一边把玩这直径约九厘米的圆片，一边说道：“当然，这是我自己制作的。我们发现风神像时，底座正好有这么大的一块被切掉了。因此在尸体被发现、大家都陷入恐慌时，凶手便把这么一块圆片藏进口袋，随后赶到了这里。趁着大家破门而入，注意力都集中在尸体上时，凶手在沙子表面按下了血的徽章。这就是惨剧的第三幕，密室杀人也就此完成。”

金田一耕助万分得意，但菊江似乎尚未认同。“但那不是很奇怪吗？如果就那样把底座切掉，那么举行沙子占卜时，就算事前和事后都不调换风神像和雷神像，不是也可以吗？我觉得用那种简单的章更方便，也更省事。”

金田一耕助闻言，愈发高兴地挠着头。“是、是、是的。菊江小姐，正如你所说。你真聪明。”随后，他终于镇静下来，“所以我觉得，那晚的惨剧属于突发事件，凶手一开始并没计划要杀人。凶手也许对大人抱有杀意，但至少并未打算在那晚下手。当时，他只是想用火焰太鼓吓唬大家，用唱片引起恐慌，再营造出椿子爵就在家里的氛围，令这座宅邸里的人陷入更深一层的恐惧，随后再慢慢给那些人施加压力。就是说，那晚只要完成这些准备工作就好。但是，就像我刚才说的，凶手还是完成了预想之外的杀人。而且完成后一考虑，当时的样子实在过于异常。因为那是一起发生在密室内的血腥杀人案。注意到那份异常后，凶手为了强调神秘色彩，决定再盖上一枚血的徽章。因此，凶手在行凶后回到自己的房间，赶紧将底座的最底部切下。当你发现尸体，大家都陷入混乱时，凶手将那枚切下的印章藏在口袋里，若无其事地赶了过来。我想过程正是如此。”

“我明白了，金田一先生。”爱挑剔的菊江也终于表示认同，“关于密室杀人的解释就结束了吧？接下来就该指出谁是凶手了。你应该已经知道了吧？而且凶手目前就在这里。”菊江发出明快的笑声，环视四周。

众人脸上血色尽失，紧张的空气在屋中膨胀开来。

第二十八章　火焰太鼓出现

正如菊江所说。密室之谜已经解开，现在终于进入推断凶手的阶段。是谁完成了密室杀人，又是谁陆续将新宫利彦和椿秌子送上了血腥的祭台？另外，又是怎样的动机让凶手犯下如此血腥的罪行？

“嗯，是、是、是的……”金田一耕助到底还是结巴起来，随后便陷入短暂的沉默。菊江明亮的微笑令他气恼。一瞬间，他想尽量推迟真相大白的一刻，想暂时从这项工作中逃离。接下来的解谜过程将会无比黑暗、阴郁，甚至令人作呕，以至于他产生了如此的想法。

但那是不被允许的。而且不断追求真相的探案者的良心，以及人人都有的虚荣心，都不断煽动他继续向前。

金田一耕助终于下定决心，沉重地开口道：“现在，我可以确信一点。但为了确保这一点是正确的，必须要再做一个实验。”

“什么实验？”等等力警部皱了皱眉。

“嗯，就是关于昨天让秌子夫人惊讶的到底是什么，秌子夫人究竟发现了什么。”

“昨天不是已经试过了吗？”蛤蟆仙人目贺斜瞪着金田一耕助，嘲笑道。

“没错，但昨天做得还不全面。我想更加谨慎地做一遍。总之，只要明白烁子夫人究竟发现了什么，也就能知道凶手是谁了。”

等等力警部用试探的眼神看着金田一耕助。“是说要再去一次会客室吗？”

“对，如果可以……”

于是，众人一起从工作室转移到了会客室。默默移动的众人被警察围在中间，就像被牧羊犬盯着的羊群。无论谁都无法逃出，也没有人想要逃出。

来到会客室前，金田一耕助停下脚步，有些犹豫地向美祢子招呼道：“美祢子小姐。”

“什么？”

“我觉得你和一彦，还有新宫先生的夫人，最好不要进这间屋子。”

“为什么？”美祢子猛地睁大了眼睛，就像要把金田一耕助吞掉。

“这是因为……”

“不，先生。”美祢子语气坚决，“我要进去。我想知道一切。舅妈和一彦表哥肯定也都这么想。”她的声音忽然柔和下来，拉住金田一耕助的胳膊，“先生，我明白你的意思，你是不想让我们听到不想听的事吧？但是我已经做好了心理准备，舅妈和一彦表哥应该也一样。”

金田一耕助闻言，还想要说什么，但立刻被美祢子打断了。“而且，先生，我难道没有知道真相的权利吗？我可是委托人啊。这么说也许失礼，但雇用先生的是我。虽然还没有付给您钱。”美祢子说完，回头看了看一彦和华子。“舅妈，一彦表哥，我们进去吧。”

因为发生了这样的小争论，金田一耕助最后一个才进屋。在会客室里，围住羊群的牧羊犬们个个目光严肃，动作僵硬。

金田一耕助环视众人，有些为难地皱起眉头，随后靠近警部，耳语了几句。警部眉梢吊起。“但是，如果……”

“没关系。只要在门外、窗户下面之类的地方监视……”

等等力警部召集所有警察下达命令，警察们立刻走出房间。金田一耕助抓住其中一人，低声说了几句，又回过头来。“新宫夫人，有点儿事……”

把华子叫过来后，三人商量了几句，警察随即离开了。不一会儿，他用银盆端来了一瓶威士忌和数个玻璃杯。

金田一耕助接过来，就像要把警察完全隔绝在外似的，从内侧关好屋门。随后他端着银盆，回头望向众人。“这样就只剩我们了。这扇门很厚，我们在这里说的话应该传不到外面。”他的声音就像有鱼刺在喉。

“金田一先生，你究竟要干什么？要招待我们吗？”目贺恶毒地说道。

“是啊，目贺先生，请你务必要多喝。我想让大家各自都处于昨天炑子夫人发现恶魔时的状态。”

金田一耕助把银盆放在中间的桌子上，往杯中倒入威士忌。“来，请用。”

“那我就不客气了。”目贺似乎在闹情绪，猛地端过玻璃杯，“一彦，三岛，别客气，喝吧。这也许就是临终的最后一杯呢。”

一彦仅仅抿了一口，就把杯子放下了。但三岛东太郎一仰头，一杯酒立刻下肚。随后，他转向目贺。“先生，昨天我喝了几杯啊？”

他笑呵呵地问道。

“谁知道啊，大概五六杯吧。看你酒量那么好，我还吓了一跳。”

“是吗，那么……”三岛东太郎动作轻盈地倒上酒，连续喝了五六杯。很快，他双颊泛红，额头也冒出一层汗。“没错，就是醉成这样。昨天发生那件事时……”

众人的目光中充满惊愕，也许还混杂着恐惧，都凝视着三岛东太郎，就连目贺握着杯子的手也颤抖起来。

“哎呀。”金田一耕助的声音依旧像喉咙里卡了什么，“这样就准备好了。那么，各位，请坐到那时的位置上。目贺先生，你那时不是上身赤裸吗？”

目贺先生似乎吓了一跳，瞪了一眼金田一耕助，但还是把外套和衬衫脱下，走到镶有镜子的屏风前，转身面向屋内。

一彦略一犹豫，也脱下外套。三岛东太郎走到床边，面向屋内站好，也脱掉了全部上衣。

金田一耕助微微闭眼，发出抽泣般的叹息。

“金田一先生，然后呢？”

被警部和女人们疑惑的目光包围，金田一耕助在房间中央站了一会儿，随即无力地走向昨天秌子坐过的沙发，仿佛把自己扔过去一般坐了下来。他微微闭眼，做了个深呼吸，随即睁开眼睛看向目贺博士背后的镜子，同时不断调整位置。他再次发出哭泣般的长叹。“警部，请到这里来看看那面镜子。三岛背后的窗玻璃上映出的东西正清楚地出现在镜子里。秌子夫人看到了那个……”

“不，已经没那个必要了，金田一先生。”

除了被叫到名字的金田一耕助，其他人都转向声音的主人。

不用说，那是三岛东太郎。令人不可思议的是，此时他露出难以形容的明朗神色，简直就像接下来要外出野餐一样朝气蓬勃。

“一个一个去那里看镜子，太麻烦了。还是我直接给大家看比较好。”

三岛东太郎大步走到房间中央，猛地转过身。一瞬间，众人都被恐怖的咒语包围了。

警部发出笛声般的呻吟，就连不为任何事物所动的目贺也瞠目结舌，额头不觉间渗出汗滴。

三岛东太郎汗淋淋的左肩上清清楚楚地浮现出火焰太鼓的图案，和新宫利彦肩头的痣完全一样。

众人就像被什么附体一样，紧盯着那不祥的痣。华子和一彦面如白纸，菊江呆呆地瞪着眼睛，信乃的脸则邪恶地扭曲着。只有美祢子看起来似乎已经理解了一切。

不一会儿，三岛东太郎转过身来。他脸色苍白，神情僵硬，但仍强装笑颜。“各位都明白了吗？椿子爵在日记里画的正是我的痣。我正是以此为证据，向椿子爵证明我的身份的。”

“那你是……”华子想要说什么，却发不出声音，尾音消失在颤抖的口中。

三岛东太郎依旧努力装出笑容。“没错。夫人，我是您丈夫的私生子。一彦，我是你的异母哥哥。”

一彦因羞辱而满脸通红，身体一下子变得僵直。

“然后，你杀了自己的父亲。”

警部语气严肃，但三岛东太郎若无其事地说道：“是啊，警部。请等一会儿再叫人来，否则就辜负金田一先生的厚意了。我已经做好了心理准备。我不会再行凶了，请放心。”

金田一耕助也让警部先不要叫人，随后他走到门边，在那里站定。比起防止三岛东太郎逃走，更要防止外面的人进来。

“要是那样，要是那样，能早点儿告诉我就好了。我肯定会尽量帮你的……”华子一边呻吟一边抽泣。

这时，三岛东太郎第一次露出了发自内心的微笑。“谢谢您，夫人，但您什么都不知道。那家伙……您丈夫他简直就不是人。他就是个畜生，是个怪物。没有什么比他更不知羞耻了。人面兽心指的就是他那种人。”三岛东太郎的脸上流露出极度憎恶的表情，但随即颓丧地垂下肩膀。“呵呵呵。”几丝笑声从他喉咙深处挤出，“金田一先生，我可以喝点儿威士忌吗？”说着，他自顾自喝了起来。

美祢子从震惊中回过神后，一直用冷漠的眼神注视着三岛东太郎的一举一动。此时，她忽然厉声责问道：“三岛先生，你怎么说我舅舅都没关系，我也赞成你的看法。但是你为什么要杀我母亲？杀了我那无罪的可怜的母亲……”

就在这时，金田一耕助慌忙跑过来，从后面扶住美祢子的双肩。“三岛！”他声音尖锐，似乎在提醒三岛东太郎注意。三岛东太郎和他怒目相视了一会儿。等等力警部见状，不禁背过脸去。

“先生，请原谅我。”不一会儿，三岛东太郎声音微弱地喃喃道，“这姑娘什么都想知道。而且……而且我也想叫她一声妹妹。”

“妹妹？”美祢子双眼圆睁。

“是啊，美祢子。我，是新宫利彦侵犯了自己的妹妹，也就是你母亲后生下的孩子。”

第二十九章　恶魔的记录

我，以三岛东太郎的身份从去年开始入住椿家，本名河村治雄。为了不在突发不测时给别人添麻烦，我在此写下告白并将秘密保存。

一切都已结束。

我已经杀了大舅公和父亲，也做好了杀母亲的准备。母亲还没死，但我的计划应该不会失败。因此我就当母亲已死，在这里写下告白并秘密保存。这应该不算太早。

我是怀着燃烧不绝的憎恨与复仇之心杀了大舅公和父亲的。杀了他们后，我毫不后悔，并且感到了做成该做之事后的痛快，就像任何人都可能体会到的那样，心情舒畅。

尽管如此，现在，在做好杀母亲的准备后，从我心中呼啸而过、几乎令人无法忍受的荒凉风暴究竟是什么？就像怨恨大舅公、憎恶父亲一样，我也是怀着对母亲的恨来到这里的，但是……

难道我是一边祈祷杀母亲的计划失败，一边写下这份告白？难道我正在祈祷这份告白被人发现，从而中止我杀母亲的计划？

不，不，这样不行。

母亲还是必须死。让那样的母亲继续活着，对母亲、对美祢子都是不幸。

美祢子，勇敢的美祢子啊。

对了，我就把这告白写给美祢子看吧。得知这样恐怖的事实，像美祢子那样的少女肯定会遭受难以平复的打击。但是，美祢子，你必须忍受，而且你一定可以忍受。

在坦白我恐怖而血腥的罪行之前，我必须先从自己的成长经历说起。

我是作为神户市须磨寺的花匠植辰即河村辰五郎的长子被养大的，也是以辰五郎亲生儿子的身份登记的户籍。

但我从记事起，便知道自己不是河村辰五郎的亲儿子，而是被领养的。我记不清是在什么时候听谁说的，但确实早就知道了。

在我开始记事时，我户籍上的母亲春已经过世，辰五郎也辞去了花匠的工作，和年轻的妾一起住在神户的板宿。

后来辰五郎频繁换妾，而当时的妾则是他第一个妾，我记得叫阿胜。告诉我身世的也许就是她。

但是，无论是阿胜，还是辰五郎后来数量众多的妾，都不知道我出生时的情况。直到昭和二十一年夏天从军队复员归来，我完全不知道自己的身世。

当然，辰五郎是知道的。我数次恳求他告诉我亲生父母的情况。每当那时，他总会露出奇怪的笑容。（直到后来，我才明白那令人讨厌的坏笑背后的含义。）

“你还是不知道为好。”

有时，他还会说出别有含义的话："一旦知道，你恐怕就活不下去了。你现在作为我的儿子入了户籍，可要心怀感激。"

如果我继续固执地追问，辰五郎便会面露怒色。那脸色太可怕，我不得不放弃从他那里打听。

我和辰五郎之间毫无亲子之情，但关系也不坏，也从未反目成仇。

从高等小学毕业后，我立刻离开辰五郎家，到神户的商家当学徒。这既是辰五郎的希望，也是我想做的。我不想待在不断换妾且沉溺于赌博的养父身边。而且随着我不断长大，辰五郎恐怕也觉得我越来越难以相处了。

我在神户一边做学徒，一边上夜校学习。十九岁那年，我进入了一家位于海岸大道的贸易公司工作。那是一家德国公司，我就是在那里学会了打字。

那时，我最大的乐趣就是拜访阿驹母女的住处。当时阿驹和女儿小夜一起，住在离凑川新开地不远的简易出租房。我不太记得阿驹的丈夫源助的事，那人应该在很久以前就过世了。阿驹一直在家里做手工活儿，小夜则在新开地的电影院当服务员。

在户籍上，阿驹和我是姐弟，但事实并非如此。阿驹和小夜也都知道，我和阿驹之间毫无血缘关系。但那时阿驹还不清楚我的身世，她是借由以下契机才知道的。

如前所述，拜访阿驹母女是我当时唯一的乐趣。从小不知家庭温暖的我在阿驹家里第一次体会到了家的感觉。阿驹和小夜都很同情我的境遇，只要我一去拜访，总是很温柔地招待我。

那是我二十岁那年夏天的事。我任职的公司举办庆祝活动，大家一起出去喝酒。当时还不会喝酒的我被同事们灌下不少烈性洋酒，醉得一塌糊涂。随后，我去了阿驹家。

当时酷暑难当，再加上酒精的作用，我出了一身汗。阿驹和小夜见状，把水盆端到外廊上让我洗澡。我洗得正舒服，小夜忽然大喊：“哎呀，治雄的背后有个奇怪的痣！”

我早就知道这块痣。平时，痣潜伏在皮肤下，几乎看不见，可一旦洗澡或出大汗，就会在皮肤表面鲜明地浮现出来。

不一会儿，我洗完澡回到屋中。看到阿驹脸色很差，我不知为何觉得和我的痣有关。

阿驹确实知道。那个侵犯她、让她生下女儿小夜的男人身上也有和我一样的痣。她由此开始怀疑我的身世，并在某一天去了板宿的辰五郎家，态度强硬地逼问父亲，结果知道了真相。

当然，从那以后，阿驹开始回避我。特别是在注意到我和小夜感情渐深后，就更加惧怕我、冷淡我、疏远我。我误会了她，对她的举动愤怒不已。

按阿驹的说法，我是个来历不明的人，不能成为小夜的夫婿。但小夜的亲生父亲不是也身份不明吗？我曾这样当面辱骂阿驹。

啊，如果那时阿驹告诉我真相该多好，哪怕只有一些片段！

不久，小夜被川崎造船厂征为女工。同时，阿驹也被强制疏散到乡下，不得不独自离开。

那是发生在昭和十九年春天的事。从那以后，我可以更加自由地和小夜见面，终于发展成如同夫妇般的关系。

我发誓。我是那么爱小夜，而小夜也那么爱我。

小夜和我境遇相同，也不知道亲生父亲是谁。这为她那美丽的容姿增添了一抹阴影。无论在多么高兴的时刻，她总带着一丝阴郁。正是这点抓住了我的心，而她恐怕也因同样的理由被我吸引。

我们之所以跨越了最后的底线，是因为也许不久就会入伍的我想在小夜的身体上留下我的印迹，而小夜也同样有此愿望。

果然，没过多久，我就被征入伍。那时我们发誓，如果我能活着回来，我们就结婚。

战争的事就不说了，和我的告白没有任何关系。

昭和二十一年五月，我平安复员。比起其他任何事情，我最想知道的自然是小夜是否安好。

我用各种手段寻找小夜的下落，最终找到了养父辰五郎最后的妾阿玉的住处，在那里得知了小夜的消息。啊，我那时是多么震惊和悲伤……随后便是难以名状的绝望与愤怒。

在我入伍后不久，小夜就自杀了。从她那时已经怀孕来看，那毫无疑问是我的孩子。既然怀了孩子，小夜为什么非要自杀呢？

阿玉也不知道其中的原因。她说如果问问阿驹也许能知道，还告诉了我已经在淡路削发为尼的阿驹的住址。我自然立刻去淡路拜访。

看到忽然来访的我，阿驹极其惊恐。那态度激起了我更大的愤怒。看到我一脸骇人的凶恶表情，阿驹不得不把秘密和盘托出。

在淡路乡下那间微暗的尼姑庵中，在已成为尼姑的阿驹说出那令世人作呕的秘密时，我就不再是人了，就已经把灵魂卖给了恶魔。

我在这里简单写下阿驹的话。

大正[1]十二年夏天，阿驹作为临时侍女来到位于月见山的玉虫

①日本嘉仁天皇在位期间使用的年号，时间为1912年到1926年。

伯爵的别墅。伯爵的外甥和外甥女，即新宫利彦和妹妹烁子也去了那里。

一天，阿驹偷看到了新宫利彦和妹妹之间那不该发生的一幕。而且就在那天夜里，新宫利彦侵犯了阿驹。他似乎想以此封住阿驹的嘴。

夏天尚未过去，新宫利彦和烁子就回东京了。但不久，阿驹发现自己怀孕了。在父亲的责问下，阿驹方才说出对方是新宫利彦。

得知真相的辰五郎自然不可能坐视不管。他立刻到东京找玉虫伯爵谈判，勒索了一大笔钱财。此后不久，阿驹带着身孕嫁给了父亲的弟子源助。

因此阿驹说，她之前并不清楚我被辰五郎领养的经过，更没考虑过我是谁的孩子。她开始在意这一点，就像前文所说，就是在那次我醉后沐浴时。她曾在月见山的别墅见过几次新宫利彦冲洗后背，知道那里有块奇特的痣。发现我背上也有同样的痣，她震惊不已。

第二天，阿驹找到辰五郎追问，结果知道了我身世的秘密。

大正十三年六月，新宫烁子在月见山的别墅秘密生下一个男孩。出生后，孩子立刻由玉虫伯爵安排交到了辰五郎手里。关于孩子父亲的身份，伯爵和信乃都缄口不言。但辰五郎已经从女儿口中听说了新宫利彦和烁子见不得人的行为，他立刻察觉了孩子的来历。

但他并未告诉任何人，对妻子春也没说。之所以如此，是因为他那时已经决心将这个秘密作为生财之道。如果秘密暴露，就等于失去了敛财的机会。他就这样坚守秘密，并非为了新宫利彦和烁子的名誉，而是为了自己的贪欲。

得知真相的阿驹该有多么震惊！兄妹乱伦生下的男孩现在竟然

在和同父异母的妹妹交往！

但阿驹的各种苦心毫无效果。到了第二代，令人悲叹的错误再次发生。承担了结果的小夜从母亲那里听到悲惨的真相，立刻失去了生存的勇气。啊，可怜的小夜！

在淡路那间微暗的尼姑庵里，从阿驹口中听到上述事实的瞬间，我彻底疯了！我变成了恶魔，把灵魂卖给了恶魔。为了小夜，也为了我自己，我发誓要复仇。我总在想，为什么那时我没在极度愤怒中杀了阿驹？如果那时杀了她，后来就不用再费那么大工夫了。

暂且不说这些。我在尼姑庵里住了一晚，翌日早上便离开淡路直奔东京。随后，我一边在黑市干活儿，一边窥伺新宫利彦和玉虫伯爵的动静。就在那时，我认识了饭尾丰三郎。

简单介绍下此人。这家伙简直对道德没有任何概念，对他来说，善和恶从无区别。如果说他拥有特别强烈的恶的意志，那倒也没有。他相貌温和，性格中也有迷迷糊糊、不可靠的一面。他鲁莽地犯下天银堂案件这种罪行，却又因案件造成的轰动效果呆若木鸡。

饭尾的事暂且说到这里。我就这样在黑市干活儿。不料我调查的新宫利彦与妹妹炼子，以及玉虫伯爵的生活竟然发展成了最有利于我的状态。他们住进了同一座宅邸。

一确定这点，我立刻去拜访了椿子爵。我不知自己为何会选择椿子爵。那时我还不了解他的性格，因此也不知道事情的进展会如此顺利。我只是想避开正面快攻，从侧面一点点下手，所以和我的身世毫无牵连、且和我母亲关系最密切的椿子爵便成了最合适的人选。

我在会客室见到了椿子爵。那时最先让我惊讶的是，椿子爵和饭尾丰三郎太像了。

如果让两人并排站在一起，应该并不难区分。但只要分开看，从脸形到五官，再加上疲惫而茫然的神情，实在非常相似。不过，那时我连做梦都没想到要利用这一点。

由于我隐瞒了姓名，椿子爵最初显得莫名其妙。我坦白了我的身份，又给他看了背上的痣（那时我事先喝了酒），他立刻震惊不已。不知他自己是否意识到，但恐怕就是在那一瞬间，自杀的念头闪过他脑中。他露出极端绝望又充满憎恶的表情。

我一击就已将他彻底打垮。接下来，我缓缓讲述了自己的身世。讲到我和小夜如何发生了关系，小夜又因此遭遇不幸时，子爵脸色煞白，简直让人担心他会立刻昏过去。

令我感到不可思议的是，听我讲述那些为世人所不齿的事时，子爵竟一次都没有反驳。他曾数次做出捂耳朵的动作，但从未说过“你说谎”或是“那不可能”。恐怕他也认为，他那妻子和哥哥是做得出那种事的。

我说完后，子爵眼中浮现出绝望的目光。“你希望我怎么做？”

我说我想留在这个家中。子爵眼中的绝望立刻变成了恐惧，问我目的何在。

“我也没什么打算。但我现在没有栖身之处，自然想要求住在双亲居住的地方。”

子爵眼中的恐惧似乎已经无法消退。“那……那我要是拒绝……”

啊，可怜的子爵啊。那时他的额头上满是汗水，身体因恐惧而扭曲。见他这个样子，我冷冷地嗤笑道：“我也还没考虑我该怎么办。也许会去报社吧。听报社说，有地方很乐意买下我的话题……”

这句话从根上完全截断了子爵的呼吸。

结果，我住进了椿家。作为交换，在椿子爵在世期间，我决不能把秘密告诉别人，也不能对那三个人下手。你看，我不是严格遵守了约定吗?

给我三岛东太郎这个名字的当然是子爵。我说话时带有近畿口音，子爵便让我自称是他冈山县故友的儿子。

有洁癖的子爵面对那样的妻子与哥哥，哪怕仅仅住在同一屋檐下，似乎都已感到无比嫌恶。况且那两人罪恶的孩子就在他眼前大笑。胆小怕事的懦弱子爵渐渐有了轻生的念头，这也在情理之中。

子爵决定创作那首《恶魔吹着笛子来》，恐怕就是在那个时候。由此可见，子爵在那时已经决心赴死，因为在那首曲子中，子爵已经明确地揭示了恶魔的身份。

今年一月十四日到一月十七日，子爵迎来了决定命运的旅行。我自然知晓他的目的地，因为他出发前曾再次向我询问已成为妙海尼姑的阿驹的住址。在烦闷与苦恼之后，他恐怕已经下定决心，先去验证我的话真实与否。

讽刺的是，在子爵外出期间发生了天银堂案件。

我最初做梦也没想到是饭尾丰三郎干的。但随着画像一次次被修正，我坚信凶手就是他。

果然，到了二月中旬，我在报纸上看到了饭尾被警方带走的消息。但就在那时，我忽然想到了一出残忍的恶作剧——向警方告密，说椿子爵就是天银堂案件的凶手。

我也不明白自己为何那么做。那未必是为了救饭尾丰三郎。我那时已经和他断了联系，连现在的住址都没告知他。

尽管如此，我还是做出了这一举动。我只能认为这是我体内遗传自父亲新宫利彦的卑劣而残忍的血统在作祟。

来到这个家后，我从未在仔细观察新宫利彦一事上懈怠过。在他的诸多恶劣品格中，最明显的就是卑劣和残忍。

新宫利彦最喜欢欺负弱者。他特别怕狗，只要一遇到狗，隔着数十米就开始绕道而行。但如果那条狗被拴着，他就免不了要欺负一番。

我曾见过新宫利彦折磨一条拴起来的狗，那实在是难以用语言形容的残忍。就算是再不喜欢狗的人，如果看到那一情景，也肯定想砍断锁链，让狗扑过去咬死他。

在我看来，当时的椿子爵就像被家族的命运牢牢拴住的狗。无论我做什么，他都不可能扑上来咬我。他应该知道告密的人就是我，但却无法说出来。对他来说，我是握有王牌的人。

子爵就这样陷入了悲惨境地，最后终于因提出不在场证明而被释放。但就在同时，不，在那之前，饭尾丰三郎也被释放了。

在子爵失踪后不久，我偷偷去找了饭尾丰三郎。当时他独自住在新桥附近收废品者聚集的棚屋中，周围遍布火灾的痕迹。

尽管住在那样的地方，他依旧衣冠整齐，举止文雅，而且意外地手头阔绰，因此被棚屋的住户们称为老师，备受瞩目，但住户们对他的金钱来源普遍感到疑惑。而曾与他有来往的我非常清楚，这是他风度翩翩的外表和对一切不为所动的态度所造成的假象。毕竟，他从来就是个对善恶毫无区分的人，也不会被任何东西打动。他可以若无其事地撒谎，也从不把骗人当回事。

尽管如此，我的到来令饭尾丰三郎多少露出了狼狈的神色。我祝贺他逃脱了那不祥的嫌疑，他露出了淡淡的笑容，但注视我的眼神中明显栖息着不安。我因此十分满足，很快就告辞了。

后来，根据他的坦白，我是唯一一个从最初就让他感到棘手的人。用他的话说，我的身体周围升腾着一股黑色的妖气，让他十分恐慌，但同时也被深深吸引。在我去找他时，他已经意识到自己毫无胜算。

暂且不说这点。让饭尾坦白罪行并不太困难，因为我很了解他的特殊癖好。他无论得到什么重要的东西，最初都会埋到地里藏起来，就像得到饼干的小狗会先把饼干埋在垃圾桶附近或者枯草堆里。而且我早就知道，饭尾藏宝贝的地点似乎就在增上寺里。

饭尾究竟是怎么处理从天银堂抢来的贵金属的？尽管他对道德没有任何概念，但毕竟引起了那么大的骚动，应该不会把赃物简单处理掉。也许他仍把它们埋在增上寺内的某个地方。

我决定秘密监视增上寺。没有持续太长时间，在我去找他后的第三天傍晚，他便来到增上寺。因我的造访而心生动摇的他似乎对最初掩埋的位置感到不安，计划把赃物转移到别处，结果被我逮了个正着。

在手握赃物的瞬间被逮住，就算是像他那样狡猾的人，也无法再蒙混过关。他迅速承认了罪行，简直出乎我的意料。我没有当场勒索他，而是让他每月给我汇款，由此将他掌握在手中。

那时，对于如何处置饭尾，我还没有明确的想法。但总之能够提前控制一个酷似椿子爵的人的命运，今后需要用时就很方便了。这样，我就将两个相似的人完全玩弄于股掌之间。

椿子爵确实是在那前后失踪的。我当时便觉得他是自杀了，但那时我最害怕的，是他在自杀前用某种形式把我的事记录下来。幸好家里没有留下遗书，但也有可能是带在身边。于是一发现椿子爵的尸体，我就毛遂自荐，跟新宫利彦、美祢子和一彦一起前去认领。

幸运的是，子爵身边也没有遗书之类的东西。只有一个小日记本上画着火焰太鼓的图案，写着“恶魔的徽章”几个字。这恐怕是他用尽全力的表达吧。对于腼腆、有洁癖、沉默寡言的椿子爵来说，别说亲口道出，就是用笔写出那样令人作呕的事实，都让他顾虑重重。

我在头脑中漠然地整理计划，恐怕就是从这个时候开始的。难道不能以某种方式利用椿子爵的自杀以及饭尾丰三郎与子爵的相似性吗？因此，从雾峰回来后，我对秌子夫人，我的母亲说那尸体既像椿子爵，也有不一样的地方，说得别有深意。

美祢子，你也知道，你母亲那个人很容易受到暗示的影响。就算不是如此，她对子爵的失踪也自有理解，极度恐惧的她毫不怀疑地陷入了我的暗示。在此基础上，我屡次找机会暗示椿子爵还活着，秌子夫人也就完全成了妄想的俘虏。

就这样，待局面逐渐成熟，我终于踏出了计划的第一步。不用说，那就是让饭尾装扮成椿子爵，出现在秌子夫人面前。之前也说过，饭尾和子爵并非一模一样。如果两个人并排站立，识别起来并不困难。但是，子爵失踪已经过了半年。如果让饭尾装扮成子爵，欺骗秌子夫人这样的人应该不难，毕竟两人很像。我在东京剧场进行了试验，结果你也知道。

在给予这家人最初的冲击后，我立刻让计划再进一步，于是发生了沙子占卜那一夜的事。但我要先交代清楚，那晚我并没有杀玉虫伯爵的打算。

我真的从一开始就对大舅公和父母充满杀意吗？我自己也说不清楚，但我觉得并没有下过那么大决心。当然，我始终都满怀复仇之心，也决心尽可能带给他们残酷的打击，但并没到要杀他们的地步。

关于杀意是在何时浮现的，我想还是这个家中的氛围所致。盘踞在新宫利彦、椿烁子和玉虫公丸三人间的异样氛围令人作呕，让人感觉肮脏又下流，就算不知道其中的秘密与深层内幕的人也不例外。

这样的氛围让椿子爵自杀，也让我燃起杀意。但我还是不为自己辩护了。

这点先说到这里。沙子占卜那晚，我最初只是计划用火焰太鼓的图案和《恶魔吹着笛子来》的旋律，打响我挑战那三个人的第一枪。

金田一耕助也许已经明白了我那时的手法，但以防万一，我还是在这里写下来。

在那之前不久，我在庭院的落叶堆中发现了风神像，并保存起来。我在底座上雕刻了火焰太鼓的图案，事先用它替换了沙子占卜房间里的雷神像，随后把雷神像藏在屋门外的花瓶中。

只要仔细看，就能立刻区分风神像和雷神像。但屋里光线昏暗，也没有人注意那里，所以我的计划似乎很成功。在夜灯熄灭的同时，我将风神像往沙子表面按了下去。来电后，大家都被唱片的旋律吓得不轻，全都冲了出去，我便打算趁机调换风神像和雷神像。

但是，那可恶的金田一耕助的帽子被花瓶口钩住了，无论如何都拿不下来。如果硬拿，可能会扯破帽子。再加上那时已经有人回来了，我不得不暂时放弃。

那时，我还完全不了解金田一耕助这个人，但看到他为了取下帽子而跟花瓶较劲儿，我腋下还是冷汗直流。晃动花瓶会让里面的雷神像发出咔嗒咔嗒的声音，如果金田一耕助事后想起，不可能不觉得奇怪。

我无论如何都想在那晚调换风神像和雷神像，于是等到大家睡着后，我潜到那间工作室门前。工作室大门紧闭，电灯已关，一片漆黑。我觉得玉虫公丸肯定也已经回房，便从花瓶中拿出雷神像，打开房门。房门内侧依旧拉着布帘，我钻过帘子进入屋中。

“谁？”尖锐的声音传来，灯也开了。

那时我惊讶万分。玉虫公丸还在那里。一瞬间，我就像被定住一样动弹不得，他也一样。

我们一言不发，互相瞪了对方一会儿。看到我拿着雷神像，玉虫公丸立刻转头看了看风神像。他很聪明，肯定一眼就看出了火焰太鼓的手法。在他拿起风神像，想要查看底座时，我挥起雷神像向他打去。那时，我的精神状态就像在战场上被命令进行绝望的突击一般，被无法名状的愤怒与憎恨所驱使。

美祢子，你也很清楚那间屋里的惨状吧？但那时，玉虫公丸的伤并没有多么严重。只是最初的一击打中了面部，鼻血比伤口的血要多得多。

我把玉虫公丸按到沙盆上，正想多打几下，他喘息着问起我的身世。我靠近他的耳朵，喃喃说出了我究竟是谁。胜负由此决出。

和椿子爵一样，在知道我身世的瞬间，玉虫伯爵就像撒了盐的青菜一样蔫了。因此我也没有必要再继续教训他。比任何人都更在意家族名誉的伯爵应该不会去叫人，也不会把我送到警察局，像从树丛中挑出毒蛇那样处理我。

我们之间达成了妥协。我会保守自己身世的秘密，伯爵则会为我的将来提供保障。

如果那时他眼中没有掠过可疑的杀气，我也许会就此满足，或是离开这个家，溢满身体的杀意也会逐渐变淡。

可是，在这样的谈判成立后，我在即将走出房间时无意中回头看了一眼。出乎意料的是，玉虫公丸眼中流露出无法用语言形容的凶暴目光。

我一下子明白了。比起我，他的杀意更浓。我很清楚他是什么样的人。只要想做，他什么都做得出来。杀我简直轻而易举。谁都不知道我身世的秘密，因此即使我以他杀的状态被发现，也不会有人怀疑他。

我立刻改变了决定。不，可以说，此前一直含混不清的杀意在那时第一次清晰地成形了。

来到屋外，听到伯爵从内侧关好门、挂好门扣、插好门闩，又拉好帘子。他恐怕要思考该如何跟菊江和其他人交代受伤的经过。

我略加思索后，把放花瓶的台子推到房门前，站到台子上窥视屋内。

（笔者注：随后的部分与金田一耕助的实验相同，因此略过。）

因此那晚杀玉虫公丸一事完全不在我的计划之中。如果一开始就有杀人计划，我恐怕不会命令饭尾丰三郎在宅邸内徘徊。

在火焰太鼓的图案和唱片的声音把以秌子夫人为中心的家人卷

入恐慌后，我又打算让他们看见酷似椿子爵的人，从而起到画龙点睛的作用，这是我那时幼稚的想法。

如果我在那里杀人，饭尾就会怀疑我。仅凭这一点，就会对我造成不利。如果饭尾被抓，那我的计划便会暴露。就算只有这一个原因，我想你应该还是能相信，那晚我杀人只是意外之举。

这一点在新宫利彦一案时也一样。

杀了玉虫伯爵以后，我燃起了对那个男人的杀意，不断推敲计划。石头已经开始从坡道上滚落，不到达目的地就不会停下，我深知这一点。但我也没有预料到，一切就发生在那个晚上。

那一晚，我很早就回到了椿家，比大家认为的早了很多。我是利用早就崩塌的围墙缝隙进去的。那样就不会引起负责监视的刑警和巡警的注意。

从围墙走到后门，半路上可以远远看见秌子夫人的房间。我不经意间看到了新宫利彦在观察四周后悄悄拉上房间拉门的场面。不久，房间里的灯也关了。

还是不要写那之后的事了。正因如此，我才会毫无顾忌地称那男人是怪物。憎恶似乎就要胀裂我的胸膛。

我埋伏在一旁，等他从母亲那里勒索了戒指，便把他引入温室。这个不知羞耻的男人得知我看到了他的行径，也不由得面色苍白地颤抖起来。在说出自己的真实身份后，我就用藏在温室里的风神像把这个茫然若失的愚蠢男人打倒了。一击倒地后，他开始像孩子一样放声哭泣，我便骑在他身上，慢慢勒紧了他脖子上的棕绳。

同杀玉虫伯爵后一样，在杀了新宫利彦后，我更是毫不后悔，反而感觉到了一种为世人除害的成就感。不，我曾为了没有用更残忍的方法杀他们而后悔不已。

后来的事情就不必多说了，但让我有些不甘心的是，如果我知道向新宫利彦复仇的机会来得这么早，就不必杀阿驹了。为了避免因阿驹说出我的身世而失去杀新宫利彦的机会，我命令饭尾丰三郎杀了阿驹。

饭尾是我处理的。增上寺里出现的尸体，警察是否意识到那就是饭尾呢？我已经做完了杀母亲的准备，石头终于滚到了终点。

最后剩下的就是我了。我将会怎样呢？是被抓住送上绞刑架，还是自己先行了断？怎样都好。我已经不想再活下去了。

但是，美祢子，你必须活下去。在知道了如此残酷的事实后，坚强地活下去是非常困难的。但你应该可以承受吧？一彦没有你那么坚强，但华子夫人一定会成为他的支柱。但是……这似乎不是恶魔该说的话。

美祢子，再见了。

一彦，再见了。

第三十章　恶魔吹着笛子去

三岛东太郎即河村治雄的遗书，是在一切都结束的数天后发现的。知道遗书内容的有美祢子、一彦和华子，以及金田一耕助和等等力警部，一共五人。

在充满回忆的会客室中，美祢子朗读了遗书，其他四人则侧耳倾听。

无论是美祢子和一彦，还是华子夫人，在听完这凄惨的告白前都一直忍耐。但念到新宫利彦被杀前的恶劣行为时，众人不禁战战兢兢地面面相觑。华子夫人发出了凄惨的哭声。

等等力警部叹了口气。“金田一先生，你都已经知道了吧？”

金田一耕助也叹息道：“也不能算知道，但我一直抱有这样的怀疑。从那天晚上就寝后又起床的目贺博士和秌子夫人间的争斗中……”他剧烈地咳嗽了几声，“哎呀，不好意思。总之继续念完吧。美祢子小姐，你还有继续读的勇气吗？”

“嗯，继续读吧。”美祢子显示出坚强的意志。

就这样，在美祢子读完长长的遗书后，众人都陷入了漫长的沉默。华子夫人不时像想起什么似的，身体颤抖，抽泣不止。一彦坐在沙发上，双手抱头。

美祢子悄悄靠近一彦，把手放在他的肩上。“一彦表哥，别想那么多。你的父亲是个无药可救的人，但你的母亲很了不起啊。而且比起父亲，男孩子更多地继承自母亲，这你也知道吧？与此相反，女孩子更多继承自父亲。值得庆幸的是，我是女孩，更多地继承了父亲的血脉。我父亲虽然懦弱，但正直、随和。一彦表哥，你也这么认为吧？”

一彦依旧双手抱头，用力点了点头，眼泪扑簌簌地滴落在地板上。

“谢谢。都别哭了。舅妈也请振作起来，今后舅妈可是我们唯一的依靠。”

“对不起，美祢子。”

“尽快处理一下这个家吧，然后就搬到一个光照充足的明亮地方去，就算再狭小也不要紧。把渗入我们体内的阴影清除掉吧。”

随后，美祢子看向金田一耕助。“金田一先生，这样就应该都结束了，但我还有一件事想问您。”

“什么事？”

“您怎么会知道那件事？我母亲……和我舅舅……”

金田一耕助吓了一跳，想要引开话题，却敌不过美祢子坚定的眼神。这个姑娘不知道一切是不会死心的。

“美祢子小姐，那是拜夹着你父亲遗书的《威廉·迈斯特的学习时代》所赐。”

“什么？”美祢子一下子变了脸色。

“你也明白了吧？在那本书中，彼此不知身世的兄妹坠入爱河，生下孩子，三人各自陷入了不幸。那本书讲的就是他们的后代的故事。考虑到令尊的性格，我觉得令尊当时的言行全都别有一番含义。因此他把那本书推荐给你，应该也有特殊的深意。我边读边想，渐渐发现了那个骇人的秘密。而且综合其他各种情况，我猜想，三岛东太郎，也就是河村治雄，应该和一彦是兄弟，同时也和你是兄妹。这话就到此为止吧。”

“嗯，好的。金田一先生，真是谢谢您。”

不可思议的是，尽管知道了如此黑暗的事实，美祢子周身那不祥的黑气却已消失。

而三岛东太郎，即河村治雄后来怎样了呢？

为了说明情况，笔者必须要继续叙述曾被故意从中途打断的第二十八章“火焰太鼓出现”那一幕。

三岛东太郎供出一切罪行后，再次看向一彦。“一彦，请帮我打开最下面的手提箱，里面应该有黄金长笛。”

一彦看了一眼警部和金田一耕助，随后从三岛东太郎示意的手提箱里取出黄金长笛。三岛东太郎接过长笛，摘下手套。“金田一先生，”他转向金田一耕助，“你为什么不让一彦吹那首《恶魔吹着笛子来》？如果你看到他吹，椿子爵所说的恶魔的真实身份就一目了然了。我现在要试着吹一段，请仔细看我的动作。”

三岛东太郎把笛子的音孔靠向嘴边，开始吹奏那首恐怖的曲子。

这才是这起震撼世人的大惨案落幕时的最佳伴奏。

在封闭、微暗的会客室中，随着那充满诅咒与憎恨的疯狂曲调逐渐高亢，阴森的鬼气笼罩着众人。那比他们数次见过的血腥尸体更恐怖。

但那时，猛烈敲打金田一耕助内心的并非这一点。曲子吹奏过半，又接近尾声，但三岛东太郎只剩下半根的中指和无名指一次也没动过。

忽然，仿佛烧红的铁棍直刺头顶，金田一耕助感受到了巨大的冲击。

原来，《恶魔吹着笛子来》是一首不用右手的中指和无名指也可以吹奏的曲子啊。椿子爵是在借此暗示凶手的身份吗？

无比震惊的金田一耕助正要开口说话，依旧手持黄金长笛的三岛东太郎却像朽木一样倒在了地板上。他用饭尾丰三郎在天银堂使用的毒药结束了自己的生命。

就这样，突然闯入椿家的恶魔，在吹毕笛子的同时离开了这个世界。